国家电网有限公司职工文学重点选题作品

江苏省作家协会重点扶持文学项目

人生不负韶华

陈 戈 沈毅玲 郭 莉 胡宗青 著

中国电力出版社

CHINA ELECTRIC POWER PRESS

图书在版编目（CIP）数据

人生不负韶华 / 陈戈等著 . — 北京：中国电力出版社，2023.9
ISBN 978-7-5198-8077-4

Ⅰ . ①人… Ⅱ . ①陈… Ⅲ . ①报告文学—中国—当代 Ⅳ . ① I25

中国国家版本馆 CIP 数据核字（2023）第 158243 号

出版发行：中国电力出版社
地　　址：北京市东城区北京站西街 19 号（邮政编码 100005）
网　　址：http://www.cepp.sgcc.com.cn
责任编辑：胡堂亮（010-63412604）　高　畅
责任校对：黄　蓓　马　宁
装帧设计：北京永诚天地艺术设计有限公司
封面篆刻：周威涛
责任印制：钱兴根

印　　刷：北京九天鸿程印刷有限责任公司
版　　次：2023 年 9 月第一版
印　　次：2023 年 9 月北京第一次印刷
开　　本：710 毫米 ×980 毫米　16 开本
印　　张：16.25
字　　数：202 千字
定　　价：78.00 元

目 录 CONTENTS

第三章

基层创新鸿鹄志

第四章

接力传承群英谱

风，从山巅盘旋而下。

云，自湖中蓄势而起。

山是惠山，共有九峰，蜿蜒曲折，如九条青龙盘踞大地。惠山历史悠久，自古便有众多名士留下足迹，相传舜帝曾躬耕于此山。惠山东侧有山曰锡山，山体呈圆锥形，仿若一颗明珠，从高空鸟瞰，隐约有九龙戏珠之势。那顺势而下的风，蕴藏龙吟之音。

湖是太湖，一望无际，约三万六千顷，呈由西向东倾泻之势，七十二峰分布其中，烟波浩渺，如仙境一般。山峰剑指青天，各有旖旎风光，争奇斗艳。那升腾的云，携气吞山河之霸气。

山与湖遥遥相望，风和云碰撞缠斗。风幻化成轻烟，云凝聚成细雨，在大地上织成一张细密的水网。

这便是江南！青山绿水，滋养万物。

这片土地温润肥沃，抓一把泥土能捏出水来，扇一扇空气能闻到肥美的香味。只要一粒微小的种子，就能长成参天大树。春天随便撒点谷子，秋天丰收的果实便堆得像山一样厚实。

○ 无锡夜景

生活在这片土地上的人们，或耕作，或织布，或经商，或勤读……生生不息，代代传承。他们聪慧、灵巧，风风雨雨一路走来，形成果敢、机智、进取、仁义的性格。他们凭着勤劳的双手和汗水，编织美丽的家园。

他们给自己的家园取了个名字——无锡。

无锡的名称由来已久，与三千多年前的泰伯有着密不可分的关联。

公元前11世纪，居住在甘肃的周族首领亶父育有三子：长子泰伯、次子仲雍、幼子季历。三人皆有圣贤之德，但亶父有意将王位传给幼子季历。泰伯和仲雍以大局为重，决定用出走的方式，服从父亲的意愿，避免王位之争给家族带来无尽危害。

千山万水，一路跋涉，泰伯来到"梅里"（今无锡梅村）这个地方。这里草木茂盛，湖泊广袤，河道纵横，泰伯决定留在此地。他带领族人筑高墙，立城廓，教当地人开垦荒地广种五谷、疏理水道治理水患，让百姓安居乐业。这便是"勾吴"国最早的城池雏形：吴城，后人称泰伯城、梅里古城。

泰伯带来先进的中原文化，带来有文字记载的历史。泰伯禅让王位的高风亮节，深得民心。吴地民众勇敢机智，勤劳手巧，与中原文化相互融合，形成刚柔相济、开放包容、勤勉务实的吴地文化。

公元前202年左右的西汉时期，无锡城廓逐渐成形。因其位于吴城遗址西面，故称"吴西"，又谓之"吴墟"，墟即城池的意思。在吴语中，吴西、吴墟、无锡读音没有区别。无锡，因此得名。

无锡，一个沉淀了两千多年历史的江南水城，孕育着胸怀大志、谦和忍让的生命。

无锡水系发达，河道密布。隋炀帝时期开凿的大运河穿城而过，与遍布大街小巷的水网相连，构成极为便利的水上交通。南北货物通过大运河在无锡地区汇集、交易，城内处处可见"货随店分，人随货聚"的景象。无锡成为"商贾之繁"的集散地，商业贸易兴旺昌盛。

"仓廪实而知礼节，衣食足而知荣辱。"无锡地方经济实力雄厚，大力兴办各种教育机构。各州县、乡，甚至村一级，均设立学府，通过科举制度选拔人才。民众广受教育熏陶，吴文化因此在无锡根深蒂固。

无锡因水而生，商业是无锡人的根，文脉是无锡人的魂。浩瀚无边的太湖，赋予无锡人豪迈的个性。穿城而过的运河，赋予无锡人谦逊的品格。无锡的山和水，孕育了无数杰出人物，从东晋的顾恺之、元代的倪云林，到近代的钱锺书、荣德生，英才辈出。

明代顾宪成所题"风声雨声读书声声声入耳，家事国事天下事事事关心"，体现了无锡人忧国忧民、进取拼搏的奋斗精神，这是刻在骨子里，与生俱来的。

这是无锡的"刚"。

一把二胡，一袭长衫，被黄昏的余晖拉成长长的影子。那把长长的弓，拉出一丝绵柔的音符，琴声如泣如诉，一曲《二泉映月》，令人柔肠寸断。

这是无锡的"柔"。

柔和刚，碰撞出无锡人百折不挠的性格。

这里商贾汇聚，工业繁茂，文化深厚。始终恪守"诚信经营、童叟无欺"商业之道的无锡人，用勤劳与智慧铸就出一座工商业文化名城。

1909年6月的一天，无锡北门外响起一阵鞭炮声，看热闹的人对着"耀明电灯公司"牌匾议论纷纷，谁都搞不清楚电灯公司经营什么商品。董事长兼经理孙鹤卿紧紧握住合伙人薛南溟的双手，宣布耀明电灯公司正式成立。

○ 1909年，薛南溟与孙鹤卿等人筹建的耀明电灯公司

这一天，应当被历史铭记，标志着无锡进入有电时代。

孙鹤卿虽为乡绅，却拥有敏锐的商业头脑。他早期在火车站附近购入大量土地。火车通车后，土地价格翻了几倍，他获利丰厚，一跃成为孙氏家族首富。他投资丝厂、纱厂，以实业兴国，并热衷于教育事业，因而赢得了口碑。

他在投资上海信成商业储蓄银行时，经常徜徉于上海南京路街头，看到灯火通明的街头，五光十色的灯光把黑夜照得比白天还亮，家家店铺生意兴隆。对比无锡街头，每当夜幕降临，商铺早早关上大门，偶尔亮起几盏烛光，也很快被黑暗淹没。无锡是商贾繁荣之地，可一到夜晚就死气沉沉，没有半点活力。孙鹤卿决定开办电灯公司，他要让无锡的夜晚亮起来。

经营电灯公司跟投资丝厂、纱厂不同，和官府打交道手续繁琐，牵涉面广。如何顺利取得经营许可，少走弯路，孙鹤卿想起生意场上的一位老乡，薛南溟。如果能和薛南溟联手经营，由他去和官府打交道，自己则专心开拓业务，公司前景一定不错。

薛南溟是大资本家，光绪年间就在无锡开办茧行，后在上海经营永泰、锦记、隆昌、永盛、永吉5家丝厂，实力雄厚。其父薛福成，官至清朝正三品，是中国近代著名的思想家和外交家。薛南溟承父亲政治余荫，与官府机构、地方士绅、工商业界关系密切，是个有权有势的人物。薛南溟经商多年，见多识广，看事情具有前瞻性。上海街头巷尾，电力照明已经代替传统煤油灯和蜡烛，那么在无锡开办一家电灯公司，赚钱是其次的，能点亮无锡夜晚，让光明走入寻常人家，也算为家乡做了件好事。两人一拍即合，共同出资六万元，创立了耀明电灯公司，意为"光明照耀"。

孙鹤卿着手从英国人手里订购两台50千瓦二手直流发电机，选厂址，招募工程师和工人，架设电线。1910年8月，发电机发出隆隆响声开始发电，无锡第一盏电灯在机房里亮了起来。

耀明电灯公司发电初期仅供办公用电，一经推出就大受欢迎。电灯一拉开关就亮，随时可以照亮黑暗，吸引附近商铺和居民纷纷前来申请安装照明用电，耀明公司一度生意兴隆。孙鹤卿对电灯公司的未来充满了信心。

看好电力光明发展前景的并不止孙鹤卿和薛南溟。

立志以实业报国的无锡民族资本家们，引进国外先进的管理模式和设备，大力开办面粉厂、纱厂、纺织厂等实业。他们发现国外企业开始以电力代替蒸汽驱动机器生产。电力生产线具有好维护、效率高、生产成本低廉等优势，使国外企业的产品迅速占领国内市场。

这让他们清醒地意识到，电力在工业中大量应用是大势所趋，必须改变落后的生产方式。

1913 年，荣宗敬、荣德生兄弟敢为天下先，以破釜沉舟的勇气，淘汰振新纱厂的蒸汽机组，率先引进一台 1350 千瓦的汽轮发电机组，这是江苏省第一台投运的汽轮发电机，开创了企业自发电先河。这一举动轰动了无锡工商业界，振新纱厂生产的纱棉质优价廉，成为市场上最受欢迎的本土产品。此后，申新、庆丰、丽新等纺织厂先后投入巨资购买自发电机组，装机容量达 18500 千瓦，占江苏全省自发电装机容量的三分之二。

孙鹤卿的电灯公司取得成功后，民办电灯公司犹如星星之火，照亮了无锡的夜空。至 1923 年，无锡民办电灯公司发展到 7 家，装机 13 台，总容量 890 千瓦，基本满足全市商业和居民照明用电。

电力为无锡民族企业的成长提供了先机，无锡凭借一批颇有远见、诚信经营的民族资本家，经济规模一日千里，一跃成为中国民族工商业发祥地，被誉为"小上海"。

十年光阴一晃而过，孙鹤卿的电灯公司和其他民办电灯公司举步维艰，开始走下坡路。一方面，这些电灯公司发电机容量小，电压各不相同，有 110 伏、220 伏和 2.3 千伏三种，互不兼容，用户无法自行选择电灯公司。另一方面，设备和线路老旧严重，线路损耗大，不时发生停电故障，发电成本居高不下。

发电机多转动一天，就多亏损一天，孙鹤卿清楚这种状况维持不了多久，但为了当初不停电的承诺，为了公司的信誉，他硬着头皮继续发电。直到1924年2月，武进县震华制造电气机械总厂至无锡的33千伏戚（戚墅堰）锡（无锡）输电线建成投运，无锡地区第一座33千伏外吊桥变电所正式投入使用，"耀明"这才迎来了转机。这一年，孙鹤卿关停两台发电机组，转向震华电气趸售转供电。

无锡第一家电灯公司完成了历史使命，但无锡电力前进的脚步并没有停下来。

1928年，武进县震华制造电气机械总厂改名为戚墅堰电厂。随后几年，戚墅堰电厂供电范围扩大至无锡县十多个乡镇，各电灯公司全部被戚墅堰电厂收购。1936年，戚墅堰电厂两条33千伏输电线路向无锡地区供电。无锡本地建成33千伏输电线59千米，33千伏变电所6座，覆盖整个城区，供应照明用户9700余户及部分商户。

无锡电网渐成联网趋势，可靠性提高，供电电压稳定，用电成本大幅度降低，为无锡民族经济的壮大起到了重要作用。就拿荣氏家族的申新纱厂举例，从1925年到1931年短短四年间，从四个厂扩充至九个厂，创下中国工业史上独具魅力的"荣氏速度"。

1949年4月，无锡迎来解放。新中国成立之初，百废待兴，企业生产亟须电力提供动力。在国家统一规划下，无锡电力加快输变电工程建设，积极开拓电源。同年9月，戚墅堰电厂在无锡双河尖北岸兴建的第二台发电机组正式投入发电，容量2000千瓦，极大缓和了用电矛盾。随后，占无锡地区一半负荷以上的4家纱厂的自备电源全部联成网络，实行统一调度，增强了电网的供电能力。

1953年至1955年三年期间，无锡电网与南京地区电网、镇江地区发电厂以及江阴33千伏西门变电所联成网络。

1955年，主变压器容量8000千伏安的通德桥变电所投入运行，全社会用电量 11090 千瓦，比解放前翻了一倍。

无锡电力工业进入新篇章。

翻开厚厚的无锡电力工业志，一张张黑白照片映入眼帘，定格一段段尘封的历史。照片里有老旧的发电机厂房，有高耸的烟囱，有工人攀在木质电线杆上接线……

有张照片与众不同：四位风华正茂的年轻人，脸上洋溢着青春的笑容，他们背后的牌子上写着"苏南电业局业务科"。多方了解后得知，1952 年经国家批准，在无锡成立苏南电业局业务科，受理无锡、常州、丹阳、戚墅堰电厂和双河尖电厂的用电业务，工作地点在无锡城中公园旁边，这四位年轻人是业务员。1953 年，苏南电业局业务科改名为南京电业局无锡办事处。1958 年，为适应地方经济发展，南京电业局无锡办事处撤销，正式改名为无锡市电业局。

○ 1958 年改名的无锡市电业局

这一年，毛泽东主席在国务院最高会议上提出：电力是国民经济的"先行官"。从此，"电力先行官"成为电力行业代名词，极大促进了电力工业发展。

这一年，也是无锡电力工业发生巨大变革的一年：望亭电厂建成投运，两条 35 千伏线路向无锡市、县送电，并与戚墅堰电厂联通。至此，无锡地区结束了长达 34 年依靠戚墅堰电厂供电的历史。

电力先行为经济建设起到了不可磨灭的作用，无锡成为全国有名的"米码头""布码头""丝码头""钱码头"。无锡作为一个县级市，工业总产值跻身于全国十五座经济强市，创造了经济奇迹。

历史的车轮滚滚向前，20 世纪 80 年代初，以无锡乡镇企业为代表的"苏南模式"异军突起，工业用电随之井喷。1987 年，无锡建成 5 座 220 千伏变电所、11 座 110 千伏变电所、4 座 110 千伏变电所，用电总容量达 31 亿千瓦。无锡全社会用电量是建国初期的 67.5 倍，达到 3.7 亿千瓦时，其中农业用电占 40%。

1988 年 11 月 4 日，华东电网重要枢纽变电所之一的 500 千伏斗山变电所竣工投运，标志着无锡电网进入了一个超高压、大电网发展的新阶段。

○ 1988 年，建成投运的斗山变电所全景

1992 年邓小平南方谈话发表后，促进了改革开放，开辟出适合中国国情的社会主义现代化建设道路，推动了中国特色社会主义事业伟大飞跃，无锡经济进入高速发展时期，电力工业成为重要支柱产业。1997 年，无锡供电局改名为无锡供电公司，电力供应随着国家产业的调整而快速转型。

至 21 世纪初，无锡拥有 35 千伏及以上变电所 169 座、主变压器容量 1272.48 万千伏安，全社会供电量 185.44 亿千瓦·时，网供电量 175.17 亿千瓦时。

无锡电网建设经过二十多年高速发展，进入特高压技术、清洁能源、电网智能化全面开发运用。无锡拥有高度达 385 米的世界第一输电铁塔，国内首座 110 千伏"零碳"变电站，江苏省首座超大型充换电枢纽站、智能超级充电站……

无锡电力在地方经济建设中发挥着巨大作用。

但是，随着高楼大厦如雨后春笋般出现，电网发展与城市建设之间的矛盾日益突出。那些散落在大街小巷的电线杆，密如蛛网的电线，不仅有碍观瞻，而且影响城市整体规划，甚至影响居民的生活环境。

国网无锡供电公司决策者从人民的利益出发，以发展的目光，高瞻远瞩，决定实施杆线入地工程，还城市一个干净的天空，一个美好的明天。

电力电缆开始承担为城区千家万户输送光明的重任。

◎ 1997 年，无锡供电公司揭牌成立

2002 年 12 月，国网无锡供电公司组建广盈电缆工程公司。这一年，何光华以一名普通产业工人的身份加入该公司，在电缆事业上跨出了第一步。在她跨出这一步之前，无锡电力已走过将近一百年的路程。这一百年的历史，也是中国电力发展历史的缩影，是在中国共产党领导下，无数电力职工付出辛勤汗水，为电力事业奋斗不止的历史。

○ 何光华

大江大河，风起云涌。改革开放以来，国网无锡供电公司先后涌现出三位产业工人杰出代表：束海林、汪建民和陆育海。他们先后荣获全国劳动模范称号。在他们身上，闪耀着时代光芒。

束海林代表的是最艰苦时期的电力建设者。他们奋战在野外施工一线，战天斗地，舍小家，为大家，将青春和热血抛洒在一条条新建成的输电线路上，为无锡电网奠定了坚实的基础。

○ 束海林（右一）和工友在变电站合影

○ 汪建民

○ 陆育海

汪建民代表的是常年工作在变电所的运行维护者。他们默默无闻，长年累月监控每一个信号，维护每一条线路、每一座变电站的安全运行，24 小时保障企业和市民用上电，用好电。

陆育海代表的是新时期的电力抢修工作者。他们为了千家万户不间断用电，头顶烈日，脚踏月光，行走在大街小巷，高效优质地修复每一条故障线路。他们就像光明使者，点亮每一盏灯，让百姓用电没有后顾之忧。

前辈奋勇拼搏的故事历历在目，劳模无私奉献的精神激励着何光华，她决心继承劳模的优良品格，在电缆领域有所作为。

广盈电缆工程公司成立之初，没有一件像样的电缆敷设设备，也没有一支经过系统训练的电缆施工队伍，更没有一名具有电缆施工经验的技术人员，工作开展难度可想而知。电缆深埋地下，不仅敷设走向受到限制，其施工环境和作业条件也有所限制，所花费的时间、精力和成本，远高于地面架线，施工作业更是难以想象地艰难。

何光华没有退缩，她和男同事一起，钻缆沟，爬天井，晴天一身灰，雨天一身泥，克服一切困难，凭着坚韧的意志和不服输的脾气，在施工现场摸爬滚打。她如饥似渴地学习电缆相关知识，到处拜师学艺，足迹遍布大江南北。她喜欢待在施工现场，琢磨如何加快施工进度，减轻工人劳动强度和提高施工安全。她根据开瓶器原理，发明出一套机械手，能够快速使带电电缆脱离分支箱，提高了抢修速度。工人师傅说，这套装置解决了现场抢修存在多年的难题，好用、管用，纷纷举起大拇指直夸她。

成功的喜悦让何光华意识到，一项好的发明，能够从根本上推动生产力发展，提升劳动率。发明创造不一定非是高大上的，只要能解决现场实际困难，就是好的发明。创新如果离开了实际应用，不能回归到工作中解决实际问题，就没有任何意义。

何光华坚定了创新为基层服务的信念：从实践中来，到实践中去。2003 年至今，她心中的创新种子渐渐发芽、开花、结果，组建成立以何光华创新工作室命名的创新团队，最终成长为一棵参天大树，结出累累硕果：

1. 伸缩型半自动内锁
2. 智能井盖控制器
3. 一种驱鸟器带电远控安装操作工具
4. 大截面、高落差高压电缆线路高点无接头连续敷设工法
5. 高压大截面电缆线路可适位宽度调节敷设工法
6. 高压大截面电缆线路可适位高度调节敷设工法
7. 中压冷缩式电缆接头界面压力检测方法
8. 电缆冷缩式接头密封阻水优化制作方法
9. 电缆终端支柱绝缘子带电消缺方法及装置
10. 高压电缆接头包裹式柔性防火防爆毯

11. 高压电缆接头包裹式柔性防火防爆毯拼接结构

12. 高压大截面几字形高落差电缆线路可调式适位固定夹具

13. 高压大截面电缆可适位宽度调节敷设固定的插片式装置

14. 带有摩擦力监控的电缆放线滚轮架

15. 电缆盘组合拼装式同步放线启制动装置

16. 地面电缆输送保护装置及电缆施工输送结构

17. 电缆盘及快速抢修电缆装置

18. 电缆导向固定装置及电缆施工输送导向装置

……

在这棵参天大树中，最耀眼的一颗果实，无疑属于"高落差高压电缆线路无损施工技术"。中国科学院院士周孝信领衔的鉴定委员会认定，该成果整体技术居国际领先水平。

2020 年 1 月 10 日，何光华第一次走进人民大会堂，代表国家电网有限公司、代表广大一线电力工作者，获得产业工人最高荣誉——国家科学技术进步奖二等奖。

习近平总书记握住何光华的手，让她感受到春天阳光般的温暖。通过电视直播画面，无数产业工人激动万分，倍感荣耀。那时那刻，他们的心和何光华紧紧连在一起：为了科技兴国，为了产业强盛，为了祖国未来，付出任何代价都值得。

走下领奖台，何光华感慨道："作为一名工作在一线的普通工人，从来没有奢望能获得这么高的荣誉。手中这张沉甸甸的证书，不是属于我个人，而是属于所有产业工人的。我只是代表他们站在台上领奖，荣誉属于每个人。"简单几句话，朴实无华，却说出了以何光华为代表、奋战在基层的产业工人，坚定科技创新的心声。

只争朝夕，不负韶华。二十年岁月，江河奔腾，见证了何光华创新取得的辉煌与荣耀，见证了时代改革和发展的巨变。

每个人都有梦想，如果梦想只停留在想象中，人终将虚度一生。何光华与别人的不同之处在于，她只要有想法就一定会想方设法付诸行动，并为此而奋斗。无论即将面临多少困难和艰辛，付出多少岁月年华，何光华始终认定一个目标，不达目的不罢休。

何以光华，因为不负韶华。

何光华的事迹成为国网无锡供电公司职工砥砺前行的榜样，她的团队成员徐雅惠、何建益、卞栋、齐金龙等，以及近年来不断涌现出来的杰出代表秦鋐、刘志仁、张云飞、刘天怡、史春旻、陈浩等，他们传承何光华创新精神，发挥模范带头作用，一心扑在岗位上，在专业领域缔造一个又一个奇迹，成为各自领域里的技术能手、业务骨干、专业领军和工匠大师。

为什么何光华有如此巨大的个人魅力，带动国网无锡供电公司全体职工，上下一条心，拧成一股绳，犹如一台高速向前的巨轮，以不可阻挡的态势，朝着一个又一个目标奋勇前进？

她坚韧的品质从何而来？

她是怎样走上创新道路的？

她和她的团队为什么会取得如此辉煌的成就？

让我们触摸时代跳动的脉搏，探寻历史车轮留下的车辙，它一定会告诉我们答案。

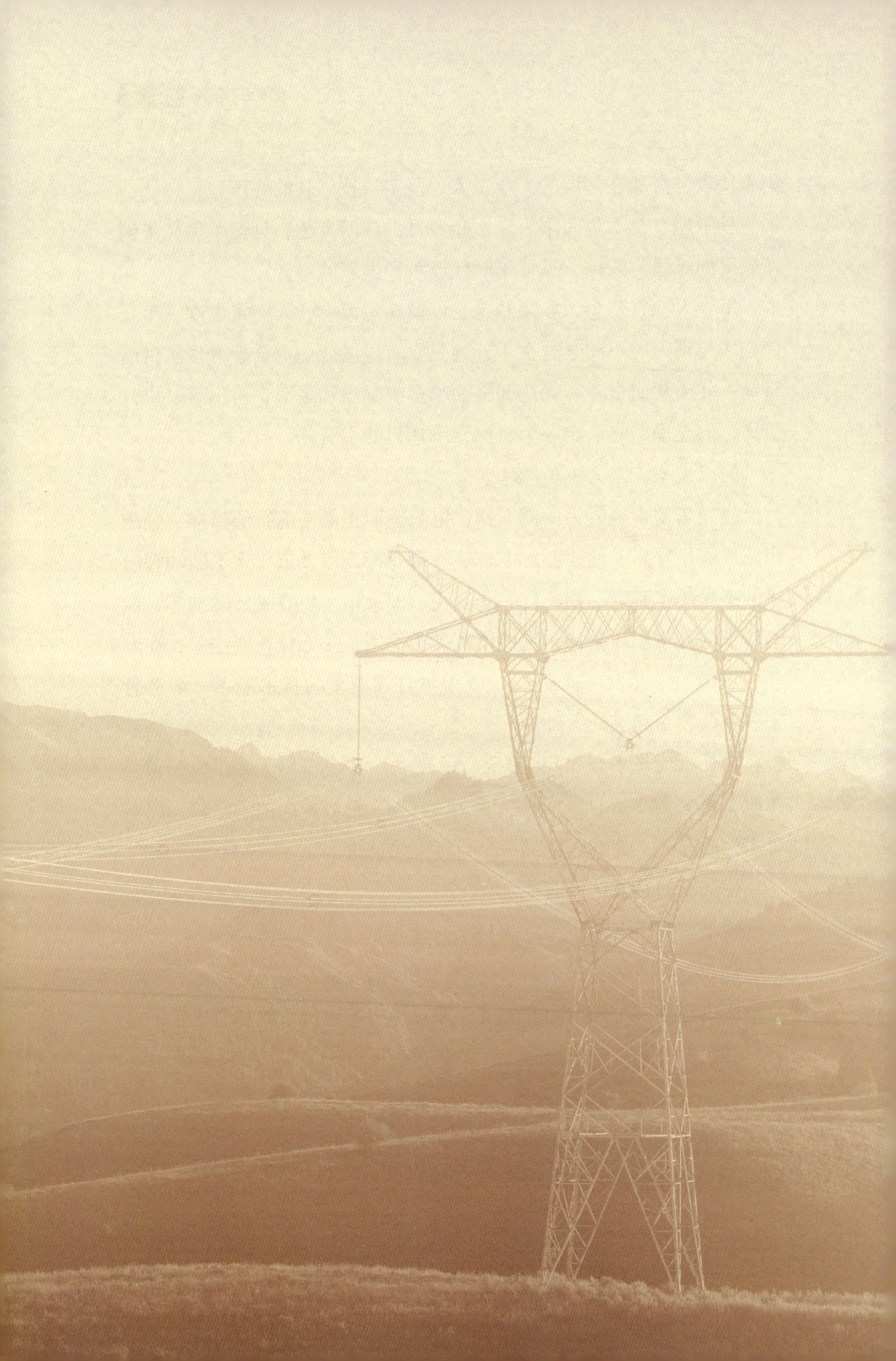

向光而生

立抱负

CHAPTER 1

　　父母是孩子的第一位老师，启蒙教育特别重要。家风的润泽与熏陶，化作流淌在下一代血液里的底气与品性。初生的婴儿，内心纯净得像一张白纸，大人画什么，孩子心里就形成什么样的人生观和世界观。何有钧注重言传身教，他给女儿何光华讲的故事都是经过精心甄选的，比如解放军用导弹打下敌人侦察机的故事等，让女儿从小就接受爱国主义教育。他希望把女儿培养成对祖国有用的人才，长大后能为国家贡献一份力量。在何有钧的有心引导、悉心栽培下，何光华向光而生、茁壮成长。

一 运河边的长相思

京杭大运河，其历史可以追溯到春秋时期，后历经各朝代的不断开凿，至元代成为纵贯南北的水上交通要道。千百年来，古老的大运河奔流不息，连接着过去、现在和未来，焕发出勃勃生机。如今，宽阔的水面波光粼粼，两岸绿树成荫，一条条满载物资的船只，往来穿梭其上，踏浪而行，繁忙而井然有序。这条世界上最长的人工运河，至今仍承担着水路运输大动脉的角色。

大运河横亘中华大地，时而经过喧闹的城市，时而穿越阡陌纵横的稻田，犹如一名千里奔袭的侠客，身影孑然与天为伍、与地为友，风尘仆仆直奔江南而来。

大运河穿过长江，眼前开阔起来，迎面而来一座小岛，岛上飞檐立壁，柳树如荫。这岛叫黄埠墩，又称"小金山"，是京杭大运河无锡段中的一个小岛。

"啊，无锡到了。"大运河在此放慢了脚步。

无锡古代盛产锡矿，古有谚语曰：有锡争，无锡宁。无锡上通长江，下贯太湖，扼守运河要道，丰沛的水资源孕育出繁华之地，这是一片少有的宁和、安居之地。顺着大运河一路进城，沿途可见小桥流水、白墙黑瓦，江南小城的万般风情——展现。

无锡，这座大运河唯一穿城而过的城市，像镶嵌在京杭大运河皇冠上的一颗璀璨明珠，缓缓展现一幅"江南人家尽枕河"的长卷，勾勒出"江南水弄堂，运河绝版地"这水景与城市交融的独特的水乡风貌。

运河是无锡人的母亲河，沿途的水岸人家，枕河而居。何光华就出生在运河之畔。她听着运河水的涛声，喝着运河母亲的乳汁长大。

何光华呱呱坠地那年是 1978 年。当年 5 月 11 日，《光明日报》头版发表特约评论员文章《实践是检验真理的唯一标准》，在全国范围内引发了一场关于真理标准问题的大讨论。无数渴望真理的人加入了大讨论，他们之中有科技工作者、教师、工人、学生，更多的是普通老百姓。

这一天，远在广东乳源县大山深处，何有钧正在挑灯夜读《实践是检验真理的唯一标准》这篇文章。读着读着，胸口仿佛有一阵春风吹过，宁静的心田荡起涟漪。他的思绪跟着那一圈圈涟漪一遍遍回忆和女儿在一起的美好时光。女儿的笑声像小铃铛，让他心神摇曳；女儿睡着的时候像小天使，嘴角的一抹微笑是那么甜美；女儿的眼睛纯洁无瑕，闪着明亮的光芒……

这一夜，何有钧彻夜难眠。

生活在运河边的普通人家，心中的真理只有一个，就是一家人吃饱穿暖，阖家团聚，安安稳稳过好日子。为了生存，为了希望，他们终日忙忙碌碌，承载着运河的过去、现在和未来。

春去秋来，杨菊英抱着襁褓里的何光华，哼着童谣哄她入睡。杨菊英温柔贤惠，和许多普通女人一样，早早就结婚生子，承担起抚养孩子的重担。她一边哼着歌曲，一边想着心事。杨菊英心里只有一个愿望，那就是一家人高高兴兴在一起，不再分居两地，不再忍受思念的煎熬。然而，这个愿望却遥遥无期，她只能在梦里和千里之外的丈夫相会。可每次梦醒，她总不禁怅然若失，思念如潮水般涌来。

小时候，何有钧家里很穷，他的父母以沿街挑担卖菜为生。夏天，蔬菜新鲜卖得快，他家收成就好一些。到了冬天，菜的品种少得

○ 何光华父亲何有钧在工作现场

可怜，不是白菜就是土豆，父亲每天挑着担子沿街叫卖，能卖出去一半就不错了。为养家糊口，母亲天不亮就顶着寒风到运河里打水，挑到澡堂赚点辛苦钱贴补家用。

日子过得再难，何有钧的母亲也始终没有剥夺孩子读书的权利。何有钧的大哥好不容易考上南京电校，可每年的学费压得家里喘不过气来，导致何有钧的学费常常一拖再拖。好在当时国家有补助政策，何有钧的母亲向学校打了申请，解决了何有钧的学费。后来如法炮制，何有钧的二姐和小妹的学费国家都承担了。

初中毕业，何有钧决定跟大哥一样，选择去南京上电校，早毕业早工作，减轻家里负担。父母辛苦一辈子操持这个家，他唯一的愿望是让他们安度晚年，不再为家庭操心。从南京电校毕业后，他服从国家分配，去了南水水电站。水电站位于广东省韶关市乳源县，下了火车还得坐汽车，在深山老林里转半天才到。女儿何光华出生时，他已经在水电站工作了十个年头。

当年，何有钧被分配在水电站载波班。他学的是通信专业，业务上熟练，又肯钻研，很快成为班里的技术能手。一次，他给直流载波机设计了一个自动切换装置，解决了手动切换时的通信盲点。年终表彰大会上，水电站领导奖励他五块钱奖金。那时候，他一个月工资才三十块。他用五块钱买了大包小包的广东土特产，春节探亲时带回家。他的母亲高兴坏了，把土特产分给周围邻居，其中就有杨菊英的父母。

何有钧和杨菊英青梅竹马，两家人门对门，平常家里做了好吃的，会给对方送点过去，就像一家人。听说何有钧在水电站干得不错，不仅得到领导表扬，还发了奖金，杨菊英父母觉得把女儿托付给何有钧，心里踏实，就与何有钧父母表明了心意。何有钧和杨菊英本就情投意合，只是脸皮薄。现在这张窗户纸被捅破，两人顺理成章地点头答应了这门婚事。第二年，何有钧回家探亲，两人领取结婚证，就在家里办了场简单的婚礼。

自此，一对新人过上了两地分居的日子。何有钧像一只候鸟，每年春节回到家乡，过完年，依依不舍踏上去广东的列车。四年后，女儿何光华呱呱坠地，稚嫩的哭声给夫妻俩带来了初为父母的快乐，分居之苦顿时化为乌有。何有钧按照"有光祖德，世守忠贞"的家谱顺序，给女儿取名"何光华"。一来女儿是"光"字辈，延续了何家血脉，二来有光耀中华的含义。何有钧希望女儿长大后能够为国家出力，成为有用人才。

女儿是何有钧的掌中之宝，含在嘴里怕化了，捧在手心怕摔了。女儿的一颦一笑、一哭一闹，在他眼里是那么可爱，怎么呵护都不为过。每次探亲假期最后几天，想到要离开女儿和妻子，离开温馨的家，他总是舍不得，心里充满了愧疚。

妻子杨菊英一个人操持家务，既要照顾体弱多病的父母，又要养育年幼的女儿，平常还要上班赚钱，特别不容易，何有钧常常自责。自己远在千里之外，父母有个三长两短怎么办？妻子身患矽肺病，万一发作了怎么办？女儿年幼，生病了怎么办？妻子独自一人支撑一个大家庭，作为男人，怎么忍心看着柔弱的妻子承担如此巨大的生活压力，望着妻子消瘦的身影，他打定主意，无论付出多大代价，面对多大困难，一定想办法回到无锡，回到妻子和女儿身边。他要让家成为完整的家，让妻子得到完美的幸福，让女儿沐浴在父亲的爱河里。

每每忆起这段往事，何有钩的目光中都闪烁着点点泪光。"每天下班回到宿舍，寂寞和孤独陪伴着我，如果不是妻子坚强地挑起家庭重担，我都不知道那些日子是怎么熬过来的。两地分居越久，我亏欠她们母女俩越多。我每天都看报纸，了解国家发展动向，希望有一天，能够解决像我这样两地分居家庭的困难。当看到报纸上刊登真理标准大讨论的文章时，我感觉寒冬已过，春风吹拂大地，希望在田野上破土而出。"何有钩回忆道。

大山里的日子平淡如水，对何有钩来说，从家乡寄来的每一封信，都能让他开心好几天。鸿雁飞书，字里行间，让他忘却短暂思念，沉浸在妻子对女儿可爱乖巧的一言一行的描述中。这样的日子年复一年，渴望回家的念头越积越厚，堵在心头令他茶饭不香。终于有一天，平淡的日子激起了波澜，就像一块石子落在平静的水面，溅起无数浪花。

二 在白纸上描绘人生

女儿何光华三岁那年，妻子杨菊英发来电报，要带女儿来水电站探亲，看看他工作和生活的地方。收到电报，何有钧高兴坏了，蹦得老高，逢人就拿出全家福照片，指着抱在怀里的何光华说："这是我女儿，多可爱，她马上就要来看我了。"

何有钧专门请了一天假，去火车站接人。将近一年不见，女儿个子又长高了，蹦蹦跳跳像只小鸟扑进他怀里，奶声奶气地喊着："爸爸，爸爸。"何有钧心融化了，一把抱起女儿，原地转了两个圈。女儿张开双臂，兴奋得"咯咯咯"直笑。

南水水电站交通不便，消息闭塞，头一遭有职工家属从千里之外的江南来探亲。消息传遍全站，人人皆知。有些职工下了班跑到宿舍看望一家三口，见到何光华俏皮可爱的样子，觉得她像画里走出来的小人，精致秀气。

何光华不怕生，扑闪着两只大眼睛，对叔叔阿姨做鬼脸，还在床上翻跟斗，表演跳舞，惹得大家开怀大笑。有人就说这孩子人小鬼大，有自己的主意，遗传了父亲性格。何光华好奇心特别重，见到稀奇古怪的东西就问父亲，这是啥，那是啥，问完了就学着说。那时候她刚学会讲话，舌头没捋直，牙齿没长几颗，说话漏着气。有时说不清楚，一句话堵在心里面讲不出来，心里着急，小脸蛋憋得通红，特别有趣。

何有钧抱着女儿参观水电站主控室，何光华一见到不停闪烁的信号指示灯，嘴巴张得老大，小手一指，问："爸爸，那是什么？真好看。"何有钧很有耐心地给女儿解释，这些指示灯代表什么信号，那些仪表有什么用处。呱啦呱啦讲半天，猛然发现女儿趴在肩膀上睡着了，口水流得老长。正在值班的同事打趣说："何有钧，你家宝贝女儿才多大点，讲这些专业术语，我都想瞌睡，别说这么小的孩子了。"

何有钧一本正经地说："你们别小瞧三四岁的小孩，我们老家有句俗语，'三岁看大，七岁看老'，意思是小孩子长到三岁，基本能看出长大了会成为什么样的人。我女儿小脑袋瓜子特别聪明灵巧，长大后肯定超过我。"

家属来探亲，站里领导对职工自然关心备至，关照何有钧上半天班就行了，其余时间陪家属在周围转转，领略水电站优美的环境。何有钧一有空就带母女俩去后山看风景。

山里空气清新，漫山遍野的树林像大海一样无边无际，林子深处传来鸟儿清脆的叫声，仿佛在欢迎新来的客人。广东的春季不像江南那般湿冷，春风吹过，山坡上开满五颜六色的野花。何有钧用花朵编了个漂亮的花环，女儿喜欢得要命，整天戴在头上，连睡觉都不肯取下来。

编花环的时候，何光华好奇心上来。"爸爸，这是什么花？爸爸，你刚摘下来的花叫什么名字？……"一个个问题难倒了何有钧。他整天埋头工作，专业术语讲得头头是道，可这些五颜六色的野花叫啥，一下子难倒他了。无奈之下，何有钧敷衍地回答："这朵是红色花，这朵是黄色花，那朵是紫色花……"幸好花环编好，吸引了女儿的注意力，他总算松了口气。

女儿走累了，一屁股坐在地上。何有钧生怕女儿着凉，抱起女儿骑在自己的脖子上。女儿又惊又怕，大声尖叫，抱住爸爸脑门不肯放手，瞪着两只惊恐的小眼珠，一旁的杨菊英乐得前仰后合。

女儿银铃般的笑声在山谷中回荡，温柔贤惠的妻子陪伴在身边，何有钧心里灌了蜜似的，整天乐呵呵。神仙般的日子不知不觉就要结束，何有钧舍不得离开母女俩，舍不得天伦之乐，他算了算积攒的假期，正好够回无锡老家一趟。他向单位打了申请，以路上不安全、护送母女俩回家为由，登上了北上的列车。

列车上坐满了旅客，窗外风景如画，远山迤逦，绿水青山，飞速地向后倒去。路过的每一座城镇，放眼望去都是繁忙的工地、忙碌的工人，高楼大厦如雨后春笋般矗立起来。辽阔的大地仿佛一片热土，处处是生命苏醒的气息。车厢里，人们的目光既迫切又热烈，充满了朝气。火车的隆隆声如同大地跳动的脉搏，改革开放正在改变中国，改变每一个人的命运。望着车窗外巨大的变革，何有钧双眼湿润，陷入了沉思。

此时女儿撒起娇来，非要母亲讲个故事才肯睡觉，喧闹声把何有钧沉思的目光从窗外拉回车厢。他见妻子一脸倦色，担心她身体不舒服，就对女儿说："到爸爸这里来，我给你讲故事。"何光华爬到父亲身边，一头枕着爸爸的胳膊，两条细嫩的脚丫搭在母亲腿上，眼中流露出兴奋的神情。女儿喜欢听什么样的故事呢？何有钧目光柔和地抚摸着女儿那期盼的眼神，想到了一个故事。水电站八小时工作之外的业余生活，十分枯燥乏味，站里有一间图书室，里面书不多，早就被他看了个遍，没什么新鲜内容。不过，站里有时会播放一些电影，调剂职工业余生活。如果偶尔播出一部内部纪录片，那不得了，会吸引全站职工都来看。不久前，放了一部解放军击落国民党 U–2 型高空侦察机的内部片，何有钧看得津津有味。他觉得讲这么一个解放军斗智斗勇的故事，一定能引发女儿的兴趣。

他绘声绘色地讲了起来："中华人民共和国成立不久，解放军战士们在雷达上发现敌机入侵，却没法打下敌机，为什么呢？原来，解放军没有导弹，只有高射炮，最高射程才 5000 米。敌机好像知道我们火炮射程短，故意在 1 万米高空盘旋，像是在嘲笑解放军落后的武器装备。这事让周恩来总理知道了，说解放军要有自己的导弹部队，坚决守卫新中国的领空。后来，我们研制出导弹，建立了自己的导弹部队。有一次，敌机大摇大摆进入我国领空，导弹部队的官兵早就憋了一股子气，启动按钮，三枚导弹腾空而起，利剑一样划破天空，打下一架 U–2 侦察机……"

故事讲完，何光华眼珠一眨不眨，露出崇拜的目光，兴奋得连觉都不肯睡。周围旅客很惊讶，问何有钧是不是在科研单位工作，怎么知道那么多内幕消息。改革开放后，科技工作者在社会上的地位越来越高，成为人民群众羡慕的对象。何有钧虽然是搞技术的，但并没有沾沾自喜，如实回答在水电站工作，和科研单位没有关系。

有位旅客问道："何师傅，您为什么选这个故事讲给女儿听呢？"

何有钧说："我从小对学校、对共产党、对整个国家都心存感恩之心。没有共产党，我就没学上，就没有今天幸福的生活。可以说，是党和国家给予的一切，改变了我的人生命运，让我拥有了幸福的家庭。"

其实，何有钧是想表达埋藏在心里的一个心愿。

"一路上，我给女儿讲了些战斗英雄或者军事题材的故事。我是有意讲给她听的，我自己的孩子，从小就应该接受爱国主义教育，长大后为国效力，为国家贡献一份力量。小孩子嘛，就是一张白纸，大人画什么，小孩内心就形成什么样的人生观和世界观。父母是孩子的第一位老师，启蒙教育特别重要，我的愿望就是把她培养成对祖国有用的人才，来报答国家的养育之恩。"

三　奏响种子发芽的序曲

高尔基说过，父爱是一部震撼人心的巨著，读懂了他，你也就读懂了整个人生！父亲这本书，写满了人生哲学，刻画了人生的奋斗和努力、拼搏与勇气。

在何光华眼里，父爱是座大山，伟岸的身躯遮风挡雨；父爱是一汪清泉，温柔的目光情深似海。

功夫不负有心人。1982 年，适逢国家人才政策调整，何有钧终于调回家乡工作，和妻子女儿团聚，结束了长达 14 年之久的两地分居。回到无锡，他被分配到无锡供电局载波通信班，干起了老本行。

○ 1982 年，何光华和父母在宜兴张公洞开心游玩

何有钧特别珍惜和家人在一起的日子，把作为一名父亲的所有情感倾注给了女儿。

春暖花开，他带女儿爬惠山、挖野菜，在田野里寻找春天的美味。夏日炎炎，他和女儿下河捞小鱼小虾和螺蛳，晚上烧一大锅大自然的馈赠。秋高气爽，两人去广场放风筝，女儿开心得张开双臂跑来跑去，像天上那只蝴蝶风筝似的自由翱翔。寒冬腊月，他教女儿锻炼身体，示范怎么倒立、翻跟头、竖蜻蜓。女儿很快学会了，可以像男孩子那样连翻七八个跟头不喘气。

何光华天生对新事物感到好奇。幼儿园里，她是问号最多的小朋友，连老师都称奇不已。在家里，她像只赖皮虫，黏在父亲那张超大的桌子旁，赶也赶不走。何有钧在业余时间喜欢搞小发明，桌子上摆满了心爱的仪器设备。他生怕女儿年纪小、不懂事，弄坏他发明的设备，一旦看见女儿靠近，就大声呵斥，吓得女儿眼泪汪汪，不情愿地走开。

○ 1986 年，何光华孩童时期

何光华从小聪慧，做事有板有眼，更有主见，像个小大人，从来不用何有钧操心。她个性随父亲，开朗、坦诚、心里藏不住事。上小学那会，她在学校里是老好人、热心肠，以帮助别人为乐。她抢着做班务事，打扫卫生、帮老师发卷子、出黑板报……她是快乐的源泉，人群中只要有她在，总会爆发出银铃般的笑声。她成绩优秀，名列前茅，是老师心目中的好学生，深得大家喜爱。

女儿小学三年级那年，何有钧单位分了福利房，一家人终于告别老房子，搬进了宽敞明亮的楼房。新房面积不是很大，却有一间书房，这把何有钧乐坏了。他把书房改成实验室，和女儿约法三章，未经许可，不准进书房打扰他做实验。

一个夏天的傍晚，吃过晚饭，何有钧在书房忙碌着。他正在组装一台设备，由于工艺要求，不能开电风扇，以免干扰组装效果。那天天气炎热，房门大开正通着风，何光华悄悄溜了进去。桌子上开了盏台灯，何有钧全神贯注于手头工作，汗珠一滴滴往下流，没有注意女儿偷偷进来。过了会儿，他发现少了个零件，翻遍桌子都不见踪影，突然看见女儿半个脑袋露出桌面，眼珠瞪得老大，一动不动看着他。

"是不是你拿的？"何有钧虎着脸问，"是的话拿出来，爸爸装好这道工序，明天一定给你修门铃。"桌上堆满了仪器、工具、线路图纸、集成线路板和电气元件，虽然看上去凌乱不堪，其实每样东西的位置，何有钧心里都记着，一动准知道。零件肯定是女儿拿走的，没有修好门铃，女儿心里堵着气，成心来捣乱，那点小心思瞒不过他。女儿如今长大了，何有钧答应她的事没有完成，她会使个小心眼，耍耍小脾气。

何光华极不情愿地从兜里掏出零件交给何父亲，眼角泪光点点地说："爸爸，咱们拉钩吧，不然你明天又会忘了修门铃。"

"好，爸爸答应你，不会忘的。"何有钧伸出手做了承诺，女儿这才破涕为笑。

原来，搬进新房后，何光华看见别人家都装了音乐门铃，特别羡慕，也想给自家大门装个音乐门铃。"叮咚叮咚"，音乐响起，说明客人登门拜访，既好听又不误事。何有钧满足女儿的愿望，给家里装上时髦的门铃，何光华高兴得随着音乐跳起了舞。不过，门铃质量不过硬，一两个月后就坏掉了。换了好几个，都是同样的毛病，钱花了不少，门铃时常成了聋子的耳朵——摆设。没了悦耳的音乐，每当有客人在外面敲门，何光华都磨磨蹭蹭，不是特别情愿地去开门。

"爸爸，门铃经常坏，你会不会修啊？"何光华可怜巴巴地请求。女儿的事就是自己的事，何有钧答应女儿修好门铃，可事情一多就忘记了。

第二天是周末，何有钧放下手头所有事情，动手拆门铃。门铃内部结构特别简单，检查后发现是零件虚焊造成的，没什么技术含量。门铃不贵，平常人家坏了就坏了，大多换个新的。虽说花不了几个钱，可去市场买要花时间，动手换也要花时间，特别麻烦。何有钧随便捣鼓两下，门铃就修好了，省时又省钱。

音乐再次响起，何光华跟着节拍，挥舞手臂转了一圈又一圈。听说何有钧会修门铃，邻居们三天两头把坏了的门铃送来修。那段日子，家里成了修理铺，各种铃声此起彼伏。

当时，何有钧在研制一种感应装置，能够自动感应检修人员的工作位置，人员进入警戒范围，装置会立即发出警告声，提醒注意。

变电所高压开关停电检修，按照安全规程要求，检修区域必须用隔离带和围栏围起来，挂上警示牌，以醒目的标识和带电区域区别开来。虽然安全措施防范到位，但难免还是会有人粗心大意，稀里糊涂走到带电开关位置。这种情况十分危险，可能会引发触电事故。

何有钧研制的这台装置，目的是能够感应距离远近，一旦检修人员进入感应区，立刻启动警告系统，发出譬如"我是 2201 开关，请注意安全距离"的警告声，直观有效，能起到很好的警示作用。

装置最关键的元器件是语音集成芯片，市场上能买到的集成芯片只能发出简单的蜂鸣声，声音特别刺耳，警示效果差。何有钧的书桌上有一堆从门铃上拆下来的音乐集成芯片，有一天，他顺手拿了一块装上感应装置，测试感应灵敏度。

何光华放学回家，听见"实验室"传来音乐声，放下书包直奔进来，睁着一双好奇的眼睛，看父亲调试灵敏度。看着看着，她开始不安分，一会儿靠近桌子，一会儿又远离桌子。那台装置也跟着一会儿响起音乐，一会儿鸦雀无声。何光华一脸好奇，玩起来没完没了。家里仿佛开起音乐会，她就像一名指挥家，身体是指挥棒，装置是她的乐队，随着身体的移动奏响美妙的乐曲。

女儿快乐的笑声感染了何有钧，他眼光中闪现出慈祥和溺爱的目光。

何光华疯玩了一把，似乎累了，停止指挥，走到父亲身边问道："爸爸，你能不能把这套设备装在门口？"

"装门口干吗？"何有钧心里奇怪。

"家里要是来客人，只要靠近大门，不用动手按门铃，就响起音乐声，多方便呀。"

何有钧觉得女儿这个点子不错，想象力丰富，不过不太现实。他摸摸女儿小脑袋，开导她："你看这台设备，价格这么贵，一台价格顶儿百个门铃，做门铃不划算吧。它那么大体积，搁家门口碍事不说，邻居上上下下经过时都感应一下，那我们还要不要睡觉了？开动脑筋多想象是好事，可也要根据实际情况。"

听了父亲的话，何光华点点头，若有所思地回到自己房间。她还有许多作业要做，自动感应门铃这个想法，够她琢磨很长时间了。

悠扬的音乐在耳边回响，陪伴无忧无虑的何光华，留下一段快乐的记忆。也许，在这段时光里，一粒种子已悄然植入她心中那片土壤。

风吹过大地，埋在深处的种子，等待春天的惊雷将它唤醒。云在天上凝聚，细雨飘飘洒洒，涓涓细流沁入泥土，蕴含希望的种子，等待破土发芽。这粒种子，必将成长为一棵茂密的大树，撑起一片蓝天。

四 一分努力一分回报

进入 20 世纪 90 年代，随着改革开放不断深入，人民群众生活条件得到极大改善，家用电器开始进入寻常人家。像洗衣机、电冰箱、电视机、录音机等家用电器，逐渐进入普通人家，提高了人民群众的生活质量。尤其是电视机的普及，极大地丰富了老百姓的精神生活。一家人围坐在电视前，看《新闻联播》《动物世界》、春节联欢晚会，欢笑声交织在一起，是一幅多么其乐融融的画面。

何光华喜欢看电视，经常去邻居家蹭电视看。何有钧认为女儿老是麻烦邻居不太好，就和妻子商量，咬咬牙，拿出多年积蓄，买了一台黑白电视机。电视机搬回家那天，何光华围着屏幕转啊转，焦急地问父亲："怎么还没有图像出来？"

"急什么，天线还没支起来，怎么会有图像。"何有钧拉出天线，左转转右转转，图像出现了。何光华马上安静下来，坐在电视机前面像个布娃娃，任谁喊她都不理睬，连饭都不肯吃。

杨菊英假装发火，要关电视机，何光华急得跳起来，一本正经地解释："别关，我通过电视机学习动物知识，以前只能靠想象，现在看到影像，特别生动有趣，一下子就记住了。"

何有钧一看还真是，解说员浑厚的嗓音正在介绍非洲大陆的野生动物。辽阔的大草原上，动物们时而你追我赶，时而趴在草地里休憩，大地上生机勃勃。

可好景不长，电视机出现了故障，满屏雪花，收不到任何图像，这可急坏了何光华。她每天准时收看的两个节目，是她最喜欢的《动物世界》和动画片。现在没的看了，心里像失去了什么，空荡荡的。她缠着父亲，赶紧叫人来修电视机。

电视机在当时属贵重物品，坏了，何有钧当然心疼。厂家设有专门维修部，何有钧把电视机送过去，一打听，维修费竟然可以买十几斤猪肉，相当于他半个月工资，太贵了。他摸摸口袋，几张皱巴巴的五块钱纸币捏在手心里，汗渍渍的。前几天，他花了四十多块钱买回一堆零件，这事还没告诉妻子，现在可好，没钱修电视机了。

何有钧心里琢磨：自己会修通信线路，看得懂线路图纸，何不尝试自己修呢？电视机线路板看上去不算复杂，只要搞懂其中原理，修好应该不难，何必花那个冤枉钱。说干就干，他买来电视机维修原理书籍，边研究边修理。真被他说中了，电视机线路和通信原理有点类似，触类旁通，他很快找到了故障原因。一阵捣鼓，屏幕亮起清晰图像。女儿何光华高兴坏了，搂着何有钧的手臂大叫："爸爸真厉害，爸爸真棒！"

何有钧会修电视机的消息传遍了小区，街坊邻居纷纷找上门，求他帮忙修电视机。何有钧是个热心肠的人，爽快答应下来。他给邻居修电视机，小零件坏了，不收任何费用，只有屏幕或者高压包坏了，才收零件费。修好电视又不收钱，邻居们都不好意思，就想了个折中法子，有的带一盒奶油饼干，有的带一包大白兔奶糖，借口给何光华尝尝，让何有钧无法拒绝。

那个年代，饼干和奶糖是稀罕物，是一般人家逢年过节用来招待客人的，是高级货。何有钧和妻子工资都不高，平常哪舍得买。别人送来饼干、奶糖，何有钧舍不得吃，都留给了女儿。何光华人小嘴馋，吃得津津有味，边吃边嘟囔："我长大了要像爸爸一样，学会修各种电器，天天有饼干、奶糖吃。"

一次，何光华去教师办公室取批好的考卷，无意中听见班主任安老师抱怨家里一台进口电视机坏了，修了几次都没修好。她自告奋勇告诉班主任，她爸爸会修电视机，而且免费修，不收一分钱。安老师半信半疑，抱着试试看的心态，把电视机送到何光华家里。何有钧修过十几台各种型号的电视机，这种型号的进口电视机曾经修过一台。他请安老师坐一会儿，喝口茶，自己则走进"实验室"开始捣鼓起来。不到一个小时，"实验室"响起了熟悉的《新闻联播》开场曲。安老师连声感谢，竖起大拇指说："没想到何光华同学有一位如此心灵手巧的爸爸，看来她的聪明好学遗传了父亲的基因。"

何光华是班长，勤奋好学，成绩优秀，帮老师做力所能及的班务事更加积极了。看着女儿每天哼着小曲回家，脸上挂满了笑容，何有钧像吃了蜜一样，甜滋滋的。

五 象牙塔里的磨练

"勿谓寸阴短，既过难再获。勿谓一丝微，既缁难再白。"何有钧常用清朝朱经的这首诗勉励女儿。不要因为寸阴短而不珍惜，它一旦溜过去了，就难以再得到。不要因为一丝光太微小了而不珍惜，它一旦消逝就难以照亮黑暗。

何光华聪明乖巧，自然懂得父亲的一番苦心。在学习上，她从来没让父母操过心，成绩一直名列前茅。在班级里，她得到的表扬最多，拿到的三好学生证书也是班里最多的。在家里，她力所能及地帮母亲买菜烧饭，每次吃完饭都抢着洗碗，然后才回房间复习功课。

小学毕业，何光华升入积余初中。这是一所普通初等中学，学生来自学区内各所小学。有些家长对孩子抱着无所谓的态度，学习上放任不管，只要不犯错就行。不过学校老师非常负责，认为每个学生都是可塑之才，关键是怎么引导学生端正学习态度，激发学生的学习欲望。

"分数不是未来道路上唯一的标准，重要的是你对待人生的态度。"班主任华老师没有要求学生一上来就确立远大目标，也不唯分数论，他循序渐进地引导学生养成良好的学习习惯，树立自信，拥有健康的体质，德智体全面发展。他培养学生各种兴趣爱好，鼓励学生广泛多读书，汲取更多课外知识。一有时机，他便带着学生们走出户外，领略大自然的魅力，拓宽胸襟与眼界。

何光华书桌上贴着一句座右铭——"态度决定一切！"她特别欣赏这句话，用它时时刻刻提醒自己。

按惯例，老师要定期家访，和家长当面沟通，指出学生存在的不足，以及协调双方的教育方式。何有钧虽然忙于工作，沉浸在发明创造中，却时刻关注女儿的成长。一个学期快结束了，班主任一次都没有上门家访，他不免担心起来。

临近期末考试，他去参加家长会，班主任一个劲在其他家长面前夸何光华，说她是全班同学的榜样、学校全体学生的表率。做父亲的这才了解到，女儿在学校表现十分优秀，品学兼优，门门功课第一，还经常帮助学习差的同学提高成绩。何光华是班主任眼里的好学生，根本无需家访。

女儿在学校表现得那么出色，何有钧心里当然高兴，回家路上买了很多好吃的犒劳女儿。看着女儿吃得津津有味，他问道："光华，你门门功课考第一，那你最喜欢哪门功课？"

"物理。"何光华不假思索地回答。

"为什么？"

"我们物理老师幽默风趣，上课氛围特别轻松，原本枯燥的公式，经他一解说，立马生动有趣，很容易就记住了。我最喜欢上物理实验课，老师手把手教我们做电磁转换等实验，那些抽象的画面栩栩如生地呈现在眼前，很有成就感。"

说者无心听者有意，何有钧暗自琢磨，女儿对物理实验产生浓厚的兴趣，或许受到自己整天在家捣鼓各种仪器设备的影响。如果是那样，不妨朝这个方向培养女儿的兴趣爱好，让她养成条理清晰、逻辑严谨的思考习惯。

转眼间，何光华长大了，出落得亭亭玉立，以全校第一的成绩考入无锡市第一中学。

能够考入一中的学生，都是全市各个学校的精英，是学霸。他们聪明好学，理解能力强，在学习上有独到的见解。何光华怀着期待的心情，走进一中这所重点高中。

优秀的老师就如一座灯塔，指引学生朝着正确的目标前行。一中是无锡市重点高中，师资力量雄厚，各学科老师敬业负责，对学生关爱细微，更懂得因材施教，为了教学事业呕心沥血。

高一上半学期，班主任注意到何光华求知欲旺盛，尤其在数理化课堂上，思维特别活跃，老师解题步骤还没讲完，答案已然写在她的脸上。但有几次上课，老师发现何光华精神有些倦怠，上课老是打哈欠，似乎熬了很长的夜。班主任意识到出了问题，就找她了解情况。

原来，问题出在英语成绩上。同学们大都来自重点初中，全英文授课模式对他们来说驾轻就熟，平常用英语口语交流也毫无压力。何光华就读于普通初中，之前没有接触过全英文授课，自然不习惯，几次摸底考试成绩不理想，巨大的差距让她产生了自卑情绪。不过，何光华从来没服过输，还是那句话，"态度决定一切"。既然英语是自己的短板，那么就正视它，用时间来弥补短板。她制订了计划，每天学习到凌晨，困了就掐大腿。天不亮起床背英语单词，课间尽量用英语和同学对答。由于缺少睡眠，上课时人就有些疲倦，精神不集中。

班主任了解情况后，欣赏之余多了份疼惜，她开导何光华："学习是一项终身事业，不能急于一时而影响身体。身体是'1'，学习、工作、生活等其他所有事项是'1'后面的'0'。没有了'1'，再多的'0'也没有了意义。"

何光华听懂了班主任话里的深刻含义，调整了学习计划，不再急于求成，而是针对薄弱环节进行重点训练，下半学期，她已经跟上了英语教学节奏，并能用熟练的口语和同学互相交流。

别看何光华理科成绩优秀，就以为她对文学不感兴趣，恰恰相反，她特别喜欢看文学类的书籍。父亲给的零花钱她基本上都花在买书上了，家里的书柜、床下堆满了经典文学著作。每逢周末，班主任经常看见她一早站在图书馆门口等开门。班主任爱才惜才，于是和学校打过招呼，让何光华担任图书管理员。这个善意的举动，让何光华终身受益。

图书馆有一种神秘的氛围，能够让人收敛躁气，摒弃烦杂，心无旁骛。书中自有颜如玉，书中自有黄金屋，每一本书都是精神食粮，激起何光华的求知欲。她所有的课余时间都交给了图书馆。她在这里安安静静做功课，累了就趴在桌子上休息。在这里有大量中外名著，这是一片书的海洋，给了她无尽的养分。

早期受父亲影响，何光华阅读了大量的科技、军事、历史题材书籍，确立了正确的人生观、价值观。徜徉在图书馆，她形成了客观、理性、缜密的思维模式，对社会和人生有了更全面透彻的认知与理解。特别是科幻小说之父儒勒·凡尔纳的《格兰特船长的儿女》《海底两万里》《神秘岛》等作品，在何光华的心里播下探索科技的种子。而英国作家丹尼尔·笛福的《鲁滨逊漂流记》，激励了她的一生，书中主人公鲁滨逊在艰难的环境下，没有放弃生存的欲望、历经万苦终于获救的故事，成为她遇到困难时迎难而上的精神力量。

作为一名不太"称职"的父亲，何有钧其实一直关心女儿的成长。尽管他忙于工作，经常早出晚归，但一回到家，再晚也会向妻子打听女儿的学习情况。譬如女儿因为英语成绩不理想，常常复习到很晚才睡觉，何有钧对这个情况是掌握的。不过他并没有干预女儿的学习，他相信女儿会调整好心念，端止态度，赶上英语进度。

他说："光华从小学到初中，成绩一直名列前茅，基本没受到过挫折。但一中是重点高中，能考进去的学生，个个不比她差，甚至比她优秀的也大有人在，这个时候，遭遇一点挫折，让她明白'强中更有强中手'这个道理。逆流而上，磨练磨练她的意志，未必是坏事。"

六　暑假义务打工

古人把时光比作白驹，庄子在《知北游》里感慨："人生天地之间，若白驹过隙，忽然而已。"对于何有钧来说，时光过得比白驹过隙还短暂，他恨不得抓住这匹白驹，让它听从口令，跑慢一点，再慢一点。

三年时间一晃而过，1996年高考结束后的那年夏天，何光华拿着高考成绩单，并没有征得父母许可，自作主张选择了河海大学电气工程及其自动化专业，算是继承了父亲的事业。父亲对女儿潜移默化的影响，终于结出了第一颗果实。何有钧感到无比欣慰。

● 1996年，何光华在河海大学求学时留影

去学校报到前，何光华自己打理行李铺盖，上街买洗漱用品，订了火车票。出行那天，何有钧挤出半天时间，帮忙背上铺盖，送女儿

去火车站。火车开动前，何光华从车窗探出半个身体，挥舞双手催促父亲快回单位，她知道父亲手头有一项科研新项目，时间对于父亲来说十分宝贵。父亲能抽出时间来送她，她已经很满足很开心了。

何有钧手头这项科研项目，全称是高频阻波器及结合滤波器在电力系统中的应用，这种设备在电网调度通信中运用广泛，是电力系统载波通信和继电保护系统的高频相差和高频闭锁保护的重要测量装置的组成部分。这种设备的生产厂家全国只有两家，生产周期长，价格昂贵，售后维护不尽如人意，维修还得看厂家脸色。何有钧牛脾气又上来了，决定自己尝试研制一台。只有掌握技术主动权，设备对变电所安全造成的影响才能降到最低，这是他多年来在发明创造上积累的经验。

立项前，何有钧捧着一本厚厚的《关于研制阻波器、结合滤波器在电力通信系统中应用》项目报告，去找时任无锡供电公司总工程师的樊晴中。

樊晴中仔细阅读了立项报告，拉着何有钧双手说："阻波器结合滤波器要是研制成功，那可不得了！无锡地区五年内要新建几十座变电所，你算算，一下子能节省二百万建设费用。到时候，你可是大功臣。"樊晴中向公司申请了八千元研制经费，何有钧受到莫大鼓舞，全身心投入到科研发明中。

一眨眼工夫，何光华放暑假回来了。此时，何有钧手头的项目已经进入关键阶段，却卡壳了，研究工作进行不下去了。

何光华长高了一截，亭亭玉立，脾气倒是没啥变化，大大咧咧，一回到家，没事总把脑袋凑近父亲那张凌乱的桌子，东瞧瞧，西摸摸。她见老爸抓耳挠腮，不时停下手中的活，盯着眼前的半成品一声不吭，就问父亲："怎么了，爸？"

"这台装置组装出来后，需要对测试数据的正确性进行校正和可靠性验证，可我查了国内外资料，只有建立数字模型才能在短时间内完成验证。靠人工验证，光那些海量的数据计算就能累死人，而且只要算错一步，就前功尽弃，得重新算，不知道猴年马月才能得出结果。"何有钧面露愁容，"我知道计算机能够快速运算，编程语言虽然懂一点，但外语我是门外汉，编起来速度太慢，经常出错，这可怎么办？"

"哎，我还以为什么难事，不就是编程嘛。巧了，这个学期学校正好教了这门课。我呢，就拿您这个项目开刀，练练我的学习效果。这样，爸，您把设备结构和运行原理给我讲一遍，我试试，能不能把它转换成数字模型，让计算机代替工作。成的话，您请我吃顿饭。"

何有钧用狐疑的眼光看了一眼女儿，心想："才上了半年大学，心倒变大了，口气不小，不知道学到真本事没有。我倒要看看，这半年大学生涯，你有没有真正掌握知识。"他答应了女儿的要求，说："如果成功了，不要说一顿，十顿八顿爸都心甘情愿。"

"好，一言为定，拉钩上吊一百年不许变。"何光华笑嘻嘻地和父亲开了个玩笑。

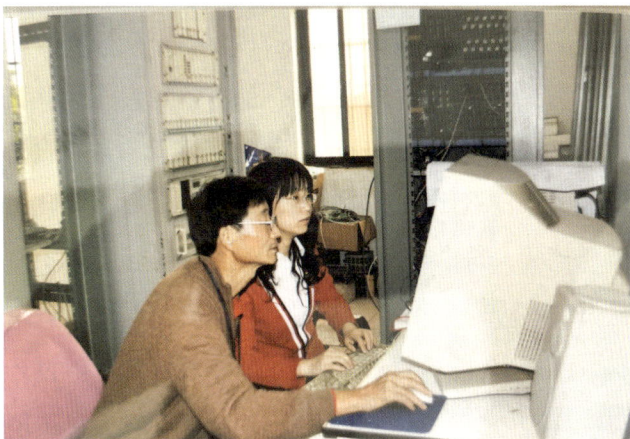

○ 大学暑假期间，何光华帮父亲编写程序

为了尽早证明自己的能力，何光华整天趴在电脑前编写程序。电脑是何有钧去电脑市场买来零件，自己组装的，他还舍不得用研究经费配置电脑。只见何光华双指在键盘上噼里啪啦一阵敲打，屏幕上不断显出各种指令和符号。何有钧看得眼花缭乱，却帮不上任何忙，心里有点失落，只好去侍弄滤波器物理模型，这个他擅长。编程过程中，每当何光华遇到对结构不明白的地方，何有钧都耐心地把原理一步一步说给她听。这时，何有钧才找回一点自信。

编程费眼神，何光华休息的时候，主动帮父亲组装模型，说："亲手组装模型和听你介绍模型结构完全是两码事。通过模型组装，我对模型的构造和运行机制能够直观深入了解，对建立数字模型有很大帮助。"

何有钧把自己发明的设备当成宝贝，不允许任何人碰哪怕一根手指，这个习惯保持多年。可眼下，在女儿振振有词下全面瓦解，没有任何理由反驳。女儿长大了，有独到的见解和想法，毕竟上大学了，眼光高，见识广。现在女儿主动帮忙，何有钧打心里高兴。让女儿参与自己的科研项目，提前了解电力系统如何运行，对她今后工作肯定会有帮助。

那个暑假，父女俩同心协力扑在科研项目上。何光华本就手巧，加上女孩子心细，模型组装非常顺利。何有钧见女儿能够沉下心来，严格按照组装工艺和步骤，一丝不苟装配模型，非常欣慰。组装过程中，何光华的要求竟然比父亲还苛刻，每个螺丝要多紧几遍，每个垫片尺寸要再三核验，每个焊点要焊得严丝合缝，容不得半点差错。

数字模型和物理模型不对应，何光华就把模型拆开，重新组装。验证结果没有达到设计要求，就继续重复拆开模型，改进，再组装。一遍又一遍，直到所有参数和数字模型相匹配。整个过程何光华没说过一句抱怨的话，她似乎比父亲更耐得住性子。

数字模型终于建立起来，何有钧迫不及待输入一串数据进行验证，除了一些细节需要改进，验证结果完全符合预期设想。

有了数字模型，海量数据的验算过程大大缩短，研制进度加快了不少。何有钧高兴极了，让他伤破脑筋的大难题，短短几天内被女儿解决了。他暗自感叹：科学技术迅猛发展，长江后浪推前浪，后生可畏啊！

何有钧履行了诺言，拉着女儿直奔肯德基，大度地说："菜单上有的随便点，今天我请客，庆祝女儿帮助老爸攻克了最大难题。"当时，肯德基刚进入无锡，价格并不低。何光华在南京上学时，一直想尝尝洋快餐的滋味，碍于囊中羞涩，没舍得吃。

何光华没有客气，点了一大堆美食，大快朵颐。何有钧笑眯眯地看着女儿狼吞虎咽的吃相，乐开了花。他问何光华："光华，我看别人放假，天南地北到处旅游，你为什么肯留在家里，和我一道研究枯燥的科研项目呢？"

何光华的回答干脆利落："我从小就喜欢看您动手搞小发明。现在，大学学的是电气工程，专业对口。而且有机会练习实际操作，学期结束，学校组织操作考试，我就占先了，别的同学可享受不到这种待遇。再说，我这个当女儿的，吃您的花您的，看到您自费搞科研，很乐意义务给您打工，替您省钱，为您分忧。"

他告诉女儿这次有八千块的经费，何光华激动得跳了起来，大声说："老爸，您真了不起，我们学校教授申请一个项目，学校研究半天才给三千块，您居然拿到这么多经费，简直是大土豪。不行，我得多敲土豪几顿饭，不然心里不平衡。"

何有钧眼角笑出了泪花，心里是万般欣慰。他深切感受到女儿已经长大了，拥有他那代人所不具备的知识和力量。独立的个性，自强的信心，在女儿身上表现得淋漓尽致。中国的未来，必然属于千千万万像光华那样，有理想有抱负的年轻人。

七 "准男友"破解编程难题

人生所有相遇，上至父母下至路人，都是一种缘分。有的缘分很浅，只是匆匆一瞥，再无交点；有的缘分很深，刹那间的相遇，便带来长久的相知相伴；有的缘分很美好，会带来一世快乐和幸福。

上大学前，何有钧和女儿约法三章：大学期间不准谈恋爱！他担心谈恋爱浪费女儿学习时间，影响学业。从小到大，女儿一直很独立，不用他们操太多心。可这次女儿不在身边，无法掌握她的思想动态，担心也很正常。

有一次，他无意间听见妻子和女儿对话。

妻子问："你以后准备找什么样的男朋友？"

女儿大声说："像老爸那样的。"

妻子说："你爸瘦得跟竹竿一样，模样可不咋样。"

女儿说："人不可貌相，老爸外表虽然普通，可发明了那么多专利，为国家节省了那么多资金，在我眼里就是一名英雄。我的男朋友，要像老爸一样聪明，和老爸一样个子高高，如果各方面都比老爸优秀就更好了。"

何有钧哑然失笑，原来自己在女儿心目中的形象竟然如此高大，还成了找男朋友的标准。知女莫如父，女儿眼界高着呢。尽管他相信女儿有自己的判断力，但还是善意提醒，希望女儿注意。何光华欣然答应。

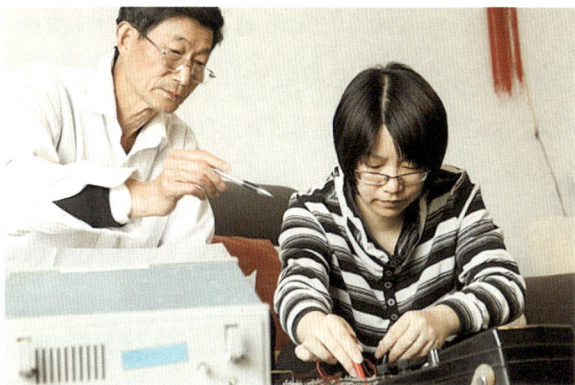

○ 何有钧指导何光华做试验

　　几年大学生活，何有钧并没有发现女儿有谈恋爱的迹象。放了假，女儿通常在家里看看书，或者看几场电影，偶尔约同学出去玩几天，也是告诉父母约了谁，去哪里玩。大部分时间，女儿会帮着他做一些科研项目的辅助工作，父女俩经常待在"实验室"，挑灯夜战是家常便饭。女儿动手能力强，悟性高，有女儿帮忙，进度就快了许多。何有钧年纪大了，盯着一件事做，眼睛容易花，腰板也容易累。每当他面露倦容，女儿就关心地说："老爸，您先去休息一会儿，剩下的事交给我，保证完成任务。"女儿是一位配合默契的得力助手，何有钧放心地把实验测试交给她独立去完成，只需简单交代几句，她便完全领会意图。只不过，这名助手不需要花钱雇佣，请她大吃一顿，她就能获得满足。

　　光阴似箭，大学生活转眼间就结束了。何光华大学毕业，陪伴她一起回无锡的还有一位高高瘦瘦的小伙子。小伙子到家门口，放下行李，脸上挂着阳光般的笑容，和何光华挥挥手就离开了，这一幕正好被何有钧看见。他大吃一惊，赶紧抓住女儿问个究竟。

　　"那个小伙子是谁？"何有钧口气里有种审问的味道。

　　"救兵啊。"

"救兵?"何有钧一时不知道女儿葫芦里卖的什么药。

"老爸,你手头那个直流电源监测项目,不是正愁软件编程进度慢吗?你让我帮你编程序,高级语言我没学过,这个忙肯定是帮不上了。这不,我同学是计算机高手,编程这种事对他来说不成问题,请他来帮你完成这个任务,怎么样?"何光华笑嘻嘻地抱住父亲肩膀,一副乖巧模样,想打消父亲的疑虑。

直流电源在变电站所有系统中,作为一个独立系统,为通信基站提供工作电源,同时给蓄电池充电,使电池保持满容量状态备用。作为备用电源,蓄电池必须保证正常电源中断时,能够立即自动切换,向基站输出直流电源,确保系统持续运行。然而在实际工作中,备用蓄电池会因为各种原因脱离直流系统,换句话说,蓄电池并没有按设计要求进行充电。时间一长,部分蓄电池存储的电能逐渐消耗殆尽,即使系统及时切换,也因为蓄电池没有储能而导致通信系统瘫痪。失去通信联络,意味着变电站成了"瞎子、聋子",成为摆设,失去正常调度功能。

何有钧着手开发的直流电源监测系统,目的是实现直流系统在线监测,一旦某组蓄电池电量低于某个数值,会立刻发出报警信号,提醒运行人员展开检查,消除故障蓄电池。在此基础上,他将所有蓄电池组成网络,实现智能化切换,确保通信系统无死角稳定运行。这套系统国内没有同类型设备可以参考,也就是说,一旦研制成功,就能填补电力通信系统的技术空白。

女儿的话一下子戳中了何有钧的弱点。之前因为吃过编程不熟悉的亏,他一边学习编程语言课程,一边摸索编写程序,但进度十分缓慢。计算机语言是他的弱项,女儿经常调侃他落后于时代潮流,未来世界属于计算机,属于互联网,单打独斗已经落伍,成功需要发挥共同智慧,需要团队精诚团结,互帮互助。

他懂这个道理，可在当时那个时代，手里拿着大哥大、穿着笔挺西装的大老板、大小经理，成为人们追逐的焦点。下海经商赚大钱成为年轻人眼中的时髦，这股风气影响了各行各业。大家只顾眼前利益，津津乐道于什么来钱快，整个社会被浮躁和疯狂笼罩着，有多少人能沉下心来搞发明创造，又有多少人能沉下心搞科学研究呢？

尽管单位领导十分重视何有钧开发的新项目，为他提供资金和工作上的便利条件，可何有钧缺的是志同道合的同行，缺的是创新项目的得力助手，这也是他经常有求于女儿的原因之一。

"你同学叫什么，学的什么专业？"何有钧觉得事情并没有女儿说得那么简单。

"他叫郑君立，马上要去东南大学读研究生，专业跟通信还有点关系，控制理论和控制工程。"何光华满不在乎地回答，"老爸，您到底想不想人家帮忙？想的话，我喊他明天过来。"

何光华眼角露出一丝慌乱，可没有逃过何有钧的眼神。不过，小伙子学通信专业，又是研究生，看来是个喜欢读书之人，何有钧心里涌出一丝亲切感。他心里琢磨：一个人喜欢读书，说明这人品格坏不到哪去。再说，那位小伙子笑起来像阳光一般明朗，如果是女儿的男朋友，她的眼光倒还不错。

既然女儿不肯承认，何有钧也不能让女儿太难堪，就没有再追问下去。最近项目进度比较慢，在这个节骨眼上，确实需要有人大力协助。

"好，明天你叫小郑过来，我倒要摸摸他有几斤几两。"

第二天是周末，何有钧一早待在"实验室"，心不在焉地敲击着键盘，似乎在等着女儿所谓的救兵。"伯父，您好。"小伙子敲门进来，落落大方，特别有礼貌，"请您给我讲讲这套设备的运行原理，模拟信号对应逻辑关系是什么，最终需要实现什么运行结果。"

何有钧给郑君立大致讲了直流监测系统的原理，又把蓄电池切换投入运行的逻辑关系梳理了一遍。郑君立听了不住点头。他学通信专业，主攻方向是电子通信，就是现在人们经常使用的手机通话和网络通信，对直流电源并不陌生。

郑君立打开何有钧正在编写的程序，仔细研究了一番，说："伯父，程序编写就交给我吧，保证在三天之内完成。"

"三天？"自己在电脑上捣鼓了一个多月，连程序的门都没摸到，小郑三天就能搞定，这也太快了吧？！何有钧不敢相信自己的耳朵。

"你保证没用，我要看结果。"发明创造靠的是一步一个脚印，持之以恒、日复一日的试验，来不得半点虚假，没有捷径可走。何有钧是务实主义者，他只看重结果。

"放心吧，老爸，郑同学在学校得过编程比赛二等奖，他要是完不成，我饶不过他！"女儿的话让何有钧吃了颗定心丸，不过还是不太放心，一直在"实验室"陪着小郑。说是陪，其实有点"监督"的味道。

三天后，"实验室"传来何有钧的笑声。经过对模拟信号多次论证，郑君立编写的程序，完全达到设计目的，数据分析准确无误，响应快速到位，运行逻辑没有任何差错。何有钧握住郑君立双手，连声感谢。

送走郑君立，何有钧这才问女儿，小郑跟她到底是什么关系。

何光华回答得挺老实，承认郑君立是她男朋友，她向父亲交代了两人是如何认识的。

何光华从小喜欢看书，世界名著、中国古典文学，甚至武侠小说、爱情小说都有涉猎。口袋里有点零用钱，她就去新华书店买各种书。家里所有的书柜、床下的纸箱，塞满了各种书，还不允许别人动她的宝贝。上了河海大学，学校图书馆成为她汲取知识的最好去处，她一待一整天，经常忘了饭点。

大二那年，学校组织学生演一出话剧，是莎士比亚的经典剧目。何光华喜欢莎士比亚那些富有哲理性的台词，于是决定报名参演，和她演对手戏的就是郑君立。郑君立跟何光华同届、同一个专业，同样喜欢看书，同样因爱好文学而报名参加话剧演出。

缘分这东西很奇妙，刻意去求索，未必能得到，而不经意间的相遇，却让两颗心相互吸引。两人因为共同的爱好，因为莎士比亚，因为文学的熏陶，渐渐走到一起，成为志同道合的伴侣。

对台词，磨合舞台表演，一来二去，何光华和郑君立熟悉起来。演出结束后，两人经常在校园、宿舍，或者图书馆探讨文学，交流读书心得。久而久之，在同学眼里，他俩就是一对恋人。不过，何光华一直把郑君立当成普通朋友看待，并没有掺杂特别的情感。郑君立感同身受，也没有捅破这层纸。何光华曾经对郑君立说过，大学期间，她不准备谈恋爱，要以学习为主，等到学业有成，才会考虑个人终身大事。大四那年，郑君立考上研究生。何光华认为国家正缺电气人才，决意回无锡，参加家乡电网建设。临别，郑君立鼓足勇气向何光华表白心意，一张纸就这么捅破了。何光华欣然接受了郑君立的表白。

按何光华理解，她没有违背大学不谈恋爱的承诺，可父亲会不会这么理解自己，心里没有底。父亲这一关怎么过，着实费了两人一番脑筋。商量来商量去，终于想出一个办法。何光华让郑君立以帮忙背行李的名义送自己回家，然后顺便为父亲的创新项目编写程序，帮助解决难题。趁父亲高兴之际，开口说明两人的关系，这样父亲就不会太为难郑君立。当然，何光华是不会把"密谋"这段情节告诉父亲的。

何光华一口气把话挑明，以为父亲会指责她没遵守诺言。没想到父亲只是笑了笑，说了一句"小郑，人不错"，就去忙他的宝贝直流系统了。母亲杨菊英看在眼里，眉开眼笑，过后悄悄对何有钧说："你看小郑，高高瘦瘦，一头短发，看上去精明能干，是不是跟你挺像？"何有钧一琢磨，妻子的话有点道理。看来女儿找对象，真以他为参照标准呢。

2000年，何光华从河海大学毕业，通过招聘考试进入国网无锡供电公司，正式成为一名电力工作者。

青春光华

CHAPTER 2

磨砺出

　　良好的家风，优质的教育，孕育出何光华格局远大的理想信念。青春时代流淌的汗、克服的难、历经的痛，日后都会一一化作鲜花与勋章。体恤电力一线施工人员的艰辛，保护同事工友的人身安全，最大程度节约公司的成本。何光华走上科技创新这条路，始于她的良善品德，始于她的责任自觉。

一 青年光华的抱负与迷茫

2000 年 8 月，河海大学电气工程及其自动化专业优秀毕业生何光华站在国网无锡供电公司的大门前，意气风发。16 年的寒窗苦读，今天终于到了检验与展示的时刻。在何光华的学习生涯里，一位位优秀老师所蕴含的知识、素养、胸襟、品质影响并指引着她，全国重点大学优势专业四年的专业理论学习武装了她，加之大学里一群有格局、有抱负、有才华、有理想的年轻人相互促进，何光华这颗健康、饱满、优质的种子破土发芽了。

"到最艰苦的地方，到一线施工班组，只有在施工一线才能学到技术，基层才是培养和锻炼人才的地方。"面对就业后的部门二次分配，何有钧说话掷地有声。父亲是何光华的人生榜样，是她人生道路上的一盏明灯，他的意见举足轻重。最终，何光华如愿被分配到变电检修工区电气试验班。同一批毕业的大学生，特别是女孩子，很多分到了设计院、营销部等工作环境相对舒适的部门，最起码不用风吹日晒。何光华的心间却生出一种被志向撑起的豪情。此刻的她，踌躇满志。

2000 年的那个夏天，第一天上班的何光华扎起一把马尾，清爽宜人。与学生时代相比，此刻的她，褪去了青涩，消隐了那份活泼，增添了一份成熟与端庄，不变的是清朗的眼神和蓬勃的朝气。一副普通的黑框眼镜、一身宽松的蓝色工装、一顶蓝色的安全帽，穿上这身行头，青春气息被淹没了七八分，与班里的那些老师傅们相差无几。

从小不喜梳妆打扮、行事简洁明快的何光华心中窃喜，每天一身工作服，就不用为穿什么而犯愁了。

下班途中，她站在渐次亮起的霓虹灯下，眺望着夕阳映衬下的线路杆塔，杆塔隐约如五线谱一般，有种艺术的美感。以后她将是一名光明的建设者与护卫者，一种自豪的荣光在她心底油然而生。何光华大学期间，何有钧经常带她做些电气小发明、小创造。何光华对电气专业知识比一般的毕业生有着更为深入的了解。刚毕业的她有种一展身手的迫切感，又有一丝小忐忑。

何光华所在的电气试验班有20多人，隶属于变电检修工区。他们主要负责无锡地区各种电压等级、各种电气设备的电气试验、油（气）化试验、仪器仪表检验，设备状态信息收集上报工作，新建、改建、扩建电力工程验收。他们的工作是电力生产管理中不可或缺的重要一环。这是班组主要职责，用一句话就可以概述，可实际工作内容包罗万象，何光华在今后的工作中慢慢体会到了这一点。

何光华第一次走进电气试验班时，发现办公环境十分简陋，座椅和办公桌大都已经油漆脱落，斑驳陈旧。没等她熟悉完工作环境，门外快步走进一个小个子中年男子，黑苍苍的脸上，法令纹如刀刻一般。"像根'麻秆'，眼瞅着风一吹就要倒下的样子，估计都没我高吧。"何光华在心里嘀咕着。中年男子后面紧跟着进来一位中等身材的女同志，她就是班长金梅。只见她圆圆的脸上荡漾着亲切的笑容，还有两个好看的酒窝，让人想起春天的阳光。

"欢迎我们的新成员何光华，河海大学的高才生，这位是你的师傅刘心宇，跟着他，你会学到很多东西。"班长金梅一开口，语气柔和温婉，又隐含一种笃定的力量感，让何光华感到亲切与放松。何光华顺着她的手指的方向看着前面进来的"麻秆"。原来他就是自己的师傅，不禁暗暗吐了吐舌头。

"电气试验是直接和高电压打交道的工作，工作相当危险，工作要细心，安全要牢记。""麻秆"刘师傅表情严肃，目光炯炯，一开口，音量很足，说话言简意赅，能量巨大，自带一种威慑力。何光华挺直了身子，认真看向师傅。刘师傅指导班员回顾总结昨天的工作内容，给他们答疑解惑，对业务知识相当熟稔。何光华顿时觉得刘师傅的样子很酷，希望自己也能早一点掌握全部业务技能。"这是试验变压器，这是变压器油介质损耗测试仪，这是直流电阻测试仪……"随着刘师傅的指点。何光华竖直耳朵，用心默记，唯恐遗漏一星半点。她随身携带好小本本，"唰唰唰"地认真记录着，仿佛刘师傅嘴里掉出的是一块块金子。

初入电气试验班，何光华感觉新鲜、兴奋，实际接触到的东西与学过的理论知识——契合，但需要学习的新知识太多了。她不怕累、不怕烦，只希望每天都有新的收获，每天都能进步一点点。这一切，班长金梅看在眼里，唇边漾起笑意。她仿佛看到了年轻时的自己——做事情全心投入，专注又执拗，有一种近于贪婪的求知欲，有一种时刻都有的在场感。她为何光华指定的师傅是刘心宇，是有意而为。刘师傅参与过10千伏—500千伏变电所上百个大大小小的试验任务，经验相当丰富。

第一天出工，电气试验工作便给何光华来了个下马威。正值8月盛夏，室外气温飙升到了40摄氏度以上。阳光炙烤大地，酷热难当。班组条件艰苦，整个电气试验班只有一辆外出作业车，遇上重大作业任务时才会出动。大部分时间，他们去现场得去蹭检修班的大卡车，车厢位置有限。何光华自认年轻，身体好，不想去占用有限的车厢空间，便自告奋勇和几个男同事一起爬进车斗里。

明晃晃的阳光直射下来，刺得人睁不开眼。何光华低着头坐在发烫的电缆盘上，随着大卡车一路颠簸，火辣的阳光把裸露的颈脖晒得通红。不一会儿，何光华便感觉头晕目眩，汗水在身体上汩汩流淌，像有千百条蚯蚓在攀爬。变电站所的位置一般都在荒郊野外，幸亏这次车程不是太远。到达检修地，何光华强忍着翻江倒海般的恶心，跳下车来。

乡野四周杳无人迹，变电站还在建设阶段，进门道路还没修好，路边全是建筑垃圾。老师傅们麻溜地开始搬仪器。电气试验班成员出来干活，要携带很多试验设备，遇到大的主变压器试验，更是要备齐调压器、变压器、电桥、开关等一整套设备，有些设备十分笨重，还得动用铲车。这次工作规模不大，所用设备人工就可以搬运。目测卡车停靠点离最近的主变最起码有 700 米，所有的设备运输全靠肩挑手扛。

每次班组出动，就像是马戏班子携带着道具行头游走四方。何光华想过条件艰苦，但没想到户外作业会这么艰苦。她与同事们一起抬着笨重的试验设备，深一脚、浅一脚地走在碎石遍布的工地上。何光华本想抢着搬个大设备，却感觉设备沉重得像扎根在地里一样，纹丝不动。刘师傅一个箭步冲上来："这些哪是你们女孩子搬的东西，我们来。"他只让何光华搬电阻仪之类的小设备。刘师傅和几个老前辈走到前面，笨重的金属仪器在他们的手中，仿佛秒变成了塑料质地。"麻秆"刘师傅立马化身"大力水手"，健步如飞。到达作业地点，他指导班员把这些设备搬到固定区域，一一摆放到位，在现场串连成一个小范围带电空间，进行电气试验。

何光华紧紧跟上刘师傅，看他手法熟练、表情坦然、工作井然有序，好生羡慕。很显然，这一切他早已司空见惯。"请问师傅……打扰一下师傅……"她眼都不肯眨一下，心里翻涌着十万个为什么。她将师傅的操作步骤仔仔细细一一记录在小本本上，有的设备不认识，就先画个图形代替。第一轮操作下来，刘师傅记录下一个数字，眉头皱起，自言自语道："不对啊……"他立刻拆了接线从头再来，这次师傅换了种接法。何光华不错眼珠地盯着学。刘师傅重复了几次操作之后，将几次的数据反复比对，同时手把手教导何光华现场接线以及安全注意事项。"小何，电试工作一定要细致、耐心，要稳扎稳打，打下扎实的基本功，真到用时就方便了。"一个耐心解说，一个投入倾听，师徒两人对周身的炎热浑然不觉。一个小时、两个小时过去了，时间流逝得悄无声息。

与刚刚大卡车上的炙烤相比，现在的试验工作才是真正考验她意志的时候。行驶的卡车毕竟还有流动的风驱散闷热。而调试区域空气是凝固的，风似乎屏住了呼吸。树叶、草木都中暑了一般，蔫头耷脑。整个厂区成了一只密不透风的蒸笼，他们周身仿佛有一团熊熊烈火在燃烧。何光华看到刘师傅脸上黄豆大小的汗珠一颗一颗地冒出来，滚下地，瞬间蒸发，却没有发现自己的蓝色工装已经变成了黑色，早已湿透了。忽见刘师傅长长地吐出一口气，掩饰不住喜悦地高声道："可以确认不是故障，只是电磁干扰。小何啊，试验不能怕烦，心浮气躁会干扰试验结果。有时候同样的试验得反复进行几十次，才能排除干扰。刚刚就是正接法的数据不理想，得采用反接法。每种接法反复试验多次，才可以确认设备有没有问题，数据差异主要会受旁边带电设备的影响。类似的经验还有很多，以后慢慢跟你细说。"

何光华也如释重负，跟着师傅一同站起来。她突然感到天旋地转，两眼一抹黑。刘师傅赶紧喊来其他同事，一起扶着何光华来到室外，递上矿泉水，把图纸当作扇子给她扇风。知道何光华是中暑了，刘师傅心里深感自责。何光华清醒后，也觉得很是惭愧，自己居然如此不堪一击。这让她明白"身体是革命的本钱"不是一句空话。她暗下决心要把身体锻炼得健壮强大，只有这样才能经历以后的各种风雨考验。从此，她重拾大学时就喜欢的网球、跑步等运动，开始重视健身锻炼。

炎热似乎还是小问题，上厕所才是女性电气外勤人员最头疼的问题。有一天，何光华捧着肚子到处找厕所，找了好久才在两里开外的一座村庄找到一处茅厕。经历了这一次的尴尬遭遇，何光华才体会到金梅班长在背后追着叮嘱外出工作时尽量少喝水的深意。电气试验所在地，基建大都尚未完成，设施不完善。荒郊野外想要找一间厕所极不容易，对于女同志来说很不方便。自这次经历以后，学乖了的何光华再外出干活，即使嗓子干渴冒烟，最多用矿泉水润润嘴唇和喉咙，不敢多喝一口水，工作经常一干就是一整天。她自我解嘲道："我就是一只骆驼，靠驼峰积蓄一天所需的水分。"

熬过了夏天，以为万事大吉，谁知更严酷的考验还在后头。寒冬腊月的风如尖刀，刺得人脸上生疼。何光华和同事整理好试验装备，一一搬上车。大卡车在冻得发硬的大马路上疾驰，坐在车斗高高的电缆盘上，逆风前行，寒风像冰锥子钻进脖子，钻进衣袖，何光华上下两排牙齿控制不住地"咯咯咯"打起了仗。她裹紧棉衣，深吸一口气，闭上眼睛，抿紧嘴唇，让自己进入一种近乎闭关的状态来抵御外界彻骨的寒冷。到了现场，冻僵的手要捂很久才能活动自如，才能进行精细的接线工作。配电房内麻雀虽小，五脏俱全，配电变压器、开关、流变、压变、电缆、避雷器等设备样样齐全。跟着班组里的师傅、同事、班长学习了几个月，何光华不断积累着设备试验需要的良好作业习惯。从所有设备的试验标准确认、出厂记录收资、试验表格检查、温湿度记录及试验设备的作业前期准备、现场作业过程中安全措施检查、试验项目合理工序安排、试验前接线二次检查、升压全程看护，到结束后设备充分放电、接线复原、试验小线全面回收清点等，工作繁琐且复杂。

　　这些繁琐但技术含量并不高的试验工作，让何光华感到新鲜有趣，像小时候跟着爸爸做试验一样，每完成一项工作，总有一种小小的成就感。何光华将自己的感受总结为一句话——工作最主要从细节入手，细致、耐心是工作决胜的关键。

　　电气设备最常见的介质损耗试验受天气、温度、湿度等环境影响很大，试验数据容易异常。特别是冬季的积露、潮气、冰冻等都会影响数据判断，需要通过烘干、擦拭、吹干等方法来消除温度、湿度等因素带来的影响，测试出设备的真实数据。何光华工作头一年的那个寒冬腊月，阴雨天持续了十多天。很多电力设备的表面都是陶瓷制成的，在冬天特别容易积露或是冰冻，需要用电弧灯或红外线仪器烘烤去湿，使设备处于正常的温湿度环境。

　　刘师傅的内心常有一种大男子主义式的英雄情结，认为脏的、累的活就得让大男人来做，女同志们都是需要保护的对象。分工时常给她们派些接线头、收集打扫等辅助性的工作，一般女同志也乐得轻松。但何光华相反，她总是想方设法找一些技术难度大、程序复杂的活干。

　　天气严寒，刘师傅安排给何光华的工作是烘烤设备，工作环境相对舒服，活计轻松又安全。配电间外，北风呼啸，横扫着空旷的田野，烘房内的时间在一分一秒流逝，但测试了几十次的电压数据始终不合格，超标的数据难辨真伪。何光华裹紧棉衣，手臂高举一根长约2米的杆子，上头挂着电弧灯，烘烤着冰冻状态的仪器设备。寒冷加上血液供应不足，何光华高举的右手冻到没有知觉，便换左手来举，两只手来回轮换了好几次。看似轻松简单的活持续了近两个小时，她感觉两只手臂都酸痛难忍。

　　何光华内心泛起了疑惑，这样的活需要一个大学生干吗？曾经多少个日子，她挑灯夜战，在文山题海里，在考场、实验室里刷一道道难题，做一张张试卷，攻克一个个难关……16年的寒窗苦读就为了做这种简单的活吗？每天在工地吃盒饭，风吹日晒。自己是不怕吃苦的，但吃苦的意义与价值在哪里？这样持续两个小时举着一根杆子，小学生都能干的事，自己简直就是个十足的傻瓜。男友郑君立现在正在东南大学读研究生，两个人曾经立志要好好干一番事业，要缔造一个有价值的人生。现在的工作，在电气试验现场，自己重活干不了、设备搬不动，实际发挥的作用还不如一个技校毕业生。这样的工作太没有挑战性了。在那个阴雨连绵的冬日，工作不到半年的何光华情绪降到了冰点。

何光华小时候曾经有过的梦想是做一名教书育人的老师。小时候她与小伙伴们常玩的游戏就是上课。她做小老师，住宅小区里的七八个小伙伴都是她的学生。放了学，或是星期天，她会兴冲冲地摆好小桌子、小凳子，折下柳条或拾来一根枯树枝当教鞭，交流生活小百科、解答课堂及家庭作业难题，小老师何光华当得是有模有样。她甚至主动向老师提出，让她与班上成绩最差的同学做同桌，方便她指导帮助。有着强烈集体荣誉感的她希望不仅仅是她一个人成绩好，她希望全班同学共同进步。为了做一个合格的老师，她学习一直比其他同学更为努力。"好为人师"在她身上演变成带着一丝侠义色彩的褒义词。诲人不倦，桃李满天下，这样的人生才叫有意义！现在这样举着杆子，重复着简单的工作，不等于浪费生命吗？何光华的青春热血、勃勃斗志在这种自认为是零价值体现的工作里灰飞烟灭。

二　金班长的妙语启迪

人生如逆旅，恰当时机出现的人、事，甚至是一本书、一句话，都可能给人带来无穷的力量与动力。初入电试班，何光华跟着师傅刘心宇、班长金梅等老师傅学到了很多东西，不仅仅是专业知识和技能，老一辈严谨认真、细致灵活、勤奋务实的工作作风也给何光华留下了深刻印象。

冬天夜幕降临得特别早，气温一点点降至冰点。220 千伏无锡变电站主变压器检修现场，气氛有些凝重。几十个穿着蓝色工作服的人如一根根木桩般杵着。他们一会儿三五成群凑在一起商量事务，一会儿分开各自忙活，显得茫然而无序。变电检修人员忙碌了一整天，为了得到准确的数据来检验设备是否合格，所有的人都在焦急地等待着电试班人员出具试验报告。停电时间只申请到了一天，眼瞅着停电时间即将到来，可是测试数据偏差了一回又一回，怎么都对不上。何光华作为电试班的成员，深刻体会到什么叫心急如焚。她两眼紧紧盯着刘师傅，师傅需要什么工具，她就闪电般地快速提供，只为节省每一分每一秒的时间。刘师傅黝黑的脸因为着急上火而变得有些紫涨，大冬天的，额头上沁出了一层细细密密的汗。送来的盒饭几乎没人去动，任凭冬天的寒风、地面的霜露慢慢让它们结起了冰。

"兄弟们，把主变再仔细擦一下。"刘师傅突然一拍脑门，灵光闪现般说道，便和两个班员一起爬上变压器，把主变压器本体和散热器仔仔细细擦了个遍。再次升压、通电、测试，果然，数据正常了。

"主变压器本体设备正常，符合要求，可以送电。"刘师傅大声说道。众人欢呼起来。"小何，你看到了吗？电气试验工作里面还有很多窍门呢。认真只能把事情做对，用心才能把事情做好，哈哈哈。"刘师傅的笑声爽朗极了。

何光华也很激动，剑走偏锋起四两拨千斤之功效！熟能生巧，而自己对工作到底掌握了几分呢？如何为用户提供更可靠、更高效的电力服务？除了苦干、实干，更需要巧干。"认真只能把事情做对，用心才能把事情做好。"在这个寒冬的深夜里，刘师傅的这句话深深刻进了何光华的脑海。除了刘师傅，班长金梅的为人处世、品质品格同样深深影响着何光华。涉世未深，初入电力行业的她犹如一张白纸，经历的事、身边的人，在这张白纸上留下的每一个印记都可能让她铭记一生。

年轻的何光华近来话有点少，情绪有些低落，这些都没有逃过金班长的眼睛。金梅班长有着20多年电气试验工作经历。看到不在状态的何光华，这位经风雨、知甘苦，经验丰富、技术精湛的女班长陷入了沉思。从这以后，她在工作中更多地留意并关心着何光华。

电气试验工作者相当于所有电力设备的医生，通过借助各种手段和试验把设备故障问题找出来，从而让问题迎刃而解。任何一项工程都会设定工期，工程背后是无数家企业工厂亟待开启的机器设备、是万千百姓对尽快恢复用电的殷切目光。缩短施工周期是体现优质服务的一项重要内容。电气设备故障最易发生在大雪、大雨、高温天气。为尽可能减少停电引起的损失，设备检修一般都安排在节假日或是夜里，深夜出工进行电气试验、抢修都是常态。

电力系统一线班组以男性员工居多，金梅班长能从一众男性员工中脱颖而出，成为电气试验班的负责人，定有她的过人之处。金班长说话不疾不徐，工作布置有条不紊，面对突发事件临急不乱，加班加点她从未缺席。她的沉着、稳重与大气感染着何光华。她经常不失时机地对何光华说："你看，接线方式不同，导致的结果可能完全不同。电试工作复杂吗？也许并不复杂，但窍门很多，这些窍门都要靠经验积累。电试班、检修班等每个班组肩负的职责都很重要，我们每一个人的工作都是不可或缺的重要一环。"她语调不高，却语气坚定。何光华渐渐从日常工作中感受到电力行业每一个工种环环相扣，每一环都不可或缺。

"书到用时方恨少，事非经过不知难。电力世界神秘而浩瀚，你才刚开始。只有从一根根线头接起，才能深入了解每一种电气设备的习性，才能打下扎实的基本功，以后才有可能从事难度高、技术复杂的工种。用书上的话来说是'积跬步以至千里，积小流以成江海'，通俗点说就是'饭要一口口吃，活要一步步做'，特别是电力工作来不得半点马虎，不能行差踏错一步，这不仅关乎着居民的用电安全，更关乎着我们自身的生命安全。"金梅班长这一席话让何光华的脸微微发烫，像在隧道深处点亮了一盏灯，让她豁然开朗。好一句"饭要一口口吃，活要一步步做"，她为自己前一阵子的焦躁情绪感到羞惭，心想："哪有生来就会开飞机、造火箭的？"更为自己能跟随这样一位优秀的女性前辈一起工作而感到庆幸。"作为一名女性员工，要想在电力行业站稳脚跟，除了肯吃苦，善于学习与积累，还有一点很重要，那就是要充分发挥我们女性细致、耐心的性别优势。当然，电力工作更需要一颗服务大众的宽博之心。服务大众，这是我们的职责所在。"在一次主变压器检修电试工作结束后，金梅班长与何光华结伴走向班组。一路上，金梅班长娓娓道来，语调温婉，却句句直击何光华的心灵深处。"为人民服务"，父亲从小就这样教育自己。思想很高尚，但要落到实处，前提是你得有本事啊。何光华思绪翻涌，心里越来越敞亮，对金班长近日来有意无意间的关心与教导更是充满感激。

可以说，电气试验工作经历是何光华调整心态，养成良好工作习惯的重要转折和良好开端。何光华一天比一天沉下心来，认真做好手头的每一件细小工作。

○ 何光华和同事在班组内进行分享交流

电气试验班在金梅、刘心宇等前辈带领下，学习氛围很浓，还有很多老师傅虽是技校毕业，但实战经验很足，形成一种良好的师带徒学习氛围。大家上班前、收工后、班组活动中，常在一起交流讨论各自工作中遇到的难题，分享解决的过程与措施。何光华本身就喜欢钻研与琢磨。大家讨论的时候，她便一一记录在笔记本上，还时常开启"十万个为什么"模式，班长、老专家们也乐得传授，知无不言。没多久，何光华的小本本上就记录得满满当当了。

电气试验快速高效，能为检修班组工作节省时间。申请到的停电时间或是故障失电中的一分一秒都浪费不得。于是，电气试验班成员对工作量占很大一部分的接线工作时间进行挤压。他们一有空闲就经常练兵，训练要求接线既要正确，又要快速。何光华根据训练的要求，把如何接线的实物图手工画在自己的笔记本上。

何光华的勤奋、努力，让刘师傅感觉到何光华不是一个普通的女同志，不给她派重要、复杂的活简直就是对她的一种"伤害"。意识到了这一点，刘师傅不再把她当作一般女子看待，遇到设备疑难杂症，或是条件艰苦的施工项目，都会带上何光华。一个悉心传授、耐心指导，一个认真学习、用心体会。师徒俩讨论起问题来常常忘了时间。

"介质损耗试验、耐压试验、绝缘试验、线路参数试验等，看似简单，但温度、湿度等多种因素会影响测试结果，有时检修工作结束，清场没有彻底，遗落下一个板头、一粒螺帽啥的，都有可能影响参数判断，直接影响电气设备能否正常运行。这些不是一朝一夕，不是凭一点小聪明就能应付的，需要丰富的经验和细心耐心的态度。"看似随意的聊天，刘师傅将经验心得默默传授。他从低电压到高电压、从非线圈类到线圈类、从预防性试验到交接性试验，从简入难细细讲解。何光华沉浸在学习、领会与积累的快乐中，每天都过得充实而满足。

无锡地区有很多老旧变电站。何光华跟随同事和前辈们，奔走在无锡城乡，如一群蓝衣天使，给发生故障又无法诉说的电力设备检查、号脉、诊断，快速找到问题，出具诊疗方案。那时他们工作条件简陋，连设备箱都要自己焊接，工作难度不小。何光华在不断反复的试验中积累了丰富的工作经验。带电工作危险系数很高，电与人近在咫尺，那是真正与电亲密接触的时刻，需要熟练掌握各种技术规程与标准。安全措施和工作流程很多要从实践经验中体悟与积累，更需要具备超强的安全意识和责任心。在生成的高电压带电工作范围中，他们既要保护自己，更要保护他人。一个小小的疏忽，都可能带来意想不到的重大后果。越深入，越敬畏，何光华感受到电力世界的神秘浩大。同时，她也领悟到运用合适的方式方法与技术技能，能够有事半功倍的结果。

何光华身上有一股子不服输的韧劲，高压设备的重大试验暂时不能参与，那就从小项目开始，默默积累工作经验。她放弃了很多休息时间，不厌其烦地将同样的试验反复做，很快就摸到了窍门。每一项电气试验完成，师傅都会安排几位青年员工把各种数据记录下来。当初使用的统计小程序是由一位师兄设计的DOS操作系统，报表统计很不方便。后来电脑更新换代了，全部变成了Windows的界面，这项小程序使用更不方便了。每当班长要数据时，他们都得打开旧电脑去搜索。不同的数据在不同的表单里，不同的数据口径又服务于不同的用途。比如某品牌的开关有多少台，某电压等级星形接线的主变压器有多少台，这时候就需要他们从老电脑的程序里一条条抄出数据来相加，耗时费力。有时候为了报一张报表，得花费好几个人大半天的时间。

何光华就开始琢磨，能不能在Windows系统的界面下再开发一个功能更全的软件。虽然不是计算机专业出身，但在何有钧的带动下，何光华从小就养成了主动学习与钻研的习惯。心动不如马上行动，她去书店买来软件编程的工具书，自学起了Visual FoxPro语言，很快开发出一个方便实用的试验报告数据库软件。这不但统一了试验报告形式，而且增加了查询功能，对数据管理与维护提供了极大便利。这个简单实用的小软件迅速被推广到国网无锡供电公司各部门使用。能在工作中体现个人价值，更能为班组解决实际困难，提高工作效率，这让何光华感觉非常自豪。

变电检修工区鼓励她申报当年的国网无锡供电公司QC创新小项目，以期软件获得更广范围的推进与应用，解决更多人的实际问题。不久，这一项目成果顺利通过审核。那一天，何光华感觉特别有意义，年轻的心脏在胸腔中弹跳有力，对明天更是充满期待。

三 爱人在电话那头

晚上 9 点，喧腾了一天的城市安静下来。室内，一盏台灯散发出温馨的光晕。何光华洗漱完毕，走进房间。一天参与了两处抢修施工现场电气试验的她并没觉得太累，年轻的身体似乎有着使不完的力气，沐浴过的脸上红润饱满。

卧室布置很简洁，一床一桌一椅。房间里没有化妆柜，床头柜上放着一瓶绿盖子的"雅霜"，加上几根橡皮发圈，这是何光华所有的美妆家当。一把好不容易留长的头发在工作不久就剪掉了，恢复了超短中性发型，干净清爽，便于打理。现在这个发型最方便戴安全帽。看来这几根发圈以后也用不到了。屋内唯一显现出几许奢华意味的装饰，就是那只几乎占据了一面墙的书柜。里面整整齐齐摆满书籍，科幻、军事、历史、文学、悬疑侦探之类的书籍占据一半空间，还有一半是电气专业理论书和工具书。这些书悄无声息地释放着淡淡的墨香。

房间内能够显示出一个风华正茂的年轻人应该拥有的时尚气息的，恐怕就是书桌上那只银白色新款诺基亚手机了。即使不吃不喝，也要使用最时新、功能最齐全的手机，这是何光华的想法。这与虚荣无关，因为手机里住着她的亲密爱人。一部品质上乘的手机能确保通话顺畅，音质逼真。看到手机，何光华的脸上漾起一抹甜美的笑意。

成功申报 QC 创新项目，自己的一个小小发明给公司同事带来便捷，这件事情带来的快乐充盈着何光华的心。她想第一时间与爱人分享喜悦，无奈一直忙到现在。

拨通电话，手机里传来一阵爽朗的笑声。每每听到这个声音，何光华的心就会无比安定。那是她的大学同学兼恋人郑君立。两人毕业后，何光华回到家乡就业于国网无锡供电公司。男友郑君立则以专业第二名的优异成绩被省城的东南大学研究生院录取，继续深造。研究生在读的郑君立给自己购置的第一件家当便是一部西门子手机，这只小小的盒子连接着亲密爱人。

听了何光华软件小发明初战告捷的事，郑君立也很高兴，更能感知何光华所在单位对技术创新发明工作的重视与扶持力度。"光华，看来你是入对了行业，听起来电力行业非常重视科技创新工作。我们都是理工科专业人才，探究、发掘神秘未知世界是我们责无旁贷的事。一项小发明可能给生活、工作带来极大便利。"

在郑君立这里，何光华漫天发散的奇思妙想都会被接住，思维格局也能得到进一步拓展与延伸。一路陪伴成长的父亲自不必说了。这两个优秀的男人，就像是她拥有的两片海。她可以在其间任意遨游，汲取养分。

"光华，那次高数考试……"

"哈哈，就知道你要说那次高数考试了，被一个女孩抢走你的高数王位很不服气吧……"两个人一聊便忘记了时间，快乐地回忆起大学时光。

浙江省台州市温岭市石塘镇是一座渔村，从小在风浪搏击中长大的渔民，淳朴、坚韧、不服输。安静的小渔村孕育出了一位理科成绩突出的大学生郑君立。说起刚进大学不久的那次高等数学考试，郑君立脸上显现出的是一种由衷欣赏的神情。或者说，他很愿意回味那一场"失败"。从小到大，数学他就没考过第二。刚进大学不久的那次高等数学考试，题型新颖、内容复杂，郑君立考了99分，错了一道填空题。他心想这种难度等级的考试，断然不会有人考得比他更好。

他自信笃定地等待成绩揭晓，没想到横空杀出一位女中豪杰。同班同学何光华考了 100 分，全班唯一的一个满分！他颇感震惊，这位理科成绩优异的学霸将目光移向了这位女子。只见她身材高挑，皮肤白皙，一头俏皮的中性短发，青春靓丽，阳光开朗。她既有着江南女子的清秀雅致，同时有着一种北方女子的爽朗豪迈。这是怎样的一位奇女子？看她对这次考试得了满分显得满不在乎，似乎这种考试本就是小菜一碟，不足挂齿。"真是英姿飒爽，太飒了！"郑君立不禁又多看了一眼，心中生出一种华山论剑、愿赌服输的快意，又暗暗滋生出一种说不清、道不明的情愫来。

不久，河海大学电气学院举办了一场大学生辩论赛。经过初赛、复赛层层选拔，最终选出四强进入了总决赛，并进行公开比赛。同学们都去现场观摩学习，加油鼓劲。何光华和室友蔡荣也去了比赛现场。只见身材高大的郑君立端坐台上，气宇轩昂，不承想一开口却引发会场一阵不小的骚动。原来这位来自浙江温岭石塘小渔村的郑君立，话里带着浓重方言，石塘式普通话经过话筒传送、放大，在校园上空飘荡。同学们纷纷嘻嘻窃笑起来，不过笑声持续了很短的时间。很快，同学们便被他思绪敏捷的妙语打动。只见郑君立旁若无人、旁征博引，深厚的哲思学识、灵活雄辩的智慧口才、自信强悍的思辨与控场力将观众征服，台下掌声雷动。

普通话不标准就敢上台参加演讲类活动，郑君立用才情与学识弥补了自己的短板。原来有勇气是如此动人，敢拼才会赢。任何因素都阻挡不了"我想做、我想尝试"这种劲头所散发出来的无穷能量和无限魅力。这件事给何光华带来非常大的震动。

大学期间，何光华积极参加社团活动，当选为 96 届国委副书记。一次，何光华去男生宿舍进行安全卫生大检查，正巧走进郑君立的宿舍，只见他的床头柜、床铺的枕边脚头到处堆满了书。除了专业理论和文史类书籍，书架上还有很多苏童、王小波、王朔等的小说。有些书何光华还没有读过，她如发现了一片新大陆，忍不住走到书柜前，看看这本，摸摸那本，爱不释手。高中时何光华就痴迷文学，甚至还写过科幻和侦破小说。共同的爱好瞬间拉近了两个人的距离。从此，借书、还书，讨论读后感，分析原创作品的优劣，他们的话题源源不断。

其实，开学第一天，郑君立的特立独行便给何光华留下了深刻印象。河海大学校园里的树木很多，枝干遒劲，有着厚重的历史感。电气学院主干道两旁的梧桐树，茂密繁盛，掩映着蓝天白云。不过，何光华和蔡荣顾不得欣赏校园美景，电气学院给新生组织举办了一场"不负韶华，成为更好的自己"的讲座，现在离开场只有五分钟了。刚入学不久，对校园布局还不是太熟悉的她们转了一圈还没找到大礼堂。突然道路左侧的林间蹿出一个高高瘦瘦的人影，指指她们身后方向，对何光华两人说道："往这边走，抄小路过去，两分钟就到大礼堂了。"说完，自顾自径直往图书馆方向走去。何光华与蔡荣面面相觑，恍然反应过来，他不是同届同学郑君立吗？他怎么不去听新生讲座，而去图书馆了呢？其实，只要稍加注意就会发现，在高数课上做英语习题等无伤大雅的自主安排，是郑君立的一种生活、学习常态。时间对于他来说，非常宝贵，事件轻重缓急都在心里有着周密的部署。他更懂得为自己取长补短，所以会在原则范围内灵活机动行事。

蔡荣了解何光华的性格。四年的大学生活，她们同一个宿舍居住，同一张桌子吃饭。她认为自己和何光华就是两种典型，自己外表看起来细腻，其实粗心大意。何光华则完全相反，外表看起来率性、随意，大大咧咧，其实内心极其细致、周全而严谨。何光华和郑君立完全一样，对人生有着明确的规划，对未来有着清晰的预期、对自己的学习有着详尽的计划和打算。她就是一个矛盾综合体，动静相宜，活泼与严谨交织。在一些生活小事上不拘小节，甚至会丢三落四。但她对待重要的事情仿佛换了一个人，有着超强的计划性和执行力，会制定详细的长、中、短期目标，周密部署，一丝不苟。她态度严谨，说一不二。

"她脑子灵活，点子超多，对世间充满好奇，有着旺盛的钻研与创造的兴趣，有些想法来了，奇思妙想一大堆。"蔡荣快乐地回忆大学时光时说道，"我常常有种被她遗弃在半路的感觉，跑着都跟不上她的思绪节奏。"而何光华的小学同学林相，如今是大律师的他说起何光华时言简意赅、条理清晰。他对小学同学何光华用了"雷厉风行"这个词。一个小学生，雷厉风行？这样的用词足以让人感到诧异，可林相确定地说："是的，就是雷厉风行、干脆利落，女孩子喜欢的那些花裙子、蝴蝶结、洋娃娃她一概没兴趣，打扮也比较中性，与女生、男生都玩得很好。而且知识面很广，成绩又好，加上性格开朗果决，所以我们都愿意听她的，乖乖坐在小板凳上听她讲课、讲故事。"

大二开学那天，电气学院主干道两旁的梧桐增添了许多硕大叶片，层层叠叠，充满着蓬勃的生命张力。大二的学子脱去了大一时初次脱离巢穴，独自放飞的一丝拘谨与新奇，自信与笃定让他们行走的脚步更加铿锵有力。

8个齐刷刷剃了光头、青春热血的小伙阔步走在校园里，他们横着排成一排，切断了整条主干道。在清晨的朝霞映照下，年轻的身形显得更为矫健。一样的白色T恤，干净阳光，一式的光头锃亮，个性张扬，引得路人纷纷侧目，惊奇议论。中间那位身材挺拔的郑君立，正是这次"光头行动"的创意人与带头人。一向以学业领跑、以辩论征服、有着特立独行高辨识度标签的郑君立平时大部分时间都扑在教室和图书馆，在公共场合话并不多。不想今天他不鸣则已，一鸣惊人，带头以独特方式引爆校园。

是不是心理出现了什么问题？学校辅导员紧急召集他们，准备开展心理辅导。其实校方领导过虑了，他们只是想做一回真实的自己。特别是郑君立，他想在青春季节恣意放飞一下自我，仅此而已。自律的他做事其实都有张有弛，把控得当。在适度空间，他想标新立异。女生们都在尖叫，何光华凑上前去一看，噘了噘嘴小声嘀咕道："嘿，中二期延续征哦。"嘴上这么说，心里却暗道："好像郑君立的头型最为方正饱满，还有一点点酷呢！"郑君立这一次的恣意做法，何光华并没觉得过分，相反还被逗乐了。

显而易见，何光华与郑君立本是同类项。小事不拘小节，大事目标明确，执行有力，非常清楚自己要的是什么。在学习上认真严谨的何光华，在宿舍里可以做一枚开心果，经常戴上"随身听"，边听边唱，青春在歌声中飞扬。失意时她则会通过看漫画、运动等方式转移注意力，将不良情绪赶跑，从不把负能量带给他人。

丰富的内心，有趣的灵魂，可以构建出精彩而绚丽的世界。随着了解的深入，两颗心深深地互相吸引。他们都喜欢新生事物，拒绝一成不变，更排斥墨守成规。后来他们一起报名参加学校各种社团和俱乐部，一起学摄影，发现并记录万千世界的美好瞬间。网球在当时属于时新、小众的运动项目，学校一开设网球训练班，两人便不约而同报名，一起健身训练。在郑君立的带动下，何光华开始挑战马拉松。她深切感知，在挑战体能极限里，人的意志会被激活，潜能可以被无限放大。他们还一起参加了学校的小品表演。《拔牙》的小品创意来自何光华，取材自无锡地方习俗故事，郑君立任编剧兼导演，何光华任女主演，来自宜兴的同学孟展任男主演。三个人合作的节目惟妙惟肖、生动有趣，引发满堂喝彩。

不知从何时开始，两人开始鸿雁传书。虽然是同班同学，但很多课程都是公共大课，两个人碰面、接触的机会并不多。短暂会面，只言片语的交流显然已经满足不了各方面都无比契合的两个有缘人。精神上的高度契合，可以突破现实中的任何桎梏与牵绊。最初的书信交流，似乎为以后长期分居的夫妻生活预先排演了一种相处之道。后来长期靠一根电话线联结的情感生活，源于两颗高度契合的有趣灵魂。

郑君立与何光华在交往中结下了深情厚意，感觉对方如一座宝藏，蕴藏着无限可能，不经意间便会给人惊喜发现。钝感力，便是郑君立在何光华身上发现的最大亮点。日本作家渡边淳一曾经在他的励志书《钝感力》中写道："我对别人的评价和嘲讽没那么敏感，甚至有点迟钝，别人对我的评价影响不大，我只关心自己进步了没有。"这段话仿佛是为何光华量身定制的。有些人会将挫折、失误带来的悲伤、难过等负面情绪无限放大，不断咀嚼，反复折磨、过度消耗自己。而何光华排除干扰、自我调节情绪的能力超强，不开心的事会很快忘记，不重要的事过目即忘。她的精神只专注或聚焦在自己认为重要的事情上。其实所谓的钝感力，是一种大智若愚，是一种隐藏的智慧才能，更是一种远大的格局与胸襟。拥有这种能力的人，有着自己明确的目标与清晰的方向，不会为了一些琐碎杂事消耗宝贵的时间和精力。

何光华的父母一直给予女儿一种传统家庭教育，比如不许在大学期间谈恋爱，担心谈情说爱会影响到学业。他们对何光华寄予厚望，希望她专心读书，从而成为一个对社会有用的人才。殊不知，好的爱情可以使双方互相促进，一起成长，成就彼此。

两个有趣的灵魂保持同频共振，息脉相通，一根电话线连接着各自追寻的梦想，分享与分担着彼此的喜怒哀乐，更会替对方出谋划策，开导点拨。理科成绩突出的他们同样酷爱着文学，理性的精准思维有了文科圆融通达的加持，他们像是两颗闪耀的星，在各自的轨道里飞速向前，又相互照亮。

四 一场四天五夜的艰苦肉搏战

2002年12月26日，这一天对于何光华来说，有着非比寻常的意义。在这一天，她的职业生涯翻开了一个全新的篇章，她踏上了与电缆工程业务亲密接触的漫漫征程。从此之后，她几乎将所有的时间都用在了这个领域，探索、钻研、发明与创新……

为顺应无锡市电缆化程度逐步提高的要求，2002年12月26日，国网无锡供电公司组建成立以从事电缆检修、抢修、施工等作业为主的集体企业——广盈电缆工程公司。入职才2年多的何光华被调任广盈电缆工程公司电缆四班技术员一职，领导看中的正是她对工作的认真投入与十足干劲。态度决定一切，这是单位对她两年工作的肯定与认可。

电气试验班负责无锡地区各种电压等级、各种电气设备的电气试验，如果说这项工作相当于电力设备的全科医生，那么，电缆工作应该称为专科医生了。

广盈电缆工程公司是从配电工区、变电工区、修造厂、县供电公司等多个部门、单位调配了54名员工组建而成的。其中只有配电工区的19名员工之前从事过电缆工作，不过也只从事过400伏和10千伏电缆施工与抢修工作，35千伏还未曾尝试，其他成员都是跨专业调配过来的。试水电气工作才两年多的何光华，接触到的电力行业工作还不深。何光华倍感压力，更有一种跃跃欲试的兴奋。

广盈电缆工程公司总经理顾志强、书记浦仕亮、业务副总经理顾青带领这支几乎零基础的队伍出发了。顾青进行了一番摸底调查，揪来几个跨专业调配过来的青年员工，业务知识一问三不知。电缆基础知识如此薄弱，这样一支队伍怎么能快速适应高速发展的电缆业务工作？电缆工程公司的领导班子成员心里真是七上八下，顾青眉头更是拧起了一个铁疙瘩，他一不做，二不休，自聘为公司技能培训师，立即走马上任，开展全员培训。

21世纪伊始，电缆行业刚起步，我国电缆行业还缺乏系统性的标准、流程和规章制度，书店也找不到这类专业教材。顾青把从配电工区带过来的一本关于电缆施工技术的工具书复印了54份，全公司员工人手一份。搬完家，简单安置好家当，他立即组织进行全员培训。何光华把电试班良好的学习氛围带到了广盈电缆工程公司，她组织班员学习、讨论、研究，并很快成为业务骨干。其他成员也都铆足了劲，努力学习，深入讨论，弥补着业务上的短板。

广盈电缆工程公司成立没多久，一场无比严峻的考验便到来了。也许快速成长就得经历一番痛苦的锤炼吧。只是，时间太过短暂，他们还没有准备好。

2003年5月4日16时许，无锡高新区湘江路一带发生用电故障，附近多家企业失电。电网调度根据下甸桥变电所线路跳闸信号，判断10千伏电缆发生故障，指令立即发到广盈电缆工程公司。这一天，电缆工程公司刚刚成立4个月零8天。不到一个小时，第一批抢修人员到达现场。

这支抢修队伍里面，一个苗条的身影站在最前排，头戴蓝色安全帽，神情焦急。她就是何光华，广盈电缆工程公司电气试验班的技术员，抢修队伍中唯一的一名女性队员。

事故现场触目惊心，令所有人倒吸一口冷气。只见一块水泥预制板被掀开，露出黑黝黝一个大洞。近四十米长的电缆沟冒出滚滚浓烟，里面还有余火，根本无法靠近。工作人员迅速布置围栏，装设接地线等停电防护措施，只待条件许可，人员立刻下井展开抢修作业。

浓烟散尽，余烬熄灭，电缆施工人员扒开所有管沟盖板，清点事故情况：管沟内一片狼藉，13 条电缆全部烧毁。何光华心头一紧，13 条线路烧毁，意味着湘江路沿线所有企业处于失电状态。这些企业大多是外资和合资公司，5 月份，外贸订单需求旺盛，此刻停电就意味着很多企业将无法按期交付产品，对企业来说，不亚于一场地震。

电缆故障抢修首先由电气试验班确定故障点，分析故障原因，出具报告，抢修班再对症下药实施抢修。凡是遇到故障抢修，第一个跳入电缆管沟的必定是电气试验班成员，这次也不例外。

何光华毫不犹豫地跳了下去，班里其他成员也一个个跟着跳了下去。沟井四壁熏得漆黑，电缆外层的橡胶因高温熔化，凝结成一团团硬块。他们一字排开，顾不得手上、身上沾满黑色污渍，扒开黏结在一起的电缆线，仔细搜寻，终于在最底层找到故障原因——一根 10 千伏电缆接头因绝缘老化产生爆炸，火势延燃，沟内电缆尽数烧毁。

这支队伍的成员，原来虽然也是从事电力一线工作的人，但大多数没有接触过电缆，施工和维修基本属于两眼一抹黑。可在他们人生的字典里，没有"服输"和"退缩"这几个字。他们在短短 4 个多月内，通过强化培训和实践摸索，初步掌握了电缆施工方面的一些技能，应付简单的故障抢修已不在话下。可眼前一幕，让在场每个人心里都清楚——他们面对的，是一场比以往故障抢修严重得多的电缆事故。

找到故障点只是第一步，接下来拆除损毁电缆需要时间，敷设新电缆需要时间，做电缆中间头需要时间，耐压、绝缘、局放试验需要时间……时间，时间，故障抢修争分夺秒，争取的就是在最短时间内消除故障，恢复供电，这是抢修的终极目标。可现在缺的不仅仅是时间。

现场烧毁的电缆短的十来米，长的超过四十米，高低压都有，且型号各异。这些电缆长期超负荷运行，加上管沟通风不畅、散热不良，加剧了老化程度。如果不将电缆全部更换，同样的事故有可能会再次发生。可是，一次性更换如此大批量电缆，大大超过了备品备库承载能力，必须想尽一切办法调配物资，否则就成了巧妇难为无米之炊。

原先管沟里面电缆敷设随意，不同电压等级的电缆相互交错，大大增加了故障隐患。清理管沟后必须在内壁安装支架，让电缆之间保持一定的距离，彻底消除安全隐患。

当时，广盈电缆工程公司施工器具大多老、破、旧，有些仪器设备超过了年限仍在使用，尤其缺乏齐全的电气试验设备。没有称心的试验检测设备，谁都不敢保证换上去的电缆有没有质量问题，投运后会出现什么状况。

这些还不是最困难的环节，难点在于电缆中间接头剥切部分。电缆一般由金属铠装层、缓存层、外屏蔽层及绝缘层组成，一根10千伏电缆有普通人手腕那么粗，每米平均重量为三十多斤。剥电缆有专用的设备，施工人员要经过专门培训，必须按照技术规范要求操作。电缆头从最外层开始剥，每剥一层都要做预处理，每一层都要预留足够的间距给下一层。剥各层电缆保护要小心翼翼，不能划伤绝缘层，剥开后要用砂纸精心打磨，保持连接处平整光滑，不能留下任何颗粒物，更不能留有一点油污。电缆露出铜芯导线后，施工人员再套上连接管和应力锥，使用专用设备进行压接，然后用防水胶带紧密缠绕包扎。电缆的反向包扎每一步更是极其繁琐，要求制作者有高超的工艺水准、极强的耐心，才能制成一个符合技术规范要求的电缆接头。

○ 工人在狭小空间内制作电缆接头

制作电缆接头没有任何捷径可言，费时费力，难点就在这里。更难的还在于电缆管沟空间狭窄，电缆一端只容许一名队员在管沟内操作。制作电缆接头的时候，队员连续几个小时保持俯卧姿势。时间久了，腰椎劳损成为每位班员的暗伤。

何光华暗暗合计，就算以一天抢修 24 小时时间计算，光是制作 13 根电缆 26 个中间接头，就要四至五天。生产线是企业的生命线，电就是维持生产线的血液和脉搏。生产线停止运作一分钟，企业就损失一分钟。想到这些，何光华的心情沉重，她此刻多么希望自己能有三头六臂，立刻修复所有故障。

现场的每一个人都想在最短时间内完成抢修，以最快的速度恢复供电。从他们坚毅的眼神中可以看出，每个人都下了决心，无论用什么方式，付出什么代价，只要让企业复工复产，减少损失，他们都愿意去尝试，去完成。他们不约而同地将目光投向了顾志强。

一收到抢修指令，现场指挥部便马上成立了，顾志强担任总指挥，他和浦仕亮、顾青两位副手在现场认真巡视、检查电缆沟。主心骨在，施工人员就像吃了定心丸。工程施工抢修现场，公司负责人、项目负责人、工作票负责人等一马当先，到岗到位，蹲点指导、总体部署、统筹协调。公司上下众志成城，多部门联动，施工抢修部门、运行管理部门、后勤保障部门紧紧团结，高速运转、各司其职，为的是尽快恢复送电，把电力故障带给人民的影响降至最低。

电缆故障比想象中的还要严重，管沟环境、物资调配、抢修进度也比预期的要复杂。没有多余时间留给他们讨论，必须马上投入人力、物力进行抢修，刻不容缓。顾志强个性刚强，话不多，做事敢作敢为。他和两位副手交换了意见，当机立断颁布第一条指令：全体成员全部到位，24 小时不间断抢修，所有人现场待命。全公司共 54 人，正好是一副扑克牌的数量。他把所有的牌都亮了出来。

天色渐渐黑了下来，指挥部调集公司所有人员参与抢修工作，不管白天黑夜，轮番进入电缆沟进行 24 小时不间断抢修，累了就换人，困了就睡在抢修车内。财务和后勤人员也都驻扎现场，为抢修人员做好后勤保障。何光华跟所有队员一样，吃住在现场。经过电试班的两年历练，她早已褪去了稚嫩与迷茫。野外抢修过程中的辛苦不言而喻，5 月份，已是春天，隧道管沟里又脏又臭的泥糊了她一身。但她始终坚守阵地，毫无怨言。她只知道，作为班里的技术员，操作试验设备她最熟，她一刻都不能离开现场。

抢修工作紧张有序开展，白天热火朝天，晚上灯火通明。当天晚上，损毁的电缆被清理干净。第二天早上，各种型号的电缆物资陆续运抵现场，仅用一天时间，崭新的电缆便整整齐齐铺设在支架上。到了第五天，最后一根电缆接头连接成功，所有电缆全部通过电气耐压和绝缘测试。当顾志强宣布可以送电投入运行时，在场所有人都松了一口气。整整四天五夜，每个人都像钉子一样钉在事故现场，投入紧张的抢修和测试之中。没有一个人离开过现场，没有一个人有过一句怨言。

每一个从电缆沟里钻出来的队员，浑身都沾满了污渍，脸上好像敷了层黑色油漆，只要一说话，就露出一口洁白的牙齿，跟黑人差不多。这几日，他们没有时间更换衣服，没有时间打理外表，饿了就啃一口面包，渴了就喝一口矿泉水，困了随便往哪里一躺就能睡着。队员徐君听见送电消息后，马上问班长，是不是可以回家睡觉了。连续几天没睡个安稳觉，队员们实在是又困又累，太想念暖乎乎的被窝了。队员徐凯平常戴隐形眼镜，由于现场没有条件更换，到抢修结束，隐形眼镜因长时间吸附在角膜上，已经无法取出，只能去医院拿了出来。

这四天五夜，何光华没有睡过一个整觉。她一人兼任多种角色，一会跳进电缆沟深处，勘察地形、检查设备，一会开着一辆黄色皮卡车，奔走在各处。只要现场需要，她什么都干。

顾青目前已经退休。聊起过去那一段热血沸腾的岁月，说起这场4天5夜的抢修，虽然隔了20年的光阴，他的脸上依然呈现深受感动的神色。他清晰地记得在那场抢修中，何光华像一只勤劳的蜜蜂，昼夜不停地在现场忙碌。这位有着硬朗作风的汉子在抢修现场就暗暗称奇："一个年轻女孩子怎么干起活来比男人还要生猛啊！"

这场四天五夜的抢修全部结束后，回去路上，沿途灯火阑珊，队员们都很高兴，脸上洋溢着胜利的微笑。仅用四天五夜就修复13条故障电缆并恢复供电，在业内来说，这种速度非常了不起。他们用实际行动为这次大规模故障抢修赢得了声誉，在社会上树立起一块响当当的牌子。他们有理由高兴，更有资本为之骄傲。

可何光华高兴不起来，抢修现场出现的一幕插曲在她脑海里萦绕，像块大石头堵住了心口。她静静地坐在车厢一角想着心事。

五 技术创新的"星星之火"

抢修队第一天进入管沟开始工作时，现场出现了一队人马。他们扛着摄像机，镜头对准抢修画面拍个不停。不间断抢修进行了四天五夜，那队人马跟着拍了四天五夜。但他们只管拍摄，却不采访，看样子不像电视台的，一问才知，原来是附近松下电子厂的。当时厂里一批订单总部催着交货，可没想到遭遇停电。为了向总部交代，电子厂就派人把现场拍摄下来，每天向总部汇报抢修进度，同时也为了说明他们无法交货的客观原因。虽然他们没有干扰抢修，可那台摄像机就像一双眼睛时刻监督着现场抢修工作。在这双眼睛的注视下，何光华感到了巨大压力。

按期交付产品是企业赖以生存的基本之道，签了合同，双方就得按合同办事。延期交付，就属于违约，不仅要承担相应的经济和法律责任，企业信誉也会受到牵连。也就是说，一旦停电，生产线停止运行，无法生产合格产品，无法履行合同，势必给企业带来巨大损失。

尽管他们在这次故障抢修中争分夺秒，将停电时间缩短了三分之一，用户也认可了不间断抢修方式，可并不代表用户会感恩戴德。损失是企业的损失，谁来为企业的损失买单呢？想到这些，何光华心口就仿佛堵上了一块大石头。

电缆为什么有这么多接头？何光华脑子里突然跳出这个疑问。接头越多，故障发生的概率越高。如果没有这些闯祸的接头，电缆整段敷设，不就能减少故障发生了吗？而故障率越低意味着停电事故越少，企业就不用频繁遭受停电困扰，产品生产就有了保障。故障少，抢修班的工作量也少，效率提高了，整个公司的经济效益也就提高了。

这些思考仿佛一道亮光，劈开迷雾，解开了何光华心中种种疑问，她终于露出一丝笑容，迫不及待地把创新的想法和大伙分享。

"你想得倒容易，在敷设过程中，电缆每多一个拐弯，相互间的应力就多出 1.4 倍。无锡地区河道密集，道路弯弯曲曲，管沟弯道多。按你的想法去做，电缆敷设过程中可能受的力更大，更容易损坏。""小何，你想想看，一盘电缆少说五百米长，重三四吨，我们抢修班就那么十几号人，没有一件像样的工器具，要是整段敷设，我们那几个人抬都抬不动，怎么施工？再说了，万一敷设过程中电缆受到损伤，你们试验班连台故障探测设备都没有，怎么保证电缆投入运行后不出现故障？"同事们纷纷调侃起何光华。

一盆盆冷水当头浇下，浇灭了刚点燃的亮光，何光华被问倒了。她和大多数人一样，跨专业转到广盈电缆工程公司，之前从来没有接触过电缆，当然不会想到电缆敷设会遇到这么多的困难。当时，电缆行业不管是敷设技术还是安装工器具都简单落后，没有统一的施工标准和方式，完全靠土办法、土经验来解决施工中的难题。想要在电缆行业进行技术创新，等于白手起家，难度可想而知。

何光华并没有打退堂鼓，而是遇困境迎难而上，电缆工程公司领导听说了她的想法，给予极大支持，鼓励她放开手脚大胆干，不要光停留在纸面上，要为实际施工现场提供改进措施，并让她负责 QC 小组，逐步开展电缆施工技术研究，尝试技术革新。何光华有了领导支持，信心更足了。她暗下决心，一定要解决电缆敷设机械化施工的难题，钻研故障探测技术，不断优化管理和技术革新，保障电缆安全可靠运行。

广盈电缆工程公司因为人手不够，没有配备专职的驾驶员，鼓励年轻员工考驾照，做兼职驾驶员。何光华很快考到驾照，并用省吃俭用积攒的全部身家买了一辆二手车。为了能早日在地形复杂的施工一线驾驶车辆，她勤学苦练，很快就能熟练驾驭公司的黄色皮卡车了。这下好了，技术员、驾驶员、抢修工、搬运工等，她身兼数职，经常辗转奔赴在各个施工现场。一天，抢修班的谢江虹上班特别早，来到单位，看见空旷的停车场上孤零零地停着一辆老旧的桑塔纳，那不是何光华的车吗？她上班也这么早吗？谢江虹怀着疑惑走进电缆试验班。看到谢江虹，何光华从电脑前抬起头，带着一丝疲惫和疑惑问道："你还没下班啊？""我是下了班又来上班了，你难道一夜都没回去？"谢江虹震惊地看着这个"拼命三郎"，她竟然干了个通宵。后来才知道，这是她的工作常态。

有人曾和何光华说："创新，就是要把没有的变出来。谈何容易！这不是折腾吗？犯得着这么拼命吗？"何光华听了，淡然一笑，说道："饭一口一口吃，困难一件一件克服。我还年轻，没有思想负担。即使失败，那也很正常，失败是成功之母嘛。创新不是一朝一夕就能成功的，但我相信，只要踏踏实实走好每一步，总有一天会解决所有的问题。我要尽最大可能减轻一线员工的压力与负担。"

自从次湘江路电缆故障抢修事件之后，何光华没事就跑到电缆施工现场，和一群大老爷们混在一起，东看看，西问问。她可不是吃饱了闲着没事干，而是在仔细观察整个电缆施工过程，琢磨哪个环节可以改进，哪个流程可以精简，哪道步骤可以优化。遇到不明白的地方，她就缠着老师傅问，这道步骤为什么要这么做？这道工艺为什么要这么处理？她不厌其烦，直到弄懂为止。

电缆施工环境又脏又乱，工人整天钻管沟、下缆井，爬上爬下，经常搞得浑身都是泥巴。很多男人都吃不了这个苦，可何光华天天笑嘻嘻地待在工地，跟个没事人似的，根本没把这些苦当回事。老师傅们看在眼里，都明白这个小姑娘不简单，吃得了苦，更佩服她对待电缆工作认真钻研的态度。因此，对她提出的任何问题，有问必答，有求必应。有的老师傅甚至没把她当成女孩子看待。没过多久，她便把现场施工的流程给整理了出来，摸索出一套电缆敷设作业指导书。自此，电缆施工就有了规范可循，虽然程序有些繁琐，工作效率却提高数倍，令人刮目相看。

当时老式的分支箱结构单一，功能简单，没有断路器，没有保护装置，遇到电缆故障需要停电检修时，无法立刻判断箱内哪根电缆带电，往往需要工作人员跑到变电所开关柜确认，才能拉开故障线路开关。有时故障点离变电所远，一来一去，浪费不少时间，无形中延长了抢修进度。何光华就问："有没有什么方法可以直接验出带电电缆，然后在分支箱内把带电电缆断开？这样就不用跑那么远了。"

抢修班的师傅说："我们一直这么做的，习惯了，除了进度慢点，没觉得什么不妥。再说，没有断电器具，谁也不敢胡乱操作，万一触电，可不是闹着玩的。抢修速度慢一点就慢一点，安全第一位。"老师傅那里问不到答案，何光华就自己琢磨：怎样在保证人员安全的前提下，带电断开故障电缆？当她看到挖掘机巨大的手臂时，心里来了灵感：用机械手臂代替人手，只要绝缘达到要求，不就可以带电操作了吗？说干就干。她立马买来机械方面的相关书籍，埋头研究起机械传动原理，又自费买来图纸和制图工具，工作之余就趴在桌子上写写画画。

电缆工程公司领导得知何光华在搞科技创新，高度重视，在资金和物力上给予大力支持。几个月时间一晃而过，一天，何光华拿着一根简陋的机械抓手，到抢修现场开始演示。只见她操作机械抓手小心翼翼地靠近电缆，然后缓缓收拢，待抓手牢牢抓紧电缆，便用力拉扯。随着短暂的电弧放电，电缆脱离了分支箱接头。在场的老师傅看得大气都不敢出，直到带电电缆成功脱离，才松了一口气。在场师傅们忍不住鼓起掌来。

○ 何光华与同事研究改进机械手

经过反复改进，机械手完全达到安全技术标准，更加符合现场施工条件要求。师傅们经过练习，使用起机械手驾轻就熟，抢修速度提高了不少。他们竖着大拇指说："这玩意看起来不起眼，但非常实用，确实解决了施工中的大问题。没想到一个小发明，带来的效果如此显著。"

只要能切实有效解决现场实际困难，就是好的发明、好的创造。创新如果离开了实际应用，整一些华而不实的东西，既是资金、资源与精力的浪费，又不能解决实际问题，就没有任何意义。体恤一线施工员工的艰辛，保护他们的人身安全，最大程度节约企业的成本，这是何光华潜心技术创新的初衷。说到底，何光华走上技术创新这条路，始于良善品德，始于一位青年的责任自觉。

六 世间安得两全法

20世纪90年代，无锡地区很多家庭观念里还存在着一些偏见，认为女孩子长大后终究是相夫教子，学问不用太多，学历太高了说不定对象都难找。当时市场经济的浪潮席卷百姓生活，工商个体户如雨后春笋，欣欣向荣。很多人开设服装店、南北货店、饭店，或是搞承包、做运输。眼看着书读得不多，但脑子灵活的万元户不断涌现，读书不是万能的风气悄然盛行。更有一种普遍的社会认知，那就是高中的数理化难度很大，女生是竞争不过男生的，而且当时中专、职校毕业后就业并不是难事，所以很多家庭会让女孩初中毕业时选择读个中专、职校。

何光华初中毕业了，家里的老人主张读个中专就行了。不过何有钧让有读书禀赋的孩子坚持读下去的意见很坚决。他积极鼓励女儿念高中、读大学，要用丰富的知识与技能充实、武装自己。

"不要受旁人的影响，虽然任何岗位都是为国家作贡献，但贡献有大小，价值有高低，你要把居里夫人作为自己的人生榜样，要为整个人类做贡献。谁说女孩的智商不如男孩，不适合读理科了？这完全没有科学根据。"这些教育理论，何有钧经常挂在嘴边，父母的思想与眼界影响着羽翼未丰的何光华。她身上那股子与生俱来的越挫越勇的个性，可以说是父亲何有钧的思想在她身上的投射。

在何光华高中二年级的一次运动会上，班里女子3000米长跑比赛项目名额空缺，女生都对高度透支体力的长跑存在畏难情绪。空缺意味着不战而败。没试就认输？这不是何光华的风格。她明知自己体质一般，偏生了一副"明知山有虎，偏向虎山行"的倔强，果断报了名。那一次，没有任何长跑基础的何光华几乎到鬼门关上走了一遭。特别是跑到最后 200 米时，她感觉胸腔仿佛压着千斤顶，喉咙口冒着血腥气，几近虚脱。最后在同学们的加油鼓劲下，"为了班级的集体荣誉"这一信念支撑着何光华跑完了全程。这一次的体验让她终生难忘。只有去尝试了，才有机会将不可能变为可能。

何光华不服输的个性还体现在单位部门的二次分配的选择上。通常情况下，很多女孩会刻意要求去舒适工作环境的部门。殊不知，种子想要生根发芽，必先深埋土壤，才能汲取充足的养分。何光华与家人都坚定地要求去最艰苦的一线施工现场。在施工一线，何光华苦其心志的同时，得以深刻体会到一线员工的艰辛，积累了大量施工实践经验。这为她后来的发明创造打下了坚实的基础。

2003 年，何光华的男友郑君立研究生毕业，按照大多数家庭的选择，肯定是两人会合，将多年异地恋修成正果。结果，两人婚是结了，却依然选择了两地分居。好男儿志在四方，郑君立的知识才能、理想抱负，更适合在有着更多机会与更大平台的大城市施展。何光华少女时代就对舒婷的诗歌《致橡树》感触颇深，相爱的两个人应该相互理解、相互支撑、相互成就，她认为这才是爱情最美的样子。她收敛起儿女情长的心态，坚定地选择了理解与支持，让学有所成的郑君立去闯荡。

春节是小夫妻俩难得的相聚时光，他们一起去往郑君立的老家过年。难得见到儿媳的公婆非常开心，朴实的他们表达欢喜的方式就是准备珍贵而丰盛的海鲜大餐。殊不知何光华吃海鲜会过敏。可是，老人淳朴的笑容，酽酽的亲情，让何光华无法拒绝。

饭后，郑君立准备出门办事。他年前便与一位老家的客户约好谈一桩业务。可他看到何光华两手按在腹部，脸颊通红，便焦急地上前询问。何光华故作轻松地把手一挥："快去忙你的正事吧，我没关系，一会就好。"长期分居的日子，她早已习惯一个人面对各种困难。

郑君立出门后，何光华感觉腹部绞痛，浑身发冷，脸颊滚烫。小渔村里没有医疗机构，仅有的一个郎中也回家过年了。人生地不熟的她悄无声息地出了门，坐上了去往市区的公共汽车。车上乘客很少，有两对夫妻看着形单影只的何光华，眼里透着同情与关切。何光华把头转向窗外，天空飘起了雪。或许人在生病的时候特别脆弱，一种酸楚伴随腹痛席卷何光华全身。新婚不久，本是你侬我侬之时，自己却孤身一人在异乡寻医问药。何光华不禁想："是不是懂事、顾大局的女人注定要吃更多的苦，追求事业与价值的道路上注定要有孤独的跋涉？"

窗外的雪越下越大，到后来，竟如一团一团的棉絮在坠落。此番江南多年不遇的奇景，瞬间让何光华的心情好了许多。到了市区，药店服务员看到何光华大过年的独自一人出来买药，热情地嘘寒问暖，为她挑选了药品，还给她倒了一杯热水，叮嘱她赶紧吃药。何光华心里暖暖的，吃了药，休息了一会，腹痛渐渐消退，发烧的体温也在下降。眼看天色向晚，她致谢后走出药店，一下被眼前的盛景惊呆了。马路上车辆、行人绝迹，万籁俱寂，天地间白茫茫一片，小湖、亭子、小桥、树木简要勾勒出一幅线条简洁素净的中国画，她仿佛走进了张岱《湖心亭看雪》的绝美世界。一时之间，何光华忘记了病痛、忘记了烦忧、忘记了年龄、忘记了工作，她快乐地冲到雪地里，物我两忘地跳起来。何光华一直憧憬着冬天去东北雪乡玩，只因工作太忙而一再将计划搁置。不承想，美丽的雪景送到了眼前。今天，萍水相逢的人情、难得一见的雪景、万物宁静的幽远意境，这些奢侈的馈赠都在不经意间获得。如果不出门，又怎会看到如此美丽的雪景？生活也是如此，总是存在着 AB 两面，得与失，有机统一，此长彼消。每每遇到困难，何光华都很少抱怨，更不会让负面情绪长时间占据、侵蚀心灵。回到小渔村，她又是那个元气满满、朝气蓬勃的女子。郑君立听到的只有她对雪景的赞美和对异乡人的感恩。同一个世界，不同的品格与修为，可以感知与品味出万千个完全不同的世界。钝感力也好，乐观心也好，何光华始终向善向美而生，呈现一种积极向上的姿态。

结婚、买房、装修等在常人眼里必得耗尽心力、大操大办的人生大事，在他们的眼里轻如烟云，繁琐的习俗礼节能省则省。他们看重的是两个人心灵的交融、精神的沟通、灵魂的契合。购置新房只用半天时间便快速解决了，房子装修也极尽简洁朴实。他们生命里有着更为重要的事情需要去做。何光华心里背负着电缆工程公司这个大家，心里装着无数一线电力员工。

两个人婚后的小家，成了以无锡为中心、郑君立为半径的同心圆。他在不同的城市辗转，甚至远赴中东的沙特阿拉伯。何光华则始终扎根在无锡这片热土，扎根在电缆工程公司施工一线，不断深耕与发掘。一根电话线，连接两颗心。他们彼此鼓劲，一起探讨生活、工作中遇到问题和困难时的解决方案，见证着彼此的心灵成长。这种婚姻模式，锤炼着双方各自的意志和处事能力。何光华怀孕后，被暂时调岗到综合科。在这个相对舒适安逸的怀孕期间，何光华没有虚度光阴，她选择继续深造，备考东南大学研究生。

开考的那一天，细雨蒙蒙，光荣的准妈妈何光华挺着大肚子走向考场，信心百倍。她身边有一个高大魁梧的护卫，郑君立特意飞了十几个小时，回国护送妻子赴考。何光华顺利通过考试，研究生的学习提升了何光华的知识系统。

最初调往电缆工程公司时，总经理顾志强听闻何光华的男友所学专业有很多出国的机会，担心何光华以后会跟随先生出国定居，培养的人才流失国外，便找何光华谈心。她想都没想便说道："领导请您放一百个心，我的根在这里，决无可能去国外工作或定居。"

匆匆人生路上，时刻都面临着各种选择。我们在选择中寻找出口，获得成长。而每一次选择，考量的都是个体的人格、素养、文化等综合因素。不同的选择，通向不同结果的命运之路。何光华的种种选择，其实都在雕琢、修建着那一条崎岖曲折又常常峰回路转的电缆技术创新之路。

一个人在社会中扮演多种角色，承担多种责任，时刻需要在各种角色之间灵活切换。生活需要我们学会统筹兼顾，分清主次，科学安排时间。"为母则刚"这一词语，原义是肯定很多女子因为母亲这一角色加持所获得的蜕变与成长。而其间的含辛茹苦，女性也只能是冷暖自知了。

儿子的出生，赋予了何光华一个全新的命题。先生也选择回国，在华为就业。虽然依旧两地分居，爱人毕竟是在上海，联系起来比国外要方便得多。国内近几年发展迅猛的通信设备、交通工具也最大限度地解决了分居式婚姻的后顾之忧。儿子出生后，她的父母担当了重要的角色，做了她坚强的后盾。否则，她的科技创新工作也许难以为继。

儿子三岁时，郑君立又

○ 何光华与家人在一起的幸福时光

被公司外派欧洲，拓展华为国际市场。这一次的选择无比艰难。远隔重洋，鞭长莫及。看着头发花白的双亲、体质敏感的幼子，何光华陷入沉思。此时的她已经带头做出了 20 多项国家专利。国网无锡供电公司正在筹备成立"何光华劳模创新工作室"，电缆专业需要立项研究的课题众多，科技攻关、研发与应用推广任务繁重……

何光华一夜未眠，第二天，她红着眼睛向丈夫表明态度。作为大学同班同学的她何尝不懂得他的理想和抱负，而作为华为技术高管的郑君立，拓展欧洲市场，让中国科技走向国际，是他的职责所在。何光华最终决定支持郑君立远赴欧洲。激烈的思想斗争只用了一夜，热血沸腾的决定只需一秒钟，但何光华需要用 N 个 365 天来扛起生活的重担。无法两全时，两利相权取其重。做出决定的那一刻是一种深明大义，而生活、工作中的琐碎繁忙时时考验着何光华的毅力与耐力。

2011 年，为解决现场非贯穿性缺陷的无损诊断，提升检修判别的技术水平，何光华召集电缆专业、X 光领域技术人员组成攻关小组挑灯夜战。优化方案第二天必须拿出来，供上海来的专家讨论评审。"时间不早了，你们都回去吧，统稿和优化工作我来做。"何光华说道。大家各自散去，何光华收拾好材料和笔记本电脑，却不是回家赶工，也不是留下来继续加班，而是驱车直奔儿童医院。原来 3 岁的儿子因高烧、咳嗽引发肺炎，住进了医院。她来接替在医院陪护了一整天的父母。料理好儿子，夜已深。何光华抚摸了一下儿子沉睡的小脸，坐在病床边，取出了笔记本电脑……

"外婆，妈妈呢？"第二天儿子醒来，问前来换班的杨菊英。杨菊英抬头看了看病房门口，红了眼眶，一句话也说不出来。此时，干了一个通宵的何光华马不停蹄地赶回办公室，将一份《基于 X 光数字成像技术的高压电缆线路集中性缺陷无损检测技术及成套设备的研究报告》放在了讨论桌上。

高强度的工作，高密度的生活，将何光华练成了一个"拼命三郎"。她像陀螺一样连轴转，一边处理工作，一边照顾生病的家人。无论何时，每当她接到单位电话，便立即赶去抢修现场，有了创新灵感就立马打开电脑进入工作状态，经常在车程中完成材料的撰写、整理。生活、工作，千头万绪，需要她争分夺秒去奔跑。所幸，生活的大后方里有她的父母亲提供着强大支撑。如果有一天，这份强大支撑也轰然倒塌，生活又会陷入怎样的一种混乱？

那是个暑天，知了在窗外不知疲倦地嘶吼了一个下午。何光华出差南京参加一个创新项目研讨。研讨会接近尾声时，手机在会议桌上执拗地振动起来。拿起一看，是父亲，这个时间打来，何光华心里一颤。工作时间何有钧从不打扰她，一种不祥的预感浮上心头。她急忙走出会场，电话那头父亲的声音焦急、沙哑、苍老而无助，一直是山一样存在的男人，此刻，他哭着说："光华，家里出事了，你赶紧回来。"原来杨菊英在去接外孙的路上被车刮倒，现场流了很多血，伤情未明，正送往医院急救。小外孙还留在学校没人接。在家务活上，说杨菊英是一把撑天的伞并不为过，现在这把伞折断了。对妻子、外孙的担心，对混乱生活的忧心，使这位已过七旬的老人一时乱了方寸。郑君立远在欧洲，鞭长莫及。那一刻，心急如焚的何光华脑子一片空白。她做了一次深呼吸，强迫自己冷静，现在自己就是家里的顶梁柱，是父母唯一的依靠。

母亲已经被送往医院，儿子那边也已经联系好学校暂留门卫大爷照顾。研讨会也将结束，回去的车程需要两小时……何光华在脑子里飞快盘点着各种事项。折回会场，她不动声色地坚持开完研讨会，饿着肚子连夜赶回。在高铁上，她联系到当地最好的骨伤科医生，处理好救治、住院等事务，并电话安抚好父母、儿子。何光华靠着座椅静了静，清空一下脑子，便马上打开电脑趁热打铁整理当天的项目研讨报告。走出高铁站，她马不停蹄地赶往学校、医院。

夏夜的风吹起她的短发，路灯将她瘦削高挑的身影拉得很长很长。没有人生来强大，生而为人，生活、工作中的种种问题和困难在所难免，也正是这些困难与问题在不断试探、激发、挖掘、磨练着人类的智商、意志和能力。每当陷入困境时，史书中的一些人物总会在何光华脑中闪现。比如苏东坡，比如王阳明，等等，他们命运多舛，但性格坚韧，越挫越勇。每走出一个难关，信心便增加一次，他们始终相信并鼓励自己一定会攻克难关，度过困境。也许这就是所谓的知行合一，就是"也无风雨也无晴"的境界。何光华在科技创新工作中也遭遇过无数次失败，一度茫然无助到仿佛在无边无际的大海里漂浮，仿佛在永远看不见光亮的隧道中摸爬。每到这些困难时分，那些闪耀着人性光辉的历史人物就会飘然而至，给她带来信心。何光华深深懂得，真正限制人的，从来不是困难本身，而是个体认知上的困顿与思维上的怯弱。正所谓"船到桥头自然直，车到山前必有路"。但首先你得去行走、去尝试、去克服，才有可能赢得转机。

夫妻长期分居的历练让她学会理性，习惯勇敢面对，选择一切向前看。这些困难算得了什么？她冷静地将众多事件一一梳理，分轻重缓急逐一处理。所幸杨菊英未伤及内脏，只是摔断了一条腿，身体也在逐步恢复。一直悬而未决的儿子小学升学问题，在现实面前，答案也似乎已经明晰。何光华与父母商量，让儿子选择就读离家近的普通小学，放弃名头很大但离家很远的学校。因为人手不够，没人接送。以后上学、放学要由儿子独自完成。在这一场事件中，每一个家庭成员都积极面对，何光华的儿子仿佛一夜之间懂事了。他学会了独立上下学，学会了洗碗，帮家人分担家务。不管生活多难，见招拆招，走过去，又是一片天。

"因为热爱，所以不觉得苦。"说起几乎投注了全部心力的科技创新工作，寥寥几个字，所有的辛劳消散在何光华风轻云淡的话语里。使命驱使也好，责任担当也好，既然做出了选择，就要勇往直前。坚强母亲、精湛技工角色的背后，是非比寻常的钢铁意志。不过，哪个女人不需要坚实的臂膀来依靠？只是，一想起丈夫手腕部位那条骇人的伤疤，何光华便将所有的辛劳咽下肚去。

郑君立一个人辗转多国各地，长期孤身在外，异地他乡，种种不便，可想而知。但他对何光华从来都是报喜不报忧。国外的文化风俗、语言交流、生活习惯上的种种不便在他的表达中，都巧妙转化成了有趣的故事、宝贵的经历。也许这是远在天边的他唯一能给予妻子的爱与陪伴了。他在沙特阿拉伯工作的时候，发生了一场车祸。手腕骨折，伤到皮开肉绽。所有的痛苦他只字不提。回国后，何光华无意中看到他手腕处一条很深的伤疤，着急地询问，他却轻描淡写："一点皮外伤而已。"那一刻，何光华深深体会到，两地分居，不是她一个人在品尝艰辛，更不是她一个人在战斗。她的先生、父母，包括她的儿子，每个人都在彼此的理解与包容里，有着无言的默契……

何光华一直忘不了和郑君立第一次视频通话时的激动心情。小小的屏幕里，出现了活生生的人。远在千里之外，却近如咫尺。虽然触摸不到，但是熟悉的面庞，亲切的笑容，瞬间消散了周身的孤独。手机不再是一部冷冰冰的机器，仿佛一下子有了脉搏与体温。那晚，四周静悄悄的，何光华热泪盈眶，能清晰地听到自己的心跳。视频里的郑君立，一个大男人，竟然流了泪。这是智能手机给长期分居两地的他们带来的福音和安慰。

世间安得两全法，不负如来不负卿？

孝敬父母的方式大抵有两种，养口体和养心智。前者体现在孩子对父母生活的细心照顾上，后者则是儿辈功成名就带给父母的家族荣耀，侧重于精神上的抚慰。而抚育下一代似乎也有着典型的两种模式。一种是悉心照顾衣食住行，还有一种是虽然没有那么多时间陪伴左右，但父母做好自己，以榜样的力量进行精神引领与熏陶。这是一种更深层次的大义与大爱，产生的影响与意义也许更为久远。何光华大抵是属于第二种模式吧。这种模式一般到孩子长大成人以后会得到他们的理解并使他们感受弥深，甚至影响孩子的一生。当然，这种模式少不了何有钧与杨菊英的默默付出，他们充当着桥梁和润滑剂的作用。

如今，何光华的儿子郑熠杰就读无锡天一中学初三年级，虽然当初因为没人接送，放弃就读名头响亮的小学，但并没有影响他考上名头响亮的优质中学。优质的教育资源固然重要，家风熏陶与自身修为也同等重要。这位身高 1 米 85 的帅小子，脸上稚气未脱，但表情沉静，思路清晰，语气中透出超出同龄孩子的成熟与理性。郑君立虽然

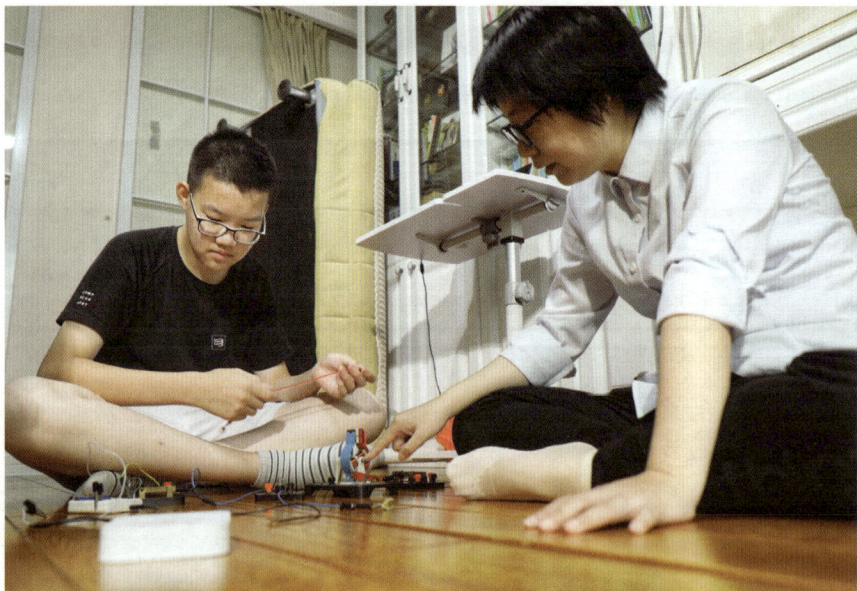

○ 何光华陪伴儿子学习

长期不在身边，但几乎每天都会和儿子进行视频通话，父子感情亲和融洽。何光华也会隔三差五找儿子谈心，母子俩也会时常上演焦虑妈妈和青春期男孩"相爱相杀"的戏码。郑熠杰曾经非常羡慕同学们都有爸妈陪伴身边，一起散步、看电影，而他经常一个人。寂寞的时候就看书，他尤喜品读汪曾祺、林清玄、周作人等人的散文，这些散文精短，但蕴涵的哲思和意味极悠长，品读散文可以让焦躁的心情瞬间安静。随着年岁渐长，郑熠杰越来越理解父母的艰辛和不易。屈指可数的几段家人相聚的时光，成了他珍贵的收藏。

华为的外派员工家属每年有一次国外旅行的机会，但大都因为何光华工作太过繁忙而不得不放弃这一福利。仅有的两次旅游成为一家三口特别是郑熠杰津津乐道的回忆。记得一次是在日本旅游，郑熠杰的记忆里不是日本的温泉、神户牛肉、富士山等好吃好玩的东西，而是游乐园里的一个场景。一家人在过山车里坐成一排，当车从高空往下俯冲时，才小学三年级的郑熠杰恐惧万状，惊叫出声。这时，坐在两旁的何光华和郑君立迅速不约而同地伸出大手，一人一只手将儿子紧紧攥住。父母温热而坚定的手掌传送给郑熠杰一份巨大的安全感。那一刻，他感觉父母从未远离。在富士山下，何光华给儿子买了一件风衣，衣服有些偏大，包住了整个屁股。但这件风衣成了郑熠杰的最爱，三天两头地穿着。一次，郑熠杰不小心摔了一个大跟头，把这件风衣磨出了一个大口子。他缠着外婆缝补好，继续穿。直至升入初中，个子突然猛长，风衣吊到了半腰上，他还对这件衣服念念不忘。因为穿上这件风衣，就会想起与父母相伴出游的快乐时光。一次，杨菊英无意间说起这个细节，何光华听了，怔在原地，半天说不出一句话。儿子穿的哪是风衣，他穿的是回忆，穿的是对温暖亲情的渴望啊！

何光华与郑君立于2021年终于结束了长达18年的两地分居。这一次是郑君立做出了事业调整。考虑到儿子步入青春期，父亲的教导与陪伴更有助于男孩性格的塑造与完善。其次是考虑到何光华科技创新工作正入佳境，她为电力系统，乃至整个社会创造了无法估量的效益与价值。郑君立放弃升职与出国的机会，选择提前退休，反聘为可以常驻无锡的技术顾问一职。他为家庭多负担一点，何光华就能腾出更多精力给她的电缆事业。优秀的人，从来不独属于个人与家庭，更多的是属于企业，属于社会，甚至属于整个人类。这一次他做出了牺牲，希望能为何光华解决后顾之忧，让她轻装前行。

何光华一家三代同堂，家庭成员人尽其能、各司其职，形成一个和谐牢固的良性结构，其间满满渗透着家人相互之间的理解、关爱、疼惜与奉献。

问起何光华除了电缆事业还有哪些愿望，她说想走出国门，寻访世界一流名校，与名校的教授导师交流，了解世界最前沿的学术。还想走遍国内的博物馆，想……忽然，她停顿了下来，将头转向窗外，

○ 何光华丈夫郑君立的老家——浙江台州温岭石塘镇

眼里有一丝神往，仿佛窗外是一片广袤的海洋。片刻之后，她收回视线，轻轻说道："还想带上父母，一大家子一起去浙江台州温岭石塘镇，郑君立的老家，在那片海的尽头，听听涛声，吃吃海鲜……"

石塘镇是个古老的渔村集镇，有屹立千年的石屋老墙，有日出而作、日落而息的船来船往，有着一种地老天荒般的安宁。没有人不向往一家人健康相守，其乐融融，何光华也不能免俗。只是人来世一遭，都是带着使命的。在适当的时间做适当的事，这也是她与郑君立共识共勉的观念。对于人生，他们早就有了清晰的规划。在年富力强的青壮年时代，在应当奋斗的年华，如果能为这个社会发展进程添砖加瓦，如果能为这个世界留下一抹光亮，那就竭尽全力地去做。他们肩负着职责与使命，并共同认可这才是有意义的人生。

人生的每一次选择，都关乎着自我成长，何光华义无反顾地为冥冥中注定的理想与目标勇往直前。每一次选择都凝聚着家人的理解与奉献，同事、领导们的支持与鼓励。光环背后的故事，充分证明了何光华始终坚持技术创新的艰辛与可贵。一粒种子，遇见了合适的土壤，就会在黑暗中生出根系，不断向大地索取养分。何光华的根深深扎进了电缆工程事业，只要有一丝微光，就会发出顽强的嫩芽，索取阳光，开枝散叶，直至长成参天大树。

那桩湘江路 4 天 5 夜的 13 条电缆故障抢修事件，给初入电缆行业的何光华留下深刻印象，激发了她的创新动力。学生时代积极应对初入高中学习上的脱节落后，咬牙坚持第一次 3000 米长跑，并不复杂的人生经验早已表明，迎难而上从来都是何光华的个性，困难和挫折只能激发她的无穷斗志。

了解何光华的同事，都知道工作中的她有几句口头禅。而在她成长历程中，口头禅也在悄然发生着改变。

"师傅，请问……"这是 2000 年大学毕业刚入职时的何光华常说的一句话。那时的她风华正茂，懵懂青涩，勤学好问，带着一股子初生牛犊不怕虎的干劲。

"我试一下。"这是 2002 年何光华担任电缆工程公司技术员后，常说的一句话。那时的她，在黑暗的隧道中摸爬滚打，在磕磕碰碰中探索着技术创新的光亮，有着一股子不服输的闯劲。

"再来一遍吧。"这是 2011 年国网无锡供电公司成立何光华劳模创新工作室后，何光华常说的一句话。那时的她带领和鼓励团队成员在无数次试验里寻找着规律与契机，传递着百折不挠的精神和拼劲。

"我想听听你的想法。"这是 2018 年何光华劳模创新工作室组建成立了"青出于缆"劳模党员先锋队后，何光华常说的一句话。此刻的她，已经获得全国劳动模范、中国质量工匠、国家电网公司专业领军人才等荣誉，并享受国务院政府特殊津贴。她把重心放到了培育人才、传承发扬创新精神上，突显出她低调谦逊的品性。

都说女人如花，如果非要把何光华比作花，那么求学时代和工作初期的她应该是一株向日葵，向阳而生，积极好学，浑身透射出无限的生机和活力。那片被太阳染过的金黄色，是大自然对求知若渴、执着追求的她最好的回馈。沉潜广盈电缆工程公司后的她，从职场小白演变成一名电力工匠，终日奋战在一线施工现场，风里来雨里去，奋发图强、勇于突破、执着创新成为她醒目的标签。这个阶段的她更像是一枝从幽深隧道里开出的雪日寒梅，凌霜斗雪，不畏严寒，风骨傲然，谦和硬朗。这是怎样的一位奇女子？让人迫不及待想要更深层次地去了解并感受她在职场中的硬朗作风和飒爽英姿。

基层创新

CHAPTER 3

鸿鹄志

一个个科技创新项目，是何光华及其团队给电力电缆行业乃至整个社会留下的瑰丽珠玉，"高落差"项目更让何光华登上科技创新的最高舞台，但过程的艰辛常人难以想象。决心、耐心和平常心是何光华钻研、创新路上的制胜法宝。决心决定一个人能走多远，耐心决定一个人能走多久，而平常心则让人行稳致远。习近平总书记和全体政治局常委的接见与鼓励，是何光华人生中最难忘的记忆，也是她继续投入创新工作的不竭动力。"荣誉不属于我个人，属于全体基层一线工人，属于整个团队。"这是何光华始终坚持的态度。

一 只管做就好

国网无锡供电公司电缆工程公司电缆四班技术员、专业工程师。

国网无锡供电公司天创电力工程公司电缆四班专业工程师、总经理助理。

国网无锡供电公司电缆检修工区区长助理。

国网无锡供电公司电缆工程公司副总经理。

无锡广盈实业有限公司电缆工程公司副经理、四级职员。

国网无锡供电公司电缆运检室副主任、主任。

国网无锡供电公司电缆运检中心主任兼党支部副书记。

翻开何光华的履历表，从2003年到2023年，二十年的光阴浓缩成了短短几行字。单位机构名称、岗位名称不断在变，但何光华的工作性质、工作内容始终如一，电缆、电缆，除了电缆，还是电缆，专一而纯粹。二十年风雨，将一位风华正茂的青年，雕刻成了一位成熟睿智的中年。沟渠深井，泥水沾身，与电缆亲密接触的7000多个日子，铺陈出一份专注而执着的深情，那是何光华用青春与热血为电力事业谱写的一曲光明之歌。

人到中年的何光华，时光在她身上雕刻出些微痕迹。她高挑而清瘦，鼻梁上架着一副大大的眼镜。岁月的磨砺让她鬓角渐白，心性渐渐沉静，拥有了更加坚韧的力量。这些年来，她在科技创新领域取得累累硕果。在这条道路上，她越走越坚定，也越来越自信。她日复一日地工作，日程排得满满当当。常常有人问她："力量从哪里来？"她

○ 何光华带领团队成员开展创新项目

只是淡淡一笑，从未正面回答。

回望过往岁月，一个个创新项目，其实都是对现实工作中一道道难题、一个个困境的破解。在何光华的记忆中，电缆安装检修快装脚手架研制是她真正意义上迈上科研之路的起点，前前后后做了好几年。从参与研发到逐年改进，何光华花了很多心思跟进这个项目。但她为人谦逊，毫不揽功，每次提起这个项目，都说金点子来源老领导的启发。

站在巍巍铁塔进行高空作业的电力人犹如苍鹰，勇气可嘉，但人类毕竟没有翅膀，高空作业的安全措施非常重要，人身安全是所有电缆人都必须牢记的工作原则。设置安全措施的方法有很多，可以根据现场实际情况选择，常用的有系保险带、使用斗臂车或搭设脚手架等。何光华介绍，她刚参加工作时，变电站里的电缆终端有三角形布置和平行布置两种，无论哪种布置方式，系保险带都会给电缆附件和避雷器增加外力，这样的保护方式并不可取，而且常常受现场地形限制，大多数区域斗臂车也无法驶入。在这种情况下，搭设脚手架就是最好的保护方法。

能不能由公司员工自行设计、自行研发出适合无锡地区现场实际情况的快装脚手架？广盈电缆工程公司分管领导顾青抛出一个选题。大家的激情被点燃了，集思广益商量如何完成。那时候，班组只有几位年轻人，大学生更是少之又少，何光华自然而然成为发明创新的主力。他们成立了质量管理攻关小组，由何光华牵头开展工作。大家首先就基本情况进行分析，统计出 2005 年 1 月份至 12 月份脚手架安装和拆卸时间的基础数据。经统计，脚手架拆装共计 52 次，其中落地架 18 次，倒吊架 34 次。之后，通过预估搭设、拆卸的平均时间计算搭设成本。他们得出一个基本结论：按照传统方法，不但搭设时间长，成本也相对较高。经过充分研讨，何光华首先拿出一套方案设定目标：一方面，新研制的脚手架要使用方便，单项脚手架的安装时间不能超过 20 分钟，拆卸时间不能超过 15 分钟，以便于班组一线员工的使用。另一方面，要在具备检修工作安全措施的基础上，力争每次节约施工成本至少达 4000 元。

目标看似简单，实施却不容易，何光华心里只有几成把握。经验不可能凭空而来，她决定借鉴澳大利亚 Genex 电力公司的快装绝缘脚手架。常规快装脚手架搭建时间是 10—12 分钟，拆卸时间只有 6—8 分钟，再结合专用工具设计思路进行操作时间估算，可以有效地控制总时长。传统脚手架所需的工具和零件都很多，每次安装拆卸都需要聘请专业的施工队伍，人工费用占很大比例。假如能开发出一套专用工具，成本仅为一次性投资，且可以重复使用，由班组人员自行安装，便可以大大地节约施工费用，从而实现大幅度压降成本。好想法如灵光乍现，何光华和她带领的质量管控小组成员都感到很振奋。他们乘胜追击，采用头脑风暴法，大家七嘴八舌建言献策，分别提出不同的设想方案。这几天，何光华所有心思都扑在这个项目上，吃饭都是草草了事，睡梦里都在画图，设计手绘稿更是铺满了何光华的工作台。领导这么重视，又有充足的资金支持，同事们也相当支持，这给她平添了信心。怕什么呢？万一失败了，重新再来呗，只管做就好，她相信自己一定可以开发出最佳方案。

经过小组成员的充分讨论，他们就工器具的研制筛选出两个方案：一是设计成单面检修架结构，二是设计成包围式检修架结构。两种方案各有利弊，第一个方案相对简单，只是做了一个微小的改动，不破坏原有的快装脚手架结构。但为了满足附件安装的施工条件，需要购置至少6套脚手架。设计虽然简单，费用也不高，但材料成本省不了。由于脚手架数量较多，安装起来也比较麻烦。第二个方案则是全新的设计，四面包围型的检修脚手架以往没有参考方案，需要从头开始设计，大部分经费花在设计上。何光华反复思量，她觉得创新就是打破原有的设计方案。在她的号召下，小组成员们不怕苦、不畏难，他们毫不犹豫地选择了第二个方案。这个方案不但可以大幅缩短安装时间，也可以让施工人员得到较好的安全保护。图纸画了一遍又一遍，为了能让所有的零件精准匹配，他们分专业成立了不同的攻关小组，将设计方案进行详细分解。何光华统筹协调各个工作组，着眼于不同专业领域开展攻关。安装件搭接结构设计、底座结构设计、攀登结构设计、工作平台结构设计，甚至连材料的选择都是摆在他们面前的全新难题。

几个月时间内，何光华认真学习了材料学、结构学的基本理论。和大部分员工一样，何光华本科学的是电气工程及其自动化专业，以上这些课程她从未接触过。但是她觉得学习是终身的，任何方向和内容都可以随时开启，就看现实中的需要。不懂就学、不懂就问，任何一门学科都是从不懂到懂，从入门到精通的。各个攻关小组的建议准备好了，何光华带领大家一遍又一遍地讨论，最终拿出了最佳方案。检修架材料选用纤维增强复合材料，不仅抗火花、抗氧化、抗腐蚀，还强度高、重量轻，好处很多；检修架的基础结构则采用搭扣式的连接方式搭配固定式底座；检修平台重点对绝缘梯进行改造，根据承重尺寸裁剪绝缘板。他们还有一个奇思妙想，在木板上开槽增加一个单门，便于绝缘梯的固定和人员的上下。

最难创新的是理念，一旦设计方案确定下来，很快就进入了实施阶段。在工器件厂家的帮助下，一套设计模型很快制作完成。何光华的发明创造引起了国网无锡供电公司专业部门的高度重视，在安全监察部的联系安排下，苏州高新技术产业开发区电气检测所对这个从无到有的检修平台进行了鉴定，成套设备顺利通过全部型式试验，很快得到行业内的充分认可。随着变电站设备的更新换代，他们又对快装脚手架进行了一次又一次改进，每一次改进都使快装脚手架更实用、更便捷。此后工作中，这套工具成了大家不可缺少的基本工器具，不少兄弟单位也来打听这套工具研发生产的具体方法。

在何光华看来，或许并没有所谓的力量之源，"千里之行，始于足下"，就像那句最著名的广告语：just do it！只管做就好。

二 我就爱琢磨

灵感来源日常工作、生活点滴，一个很小的发现都可以激发出新的妙想。对于何光华来说，创新是一种思路和方法，早已渗透在工作的全过程，这是一种自然而然的习惯模式，并不需要她腾出专门的时间去做。用新方法去解决工作中遇到的老问题，这就是创新的开始。对此，她很享受，也很执着。

随着无锡地区电缆工程建设日益兴盛，何光华的业务技能日渐成熟，工作逐渐从一线转向管理职能，工作也越来越饱和。这么忙，事务性的工作也多，怎么还有时间和精力去搞发明创新呢？遥想刚进入一线工作时，没有太多繁杂事务，工作虽然忙碌但是具体，可以静下心来琢磨。何光华其实很怀念初到广盈电缆工程公司的时光。近些年来，随着角色和身份的转变，她不得不腾出大部分时间用在管理上。从内心来说，她最享受的还是静下心来捣鼓她的发明创造。所幸，创新思维时时伴随着她，已经成为一种深入骨髓的习惯。一点点的小改进就可以让工作更便捷、更顺畅，给一线工人腾出更多休息的时间，减轻实际的困难，何乐而不为呢？这些让何光华的内心无比充实，更觉得有意义。每接到一项工作，她都会思考如何寻找更便捷的实现路径。多年的工作积累，让她充分体会到每项工作都有窍门。专业技术上可以改进，管理流程上可以完善，工作中处处有创新空间。

2016 年 5 月，国网无锡供电公司来了一个大客户——海力士公司，他们是全球知名的大型内存制造公司，也是无锡市重点招商引资的目标企业。电子类企业对于电力供应的要求相当高，他们配有专业电工负责开展自有资产电缆终端的巡视。有一天，海力士公司的电工在巡检中发现电缆终端的接地线损坏了。情况非常紧急，因为接地线的损坏会造成电缆护层高位电压悬浮，如果放任不管，一段时间后将击穿主绝缘，导致停电事故。海力士公司很着急，找到供电公司求助。当时，何光华所在的无锡广盈电缆工程公司负责承接海力士公司的220千伏电缆线路接入工程，何光华等几个年轻人积极与用户对接，想方设法解决客户难题。作为国内半导体超大规模投资的电子类生产企业，每停电一分钟，带来的损失高达百万元数量级。海力士公司的客户经理急得像热锅上的蚂蚁，他告诉何光华，海力士的订单量很大，一条生产线都不能停。他带着哭腔说："你们帮帮忙，千万帮帮忙。这关系到很多人的饭碗。"看到他这么着急，何光华也很急。海力士是政府关注的重点企业，领导们都很关注。停电当然最安全也最便捷，把电停下来，找到事故点，该截断的截断，该更换的更换，对电缆工区的检修人员来说，不过是个简单的维修任务。不停电则意味着挑战，技术难点有很多，能不能找准事故点，能不能安全地完成抢修，就当时的技术水平而言是巨大的难题。何光华说自己没有刻意想过创新，遇到问题，她的第一反应就是在脑子里不停地琢磨：什么才是最好的方法？如何能在不停电的情况下完成修复？

在同事们的支持和鼓励下，何光华大胆地提出参考现有线路带电操作杆，发明一套高压电缆终端带电消缺系列装置。利用这套特殊的装置，快速地解决用户的棘手问题。她进一步详细介绍了这套装置的原理和使用情况。根据电缆工区的年报统计，接地线的损坏大多由失窃造成，类似的例子很多。在工作中，首先要判断接地线故障点的准确位置。如果是绝缘线部分失窃，没有金属裸露部分，那么工作人员没法使用传统接地线，带电消缺容易拉弧。如果绝缘线全部失窃且尾管接线点在电缆平台上，那就更麻烦，安全距离不够不说，在平台下方进行修复的操作空间也不够，没办法用传统工艺和工器去修复，最好能设计一个新型适用的工具。

何光华快速设计了一套样品解决了海力士公司的问题。为了提高通用性，她又和团队一起用了三个多月的时间进一步攻关。最终，设计出一套绝缘线失窃的专用液压穿刺接地组合装置。这个装置有点像个夹线钳，将穿刺接地线穿刺入绝缘接地线内的稍前部，然后剥开绝缘线后端露出金属裸露部分，通过中间接管压接进行修复。绝缘打开后，可以进行常规处理，对故障点进行防水带、聚氯乙烯带、绝缘带绕包修复，最后将穿刺接地线取出后，进行整体的绕包修复。这样的设计有两个关键点，一方面是在 U 形槽内设置了 V 形夹块，可以实现不同截面接地线的通用化；另一方面是采用了双液压设计，可减少空中作业的操作时间，从而实现适用于所有接地线类型的高效不停电作业处理。此外，何光华还设计了一个专用弯钩连接头、一个接地线连接夹片的螺旋式专用连接工具。在电缆尾管与绝缘接地线的连接过程中，可以通过螺旋式的方式完成连接点的紧密接触，在安全距离不够、操作空间狭小的现场环境中，都可以实现安全简便的操作。据何光华介绍，在完成成套装置设计的第二年，广盈电缆工程公司电缆一班在消缺工作中对 10 条电缆线路应用了这套新研发的装置，受到了大家的一致好评，既能不停电作业，又能保证消缺人员的人身安全，效果非常好。

创新的点子不是坐在办公室里想出来的。创新源自积累，源自对专业技术持续不断的"琢磨"。2016 年 5 月，海力士半导体（中国）有限公司负责人来到国网无锡供电公司，给广盈电缆工程公司送上了印有"服务到位、技术精湛、服务热情、办事高效"的红色锦旗，对何光华所在企业在抢修期间提供的优质技术服务给予了高度的赞扬。

这是何光华众多创新发明带来优质服务的缩影，她就是这样踏踏实实在日复一日的工作中不断"琢磨"出了创新的火花。

在几次现场实践中取得的巨大成功，给何光华带来了信心，也鼓舞了她的干劲。来自方方面面的赞扬坚定了她在一线工作中迈上科技创新道路的决心。

三 "智慧火花"连接我们

有一次，公司整理科研项目，A4纸大小、5号字编排，页面上密密麻麻，按照时间顺序开列出一大堆项目，这些都是何光华亲自参与并完成的创新工作项目清单。只是简单地标注出项目名称、基本内容、参与人员等最基本的信息，居然打印了几页纸，令人震惊，何光华一时之间感慨万千。不过很快，她便习惯性地露出一抹恬淡而不乏亲和力的笑容。"没有人能凭一己之力完成这么多工作，要感谢不同团队的支撑，是科技的'智慧火花'把我们连接在一起。"何光华经常这样说道。认真是一种习惯，而何光华对于每一件事都可谓全力以赴。

一个个创新项目的成功，让何光华在行业内渐渐有了名气。除了日常工作，何光华还要应对来自社会各方面的活动邀约，常常去全国各地出差。她的日程总是安排得很满。不过她的主要任务依然是电缆工作研究与推广。2016年，随着气体绝缘金属封闭开关设备大规模推广应用，传统电缆耐压试验的开展变得困难。气体绝缘金属封闭开关设备是全封闭的设备，电缆没有直接裸露点，给传统方式的耐压试验带来了很大难度。无锡地区的气体绝缘金属封闭开关设备当时采用的都是进口设备，国内还没有接触过这些新装置、新技术，大家对试验方法都很陌生。日本东芝是主要设备供应商，采用在气体绝缘金属封闭开关设备上方行车吊装的方式对电缆头做试验。对此，何光华印象很深刻，进口设备特别笨重，安装的工作量也很大。每次耐压试验完成后还得拆除，工序复杂，很不方便。每次做试验，何光华都不得不协调各个部门共同参与，有时候交涉办手续的时间比做试验的时间还长。当时新吴区有很多110千伏电缆线路的输电用户采用24小时充电试验方法来替代电缆主绝缘倍压试验，这在当时的试验规程上是允许的。但在实际运行过程中，何光华发现气体绝缘金属封闭开关设备电缆接头经常会出现潜伏的缺陷隐患。如果没有一个机会去检验，及时发现并修复隐患，电缆可能在3—5年内就会出现故障，导致用户停电。电力工作最重要的考核指标就是供电可靠性，从这个角度上来说，无论有没有规程规定，大家都希望在投运前进行电缆主绝缘试验。

这个项目在当时有很大的技术难度，要把东芝庞大笨重的设备改造成一个便捷小巧的装置，到底要留多大的裕度，又要保持多大的充氮压力，何光华的脑子里其实一点概念都没有。电缆工区管辖的变电站大多现场条件很差，空间有限，不能设置太多绳索，否则会造成杂散的局放。这就需要发明一个无局放影响的小型支架。此外，还需要考虑设备的通用性，例如474、670两种规格的气体绝缘金属封闭开关设备电缆终端如何匹配，这些都是摆在何光华面前的技术难题。

对何光华来说，每一个起步都是从零开始。团队往往是临时组成的，技术人员大多是年轻人，其实也不太懂。但是他们有一股钻劲，很朴素地认为没有什么解决不了的技术难题，鼻子下面就是嘴，不懂就问，总能找到解决问题的方法。这个项目前前后后做了四年，采用了很多方案，第一代采用环氧树脂材料，比较重。第二代就选了新型轻质高强度尼龙材料，换了更轻巧的材料。每一次改进的过程中，几位年轻人都一遍又一遍地出去调研，苏州、上海、南京，周边的大城市都跑遍了，远的像北京、武汉等城市也说去就去。

实际上，这个装置说起来也很简单，就是在套入气体绝缘金属封闭开关设备开关站前施加一套能加高电压的试验装置——一个绝缘筒体的气室，能施加试验电压去模拟真实的电缆加压环境。装置要确保电缆终端头的电压没有畸变，绝缘筒既能耐受电压，又能承受气体压力，相应技术的难点有三个方面：绝缘筒体的仿真设计及结构优化、气室电气结构优化设计、便携式气室支架研制。这个项目的研发同样涉及很多专业，何光华带领团队联系了业内几乎所有的相关研究所和厂家，积极主动地四处寻访高人。

在这个过程中，以及后来多年的研发路上，何光华结识了许多业内资深专家。比如上海电缆所的所长魏东，三元电缆附件厂资深顾问、教授级高工印永福，中国电科院教授级高工赵健康，国际电工委员会 TC20 技术专家范玉军，哈尔滨理工大学教授刘骥，还有国网江苏南京供电公司高工王光明，劳模专家陈德风等，在设备研发的过程中，何光华不断地向各方的技术专家求助。

○ 何光华向外国专家进行项目成果介绍

何光华说："我有一种感觉，科技就像一座桥梁，连接了很多人。是科技的'智慧火花'连接了我们，让大家毫无保留地互相帮助。"在开发的过程中，无论何光华找到谁，他们都真诚地提出参考性意见，一点儿也不计较。一开始，何光华团队做出的仿真模拟终端在数据上有一些偏差，怎么去均匀电场是个大问题，专家们从不同的角度提出了很多好的建议。在大家的集思广益之下，这个项目开展得非常好。后来，当时参与这个项目的一批人都成了何光华非常好的朋友。之后遇到技术上的难题，她一个电话打过去，他们都会积极地提出非常中肯的意见。一直以来，何光华将帮助过自己的朋友们都一一牢记在心。

这个项目研发完成后，何光华将成功经验介绍到杭州，在杭州地区的应用过程中，同行之间也有非常好的互动，大家互相切磋，又对现有设备进行了新一轮的改进。同行的宣传推动了项目不断扩大应用范围，中广核如东150兆瓦海上风电场示范项目海缆工程110千伏交联海缆的竣工验收试验采用了何光华团队开发的六氟化硫气室终端电缆耐压试验装置。因为使用方便，数据准确，该装置颇受好评。一个市级供电公司自主研发的试验装置能用到海上风电工程中去，这让何光华感到无比自豪。

四 不仅要有用更要有价值

2023 年 1 月 6 日深夜，夜幕浓重，璀璨的星空与城市的七彩霓虹相映成辉。何光华还没有休息，相反，她精神抖擞，目光比天上的星星更亮。她抓握手机的手掌有些微微颤抖。"我们的多分支故障探测设备通过双创平台孵化，纳入销售平台啦！"她在工作团队的微信群里发出了这条微信。

彼时，何光华作为国网江苏省电力有限公司的会议代表刚参加完国家电网有限公司 2023 年职工代表大会。她按捺不住激动的心情，要与她的团队成员分享这一好消息。原来，何光华及其团队最新研发的多分支、混合截面电缆故障不拆头智能检测电桥在国网江苏省电力有限公司东西柿平台成功中标，专利许可给了国网无锡供电公司广盈制造有限公司。目前，该设备已入围国家电网有限公司职工创新成果平台第二轮评审，未来会有更广阔的市场空间。

成果孵化是指通过市场推广给科技成果带来更广泛的经济效益。对何光华而言，成果孵化有另一层面的意义。科技成果本身就像是她的智慧与思想所孵化出来的孩子，是她的心血结晶。让一个思想的火花从无到有，形成成果，继而造出样品只是第一步。能在现场予以实践，取得工程上的实用效果是第二步。更重要的一步则是推向市场，形成更大规模的经济效益。这些年来，广盈电缆工程公司老领导的嘱咐一直在何光华耳边回响："我们做科技创新不仅要有用，更要有价值。"

对于这些年来发明的成果，何光华如数家珍，每个发明都像她自己的孩子，都有不少难忘的故事。2014年，何光华还在电缆工区的班组里跟班。她清晰地记得，那是一个冬天的晚上，寒风凛冽，一天工作下来，大家都很疲惫。那天的工作内容是一条35千伏电缆线路抢修。那条电缆连接了多个分支箱，联结了许多供水民生用户。按照传统的试验方式，每一段都要拆头，然后通过电缆绝缘电阻测试试验甚至是耐压试验，才能判断故障位置处于哪一段电缆段落。大家一个个试验做下来，简单枯燥，步骤繁琐，工作量很大，故障判断时间也很长，寒风中，每个人的手指都冻僵了。

何光华想，要是可以不拆头就好了，能连着一起做该多好啊。心里默默念着的事，嘴上忍不住说了出来。师傅们听了觉得很可笑："想得美，送电电缆截面和用户电缆截面都不同，不拆头，直流电阻怎么换算啊？根本不可能测准的。"何光华笑笑，说："咱们想想嘛，

◉ 何光华带领团队成员进行数据采集

也许就能找到办法呢，想想还不行吗？"大家看她认真，也受到了鼓舞，你一言我一语地讨论起来。同事们的只言片语给了她很大启发。为什么不能换算呢？测不准就想办法测准呗。寒风中，一个全新的课题诞生了。

对于师傅们最疑惑的部分，何光华找到了一个好办法。对于不同截面、不同长度的电缆线路，通过每段长度、截面的前后两次转换，实现自动显示故障实际距离的功能。她又进一步研制了直流信号智能采集装置，通过小信号处理采集、数字滤波技术及电压比较法，实现了不拆头检测方式下不同截面电缆分支间距离换算的功能。

何光华想到的电桥法预定位，相比现有技术有很大的优越性。在测试前不用拆除混合线路的各段电缆段连接，也不用对长线路中的交叉互联、直接接地、保护接地等进行复位，可大大节省测试前的准备时间。对于接头进水等稳定性高阻故障，在波反射法不易测到有效波形时，也能准确测量。当线路中存在感应电压时，还可以加入滤波模块，采用大电流测量技术。甚至当电缆末端为气体绝缘金属封闭开关设备终端时，只需合上接地刀，并断开接地线即可测量，无需拆头。一个小小的发明大大地简化了试验过程，老师傅们也不得不表示佩服，没想到这个不起眼的毛丫头给他们的日常工作带来了这么大的方便。抢修班的谢江虹劳模由衷地对何光华说："看来光靠体力干活还不够，真得脑子好使。"

顺利实现不拆头检测方式下不同截面电缆分支间距离换算的功能以后，何光华进一步钻研，不断拓展试验范围，实现了不同截面、不同长度电缆线路的故障检测，让这套装置具备了自动显示故障实际距离的功能，故障实际距离精度达到1%。考虑到这是首次提出电缆不拆头检测技术操作方法，她专门组织团队编制了操作规范及仿真软件，便于检修人员的知识普及和规范操作。

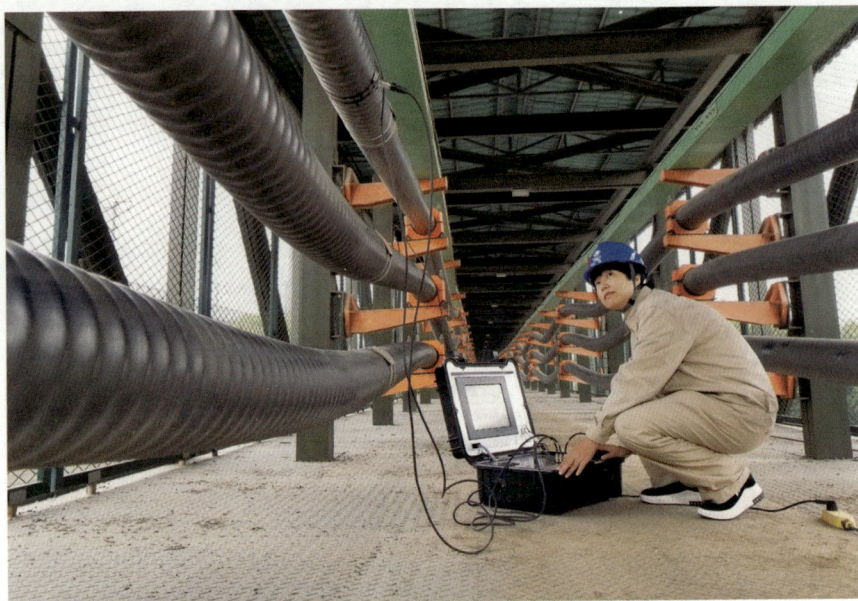

○ 何光华对电缆故障进行测试

这项成果在无锡地区的 110 千伏红文线、河龙线，35 千伏梁荣线等多条高压电缆线路上实现应用，在现场试验、检修作业中均取得良好的实际效果。多年来，无锡地区累计在 73 起 35 千伏、58 起 110 千伏电缆故障定位中实施了这项技术成果，与传统拆头故障定位方式相比，平均每次缩短故障定位时间 6 小时，以单相平均载流量 300A，平均电价 0.59 元计算，累计避免供电损失约 1650 万元。

创新驱动发展，在国网江苏省电力有限公司生产专业和科技专业的高度重视和大力支持下，这项成果从车间走向班组，从班组走向行业。何光华相信，通过省公司双创平台的孵化，会创造出更大的价值。每个成果都像何光华的孩子，都倾注了她大量的心血。这个来自寒风中她的一个突发奇想的"孩子"，不知不觉中在一次又一次的现场改进中慢慢成长，又在一次又一次的成果推广中不断迭代，成为令何光华最自豪又念念不忘的那一个。

五　金点子的连锁反应

"江河之水，驰涌滑漏，席地长远，无枯竭之流，本源盛矣。"在何光华的眼中，创新永无止境，创意不仅来源自身的不竭动力，更来源金点子的连锁反应。一个好的创意往往在一线实际工作中产生，而工作往往是多专业多线条的，一个局部有了变化自然会对其他工作环节造成影响。金点子在发展中应运而生，又带来不同专业、不同行业的连锁反应，最终形成全面创新。何光华将 2011 年自己负责的红力变输配同沟电缆识别项目作为一个生动的例子作了说明。

强感应电下电力电缆识别方法研究及识别仪的研制项目来源现场实践。电力电缆迁改及抢修等作业时需要对同通道电缆进行识别，防止锯错电缆威胁人身安全，传统基于脉冲电流法的识别仪受到江南地形环境、不同电压等级电缆同通道敷设、通道接地电阻普遍大于变电所接地电阻等因素影响，常常会出现纤芯内强电流干扰造成接收器保护无法工作的情况，甚至烧毁信号发生器，从而导致识别失败。

基于高压冲闪原理，何光华设计出一种利用周期、幅值、极性等三要素来识别电缆的新方法，并研制了信号幅值、周期可调的可交直流充电的高压冲击发生器。该方法信号瞬间功率为低压脉冲法的 10 倍以上，注入的有效信号比例达 60%，结合脉冲电容的交流干扰滤波特性，可有效避免目标电缆的强电场干扰以及信号难以施加的情况。

为了防止信号发生器遭受冲击被损坏，何光华进一步设计了以电磁铁驱动的机械装置，替代电子器件，强化了隔离保护。为了便于高效判断，还增加了记忆和比较的功能，可直观对比测试波形。接收器的设计采用了罗氏柔性线圈来采集信号，极佳的通用性可满足不同电压等级、所有截面的电缆，而且工频抗干扰带通滤波和高频信号放大处理模块极大消除了工频电流的影响，可高效采集注入信号的方向、周期和幅值三要素，有效防止了误判。

"这项成果在江苏、上海、山东等地的实际应用中，完成强干扰下电缆识别作业 86 起，识别正确率达 100%，产生经济效益达 686 万，获得国家专利和省公司科技进步奖，具有显著的推广应用价值。"提起这项成果，何光华感慨万千。在做红力变输配同沟电缆识别项目的时候，她发现电缆感应电压非常强。当时用的是国产电缆识别仪，电压一加上去，整个识别仪的发射器就开始冒白烟，吓得她赶紧给拿了下来。然后她想也许可以试试国外的设备。但是进口设备的容量更小，放上去虽然没坏，但是不断报警，说明根本测不了。因为是迁改工程，停电时间非常紧张，既然识别不了，就只有采用土办法。那个迁改工程大概有 1.2 千米，何光华和同事们没有别的办法，只能拿绳索套着，一点点在下面摸索着走。有很多地方还有非开挖拉管，只能旋转过去，没办法拖过去。何光华他们两头摸摸，到差不多的地方再开断，再重新走。后来，那个项目整体延期了。那一次，现

◎ 何光华带领团队成员开展创新攻关

场人员投入了相当大的精力，却没有好的办法，所有的工作都采取了最原始的笨办法。用何光华的话说，一点科技感都没有。这激发了何光华的创新动力。

这个项目最大的问题在设备上，国产的设备出了问题，进口的设备也没法测，逼着他们自主研发。但往往线路的问题解决了，新设备的采用又会给施工、输电带来新的问题，那么就需要采用新的创新模式，不断推倒重来。每一个创新项目都会带来连锁反应，同时也会进一步推动各专业的发展，需要其他的专业提供配套的解决方案，开展相应环节的创新，共同解决专业上的问题。

何光华认为生产专业是一荣俱荣一损俱损的关系。每一次抢修都需要多专业的配合，电缆、线路、检修、配电都是一家人，哪一块工作缺失了，都会影响整体。国网无锡供电公司生产管理部门给予何光华所在电缆工区的支持力度很大，重要性高的工程协调都由专业部门出面。有了他们的重视，协调难度会小很多，从停电时间的配合，到检修、施工、试验等各专业的共同参与，一个工程很快便能协调完成。科技创新工作也是如此。无锡公司的科技创新氛围很浓，无论是公司领导，还是设备部、科技部等职能部门，对何光华创新团队的各项工作都很关心。有时候具体到项目策划，科技部和设备部会采取联合攻关的方式，把创新需求和资金支持覆盖到各个相关专业。同时，通过组织大家共同探讨，在全专业链条形成整体创新氛围。

国网无锡供电公司科技部的同志介绍说："我们公司还有个很好的机制，长期以来保持着具有问题导向的储备机制和不同专业技术骨干的交流平台，这些年来分别建立了柔性团队、创新工作室联盟等，为科技工作者扩宽了视野，开辟了宽广的工作空间。"

六 决心、耐心和平常心

"我的每一步成长，离不开公司党委的人才培养机制，离不开企业崇德向善的文化浸润，更离不开身边众多党员榜样、优秀劳模敬业奉献的匠心传承……我将继续以身作则，带领团队，继承和发扬爱岗敬业、进取奉献的匠心精神，认真用心，实干巧干，薪火相传，久久为功，为领跑新型电力系统建设贡献更多力量……"

○ 何光华在第六届全国职工技能大赛暨第五届全国职工优秀技术创新成果交流活动现场

2019年1月17日，何光华劳模创新工作室创新成果《高落差高压电缆线路施工技术及工器具研制》在第六届全国职工职业技能大赛暨第五届全国职工优秀技术创新成果交流活动总结大会上获得一等奖。以上便是何光华作为唯一的获奖代表，在人民大会堂作的题为《在创新中追梦》发言的一段。创新研究与探索过程中的曲折、辛劳在此刻都化作了甘甜的清泉在何光华的心中流淌，她的发言，励志又接地气、朴实而不失激昂，鼓舞了台下共同追逐梦想的人心。同年4月，她又入选中国能源化学地质工会全国委员会的"大国工匠——能源化学地质篇"的人员名单。《高落差高压电缆线路施工技术及工器具研制》喜获国家科技进步奖二等奖、国家电网有限公司科技进步奖一等奖。她的高压电缆施工系列方法达到国际领先水平，被推广至铁路、通信等行业。

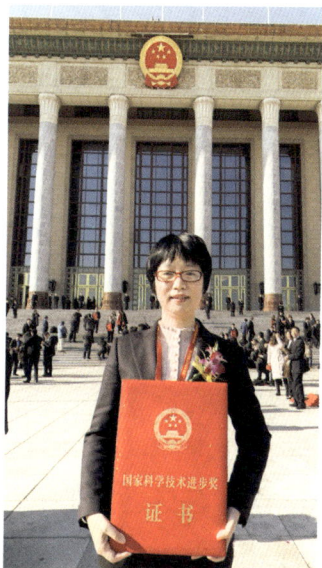

○ 2020年1月10日，何光华在北京人民大会堂参加国家科学技术奖励大会

"高落差"项目让何光华登上科技领先舞台，但过程的艰辛常人难以想象。"不经一番寒彻骨，怎得梅花扑鼻香。"回忆漫长的研发之路，何光华提到了一位古人——曾国藩。曾国藩做人做事总是讲究言之有物，持之以恒。他能做到知行合一，每天坚持早起读书，从不间断。他每日必读书数页，填日记数条，习字一篇，就连行军打仗时也毫不例外。何光华自认没有曾国藩那般非凡的毅力，但她认同他的准则，即持之以恒实为人生第一大事。

在多年参与电缆故障抢修的过程中，何光华一直积极从技术上寻找便捷有效的解决方法。经查阅相关资料，她发现，根据行业内电缆线路故障统计，电缆附件接头是主要原因。她就想，能不能减少电缆接头呢？师傅们长期在狭小的工作井内工作，制作接头一干就是六七个小时，大家都是长期弯着腰，工作劳动强度很大，很多师傅都有腰肌劳损的职业病。电缆接头减少了，故障率自然就降低了，师傅们的工作量也会大幅降低，不是两全其美的事吗？就这样，何光华开始琢磨起来。

电网企业最重视的是安全，任何一项工作首要解决的都是安全问题。如果去掉接头，整段长距离高压电缆敷设会面临很多问题。这些年来，城市立体交通快速发展，带来一系列复杂工况，比如多点弯折高落差、上下翻飞、隧道、竖井、排管、非开挖拉管、狭小工井等，不同通道型式组成不同的复杂环境。如何确保在各种情况下都能安全敷设呢？

何光华不畏难，她的脑海里仿佛有一张思维导图。遇到复杂的难题首先将问题进行细分，再去对应寻找解决方案。她有一个很好的习惯：首先找到需要解决的核心问题，以这个问题为起始，去挖掘相关的难点，再向外发散出更多的关键点，形成放射性的立体结构。何光华总是将解构后的问题一个个具体分析，去寻找突破点。

眼前的这个问题，面临两方面的发展形势：一方面，城市立体交通及地下设施飞速发展，电缆通道被压缩，折弯多、落差大、空间狭小，并伴有多振动源；另一方面，高压电缆容量成倍加大、截面数十倍加粗、刚性高达吨级，而绝缘形变苛刻至毫米级别。简单地说，在敷设过程中，不能损伤电缆，需要将笨重、绝缘形变苛刻的电缆在蜿蜒曲折的复杂环境内，完全同步地往前推进。而这个往前推移的力，每增加一个转弯，平均增加 1.4 倍。因此，从工程上，何光华归纳出两个技术难点：一是通道多折弯引起的牵引力成倍过载；二是高落差段吨级的电缆自重引起敷设位移不同步。

首先要解决的第一个问题是，如何在牵引力成倍增加的情况下，将整段电缆开展分布式动力输送。何光华将这个问题又转化为两个阶段性问题，第一个阶段要考虑的是如何准确判断分布式传输动力的过载点。整个通道路径存在不少弧形，不同工况的弧形又形成不同的分段组合模型，比较典型的有城市里的各类非开挖拉管。这种弧形会随着地下地质条件变化以及其他管线角度调整，形成不规则弧形段。此外，桥梁与隧道沉井之间通过弧形敷设，也会存在不规则弧形段。这些特例以往都没有精准的牵引力计算模型方法。误差大，意味着敷设损伤，而损伤就会带来大容量停电隐患。

清代黄宗羲有语云："愚公移山；精卫填海；常人藐为说铃；贤圣指为血路也。"何光华就像现代愚公，按她自己的说法，就是持之以恒。她不急功近利，找到问题，就有了突破口。在尝试破解难题时，她常常告诫团队成员不要着急，饭一口一口吃，问题一个一个解决，只有老老实实解决掉一个问题，才能考虑去解决下一个问题。她和队员们日夜耗在工地上，首先针对弧形通道的理论进行建模计算。何光华啃下了水文地质、工程力学、通道土建等专业书。她还利用假期回母校河海大学向老师请教。通过大量的现场勘察、计算修正，以及上百个典型工程中上千个特殊弧形位置的验证，她提出了不同类型的弧形通道计算模型和方法，将计算误差从40%—50%降至5%以内，实现了过载点分布精确定位。据此，她在电缆敷设路径上设计动力均匀的配置单元，解决了输送动力不均造成的局部过载问题。

第二个阶段，何光华考虑的是如何让电缆敷设更长。她敏锐地发现牵引力和敷设工器具的摩擦也有关系，于是将问题转化为：如何降低摩擦力。她和队员们研制了带压力传感器的径向弹珠环微弹性轴承和不同限位滑轮，确保电缆始终在滑轮的均匀受力区间，解决了电缆受力不均、滑轮转动不畅的难题，摩擦系数从0.4降至0.15，摩擦力降低62.5%，进一步降低了敷设牵引力。

前两个阶段解决了第一项问题，接下来是第三个阶段，针对的是第二项问题，高落差自重引起的不同步如何解决。在理论模型计算的基础上，何光华又构建了工程脚手架去模拟高落差弧形环境，开展试

○ 何光华在现场指挥电缆敷设

验采样。同时，她开发了输送机组同步控制系统，通过方向、转矩预判响应，来想办法动态抵消电缆重力。经过半年努力，将同步位移精度突破300毫米，降至10毫米以内，达到了世界最高水平，实现了高落差高压电缆由分段再接向整段敷设的重大变革。

发明取得重大突破，让何光华和她的队员们成就感满满。领导放手让几个年轻人去闯去试，并没有提出过高要求，换了其他人可能就止步于此了。可何光华不满足，对工作中遇到的问题进行思考已经成为她的行为习惯，她的研发进入第四个阶段：电缆灵活无损敷设。

电缆太沉了，传统敷设完以后，需要一档一档抬到电缆支架上，以便在通道内敷设更多的电缆。这个过程需要大量的人工，会出现每千米至少200次的磕伤风险，耗时耗力。能不能让电缆在立体空间悬空，敷设到位直接上支架呢？

一次下班途中路遇堵车，何光华跟随车流缓缓地向前行驶，原来是一辆汽车爆胎了。何光华转头看着那辆停在路边的汽车，一个小小的千斤顶撑起整个车的重量。仿佛电光石火一般，何光华眼前一亮。为什么不能把千斤顶原理用在电缆敷设里呢？何光华立马带领她的团队开始研制输送机多层升降平台和通用型横臂固定装置，实现了高度、宽度无级调节，将电缆无损敷设一次到位。

整个研发的过程充满了意外与挫折，如果没有坚定的信念，这个项目很难持续推进。何光华说一开始谁也没想到运用三维技术。研究的过程中，需要首先实现 X 轴前进方向的问题，再考虑 Y 轴高度、Z 轴宽度的灵活调节问题，他们惊喜地发现这三个维度的组合，会形成一个机械化施工实现方法的新型工艺。

惊喜的次数毕竟有限，更多的是一次又一次的挫败感。向光而行的过程中，大多数时候是在黑暗中摸索。在前期采样阶段，常常因为复杂环境，比如浸水、安装位置受力不对、网络不通等原因取不到关键信息。而开发传感、安装传感以及工程实用已花费不少时间，继续采样会进一步耽误班组的工程进度，这个时候该怎么办？还要不要坚持？何光华告诉自己，不能急躁，唯有将心态放平，把眼前的事做好。好在何光华的身后有一支强大的团队。抢修班班长谢江虹、试验班班长刘坚强带领大家不厌其烦地配合。他们陪着何光华一次又一次地敷设、取样，直到拿到精准数据。

验证阶段更是困难重重，大家在简陋的工具间棚内搭设 10~15 米高的脚手架，工作量巨大，经常加班到深夜。只有模拟环境还远远不够，还需要电缆实物验证。何光华向公司申请专项资金投入，很快得到大力支持。国网无锡供电公司投资建设了一个带多弯折的来回多连接长达 800 米的试验电缆通道，开展真型试验采样和验证研究。在无锡公司的高度重视与支持下，通过 3 年多的努力，团队研制出高压电缆三维同步敷设技术及成套设备，实现了机械化施工。三维精准同步敷设技术革新了传统模式，从根源上消除了分段接头故障隐患，使施工周期从每千米 5~7 天缩短至 1 天。

这只是她思维导图中的第一板块，这个项目有三个方面的重大创新，其中第二个创新点主要是高压电缆无损打弯及固定技术，解决的是打弯力、电缆热机械应力释放问题。电缆可以看作是不同材料组成的圆筒长管，不同金属、绝缘、保护材料的热应力参量是不同的，在极端情况下会使电缆受到很大的热应力，导致两端电缆终端拉到脱开，从而引发事故。为此，何光华团队经过多年工程实践摸索，得出经验公式，发明了三项热应力无损释放技术：一是大弧面柔性打弯技术，针对传统刚性顶推法易损伤电缆的难题，发明了大弧面马鞍衬垫和高度可调支架组合工具，实现高压电缆无损打弯。二是空间借位转换技术，针对传统装置在狭小空间无法适用难题，发明了上下浮动的剪刀式结构和水平移动的滑移槽组合装置，实现热应力的横向滑移向弧形上升转换，长度缩短至 1.2 米，实现狭小空间无损固定。三是刚挠灵活转换技术，通过阻尼螺栓力矩和主梁随动自由调节，以刚性固定承担高落差段电缆重力，以挠性固定释放电缆热应力，实现高落差段无损固定。

第三个创新点是落差高压电缆施工质量综合检测方法的研究。为解决电缆微小隐性损伤无法现场检测的难题，首次引入 X 射线数字成像技术，针对电缆复合材料曲面体特征，获得损伤形变失真度偏差计算公式，首建了 X 射线图谱库，实现电缆微小损伤的现场自动诊断。针对多振动源引起的电缆共振损伤，研制了高压电缆振动检测系统，并根据多振动源特征，设计支架布局、刚挠固定组合等方法，消除了共振损伤。针对高落差高压电缆典型缺陷，经数千次检测试验，构建了电缆施工典型损伤局部放电图谱库，形成了多特征图谱关系识别的检测方法，提高了损伤识别准确性和效率。最后，实现了微小损

○ 何光华在电缆隧道内细心检查电缆运行情况

伤的现场检测与诊断，为无损交付提供精确快速的检测手段。

这个项目一做就是许多年，早期根本看不到曙光。同年进厂的同事们有的去了更好的部门，有的走上了领导岗位，只有何光华埋头做研究。难道她不羡慕吗？是什么样的信念让她坚持了这么久？谈到这些，她很淡然，父亲对她的影响根深蒂固，让她从小就养成了这样的性格。她说："我这个人，只要做一件事，就当一件事，我只有一个信念，把事做成。"

X光无损检测属于光学领域，跟何光华从事的电缆专业风马牛不相及，但她敏锐地察觉到电缆快速探伤是个值得研究的方向。为此，何光华大胆向分管领导请示，这事儿她想干。领导毫不犹豫地批准了。有了领导的支持，何光华的胆气也壮了。她赶到南京向省电科院专家陈大兵学习，学习了前辈们的先进经验，也参观了电科院的先进设备。经费有限，买不起昂贵的设备，何光华就利用休息时间坐火车去厂家拜访，寻找价格便宜的同类设备。近在苏州、远到丹东，她一路走访一路询问。开始厂家都表示没有做过这方面研究，没经验。她就带着一段电缆、带着笔记本，翻开初步方案一家一家去介绍。她发现辽宁丹东有一条街都是做这个行业的，是产业链的最上游。功夫不负有心人，有两家单位被她感动，同意免费做一次小型探伤试验。不出所料，试验取得预期效果。受到鼓舞后，她把目光投向110千伏电缆。没想到110千伏电缆是个大家伙，有百来斤，厂家设备太小，没法进行检测。厂家半个工厂的工人都惊动了，大家七嘴八舌，花了一下午时间，层层拆解电缆，终于完成试验。因为经费不足，何光华厚着脸皮"赖掉"了应付厂家的劳务费。不成功，不罢休！何光华凭着一股韧劲成功研制出X光数字化成像探测设备，也正是这股子不服输的劲头支撑着她在创新的过程中一步步坚持下去。大家都说她："肯动脑筋，有灵性更有韧性。"

"错了不要紧，从头再来就是了。"

电缆局部放电精准识别的工程化应用，是项目难点。以往老师傅做高压电缆传统局部放电检测全凭经验，不但耗时长，而且准确率低。这些年来，何光华把老师傅们积累的经验变成扎扎实实的数据采样资料，不断积累，收集了高落差、多振动源环境下的10类真型缺陷样本，她不厌其烦地反复统计归纳局部放电信号的放电幅值、相位、信号重复率等特征量，通过千余次的实测数据比对修正，构建了高压电缆典型缺陷局部放电图谱库，并且配套研制了带有内屏蔽罩的抗干扰试验装置，降低了现场测试干扰，提高了电缆局部放电识别率。

在发明创造的道路上，何光华始终牢记一句话："决心、耐心和平常心是一切成功的制胜法宝。"决心决定一个人能走多远，耐心决定一个人能走多久，而平常心则让人行稳致远。

七　插上翅膀继续飞翔

兔年春节，张灯结彩，爆竹声声，别人都在欢天喜地地准备好好过个年，何光华却依然没法休息。她刚当选第十四届全国人大代表，即将代表人民发声，肩上的责任更重，更有一种使命感在时时驱动着她。

回顾报奖的过程，何光华表示科学技术奖励制度是我国科技政策的重要组成部分，是党和国家"尊重劳动、尊重知识、尊重人才、尊重创造"方针的具体体现。国家电网有限公司高度重视创新工作，在网、省公司均设置科技奖励制度。在"高落差高压电缆线路施工技术及工器具研制"项目取得良好应用后，国网无锡供电公司立即着手组织申报国网江苏省电力有限公司科技进步奖。国网江苏省电力有限公司一直以来在创新领域精耕细作，每一年都会在全省范围内进行广泛遴选。这个成果不负众望地在省公司科技创新领域脱颖而出，不仅在省公司科技进步奖的评选中取得好成绩，还被选送至国家电网有限公司参评。应该说，如果没有国网江苏省电力有限公司的高度重视，这个项目被评奖是不可能走出第一步的。2017年，"高落差高压电缆线路施工技术及工器具研制"获得了国家电网有限公司科技进步奖一等奖。申报奖励的过程，也是内涵再丰富、质量再提升的过程。通过更大范围、更高平台的展示和推广，全国电缆专业领域的权威专家们对项目成果纷纷给予了不同角度的意见建议，促进成果不断提升完善。在这个过程中，何光华得到了很多老师的帮助和鼓励，收集了不少专

家、工匠的建议，比如不同通道的地理环境和南北方温度差异的解决思路等。这些符合实际、具体落地的指导意见，让项目的改进更有针对性和实操性，实现了全国乃至海外更大范围的推广应用。

2018年，在国网江苏省电力有限公司的关心支持下，"高落差高压电缆线路施工技术及工器具研制"经江苏省总工会推荐，参加了全国总工会的全国职工技术创新大赛，并荣获一等奖。全国总工会非常重视大众创新，为劳模工匠们搭建了高端技能人才创新培训平台，邀请了包起帆等全国著名的发明家、行业著名创新管理专家等为劳模工匠们提供体系化创新的学习培训讲座。就是在这些讲座上，何光华了解了如何更好地立足岗位开展创新创造，学习了系统的创新方法、专利申报、法律法规等相关知识，为后期打造创新合作联盟奠定了基础。2019年，"高落差"项目迎来了前所未有的机遇，参加了国家科学技术进步奖的申报，并荣获二等奖，这也是工人创新奖项的最高级别。

有人问何光华这个沉甸甸的奖项为她带来了什么，她认为评奖的过程为她打开了一扇又一扇的窗，让她的视野更为宽广。这样的体验是她以前根本想象不到的。何光华认为影响最大的，是跨界带来的宽阔视野，让她的创新迈入一个更广阔的天地。

全国总工会搭建了一个高技能创新创造平台，来自全国各地、各行各业的技能人员在这个平台上都有展示的机会。正是通过这样的平台，何光华见识了很多其他行业的成果，也认识了许多其他专业领域的专家，比如通信、数字化、结构、化学领域的专家等。多专业的跨

○ 2018 年，何光华参加电力创新成果交流会

界融合让何光华的创新工作迈向了一个新的领域。何光华把数字化运用引入了电缆专业，无锡红旗变"三智六全"精益化运检示范工程正是这样的跨界合作的结果，类似的例子不胜枚举，开阔的视野为何光华的科技创新工作插上飞翔的翅膀。

此外，每一次参与评奖的过程都是聆听不同专业专家现场传授经验的好机会，各专业专家会从不同视角给出中肯意见，每一次评审都是一个不断进步的过程，也是一个知识迭代更新的过程。对于来自各方面的声音，何光华心存感激、虚心接受。

劳模工匠的传承精神也深深地打动了何光华。曾经有一次在北京培训时，她认识了改革先锋包起帆。他被全国总工会邀请来给劳模们讲课，大家尊敬地称他为"抓斗大王"。他研发的新型抓斗及工艺系统，推进了港口装卸的机械化。他曾参与开辟上海港首条内贸标准集装箱航线，建设了我国首座集装箱自动化无人堆场。尽管荣誉等身，他却十分平易近人。他说在他心里，自己一直是个码头工人。那天他满满当当给大家讲了两个小时干货，又马不停蹄地匆匆赶回上海奔赴另外一场劳模培训。工作人员怕他饿着，给他准备了盒饭，他再三推辞，只从里面拿出一个白馒头带上。他说自己年纪大了，现在想做的就是把自己的经验传播出去。何光华听了特别感动，正是有像他一样的人，才会点燃劳模精神的星星之火。何光华觉得自己也有相同的责任和义务将这把火炬进一步传递下去。

全国总工会给了何光华一次远赴德国学习交流的机会。在德国学习交流期间，她参加了一场慕尼黑的展会，了解了其他国家的产业工人在创新上的不同做法，看到许多获得过国际大奖的新奇的创造发明。正是那一次机会，使何光华认识了几位越南同行，她多年来一直与他们保持交流。"感谢国家的一带一路政策，让我们交流更多，创新之路走得更远。"何光华由衷地感慨，她看到了眼前的这条道路曲折，任重道远。

说起在人民大会堂领奖的经历，何光华显得神采飞扬。她说她总共进过两次人民大会堂。何光华小时候就在书里看过人民大会堂的插图，后来在电视新闻里看到许多人在人民大会堂前的合影，尤其是每次重要会议前，代表们都心情激动地在人民大会堂前的台阶上合影。当得知自己有机会进入人民大会堂，并且有发言机会时，何光华激动的心情溢于言表。发言的前一天晚上，何光华在酒店里反复练习了好多遍，防止上台出错。

何光华以为自己会紧张得说不出话来。那天早上，能容纳几千人的大厅坐满了人，台上灯光明亮，台下鸦雀无声。上台前，何光华在座位上默默地背诵，手心微微出汗。可一旦走上舞台，看到台下全国总工会召集的企业职工"娘家人"，身着各行各业的职业装，一个个精神抖擞，亲切感扑面而来。何光华的紧张消失了，她不断地安慰自己，给自家人介绍自己做的工作有什么好紧张呢。当她讲到创新的过程和成效时，一幕幕画面仿佛就在眼前，她自然而然地放松了。演讲结束，台下响起雷鸣般的掌声，何光华的眼眶微微湿润。她觉得一切都是值得的。每一位从事创新工作的人都有共鸣，无数次失败，才能换来一次成功，每一项工作都需要极大的耐心和坚持。何光华说："十年、二十年，乃至更长时间磨一剑的大有人在，我们的经历是相通的，我们的感恩之情和以此为起点再出发的决心也是相同的。"

何光华第二次去人民大会堂是参加国家科学技术奖励大会。"我永远也忘不了那一天，我见到了习近平总书记和全体政治局常委，那是人生中最难忘的记忆，也是我毕生的荣耀。"何光华介绍了一个有意思的小插曲。她在会场报到时才得知，领奖者都很重视领奖仪式，全都盛装出席。有人带了很多的奖章，胸前佩戴得密密麻麻。而她一点经验都没有，什么都没有准备。那天晚上，她急忙给家里打电话求援。可是远水解不了近渴，即使寄出也来不及收到了。后来在国家电网有限公司工会同志的热心帮助下，调借到一枚国家电网有限公司的劳模奖章，当然也是她实际拥有的奖章。

那一天，何光华穿着国家电网有限公司的淡咖色工装，胸口别了那枚红色劳模奖章，就像一颗火红的心在胸口跳动。接见时，她和其他工人代表被安排在最靠近总书记的位置。习近平总书记平易近人，他和每个工人代表亲切握手。他的手宽厚而温润，像春日暖阳，给了何光华莫大的鼓励。在之后的日子里，何光华无数次回忆起那天的场景，历历在目，仿佛就在昨天。每回忆一次，便有一股暖流涌动，一种力量在心底暗暗生发。

有人问她获得了这么多荣誉，可以休息一段时间了吧？她眉毛一挑，毫不犹豫地说："怎么可能，压力山大，任重道远。荣誉不是'句号'，而是'逗号'，催人奋进，还得继续努力啊！说不定哪一天我们就能获得国际大奖了呢。那可就为中国人争光了。"此话说完，她的眼睛亮了起来。

何光华再三强调，荣誉的取得，离不开国家高速发展的历史机遇，离不开各级组织的科技创新平台，也离不开一代又一代电力劳模工匠的传帮带。她相信，自己所做的这些工作，必将激励更多的职工立足岗位、攻坚克难，用实际行动来践行"人民电业为人民"的服务宗旨。

八 不让任何一个人失败

何光华一再说荣誉不属于个人，而是属于整个团队，属于所在单位团体。她的创新工作得以顺利开展，无锡公司从上到下给予了极大支持，可谓天时、地利、人和一应俱全。

随着名气越来越大，她要承担的工作也越来越多。如果没有一支坚强的团队支撑，根本无法完成如此繁重的任务。何光华所在的电缆运检中心承担了无锡地区 35 千伏及以上电缆及通道的管理，以及配电网所有通道的审核、试验及检修等工作。无锡地区面积约 4627.47 平方千米，电缆运检中心总共只有 34 人，工作量巨大。除了日常检修维护工作以外，这支团队还要承担科技攻关、管理创新等专业价值提升工作。何光华是如何管理好这支队伍的？

何光华回顾了这些年来的职场经历。最初她在电试班做试验工，后来被调到广盈电缆工程公司做技术员。随着专业上的不断历练，她慢慢地成长起来，成为生产管理专职。之后，何光华分别担任过天创电力工程有限公司总经理助理、电缆检修工区区长助理、电缆工程公司副总经理等职务。岗位、机构名称在不断变更，何光华深扎电缆工程事业的工作实质和热爱电缆事业的心从未改变。2018 年 3 月，何光华被调至电缆运检中心成为主要负责人。

谈到多年来工作角色与工作定位的转变，何光华感慨良多。初入职时，作为技术员的何光华只需关注好自己手上的事。试验和绝缘几乎是她全部的工作，早期的很多发明创造都是跟这两方面有关的。对于一个技术人员来说，把本专业钻研清楚就够了。后来有段时期，她成为专业工程师被借用在科室里，实际上承担了专业管理专职的工作。在这个管理岗位上，何光华发现只做好自己远远不够，还需要去协调各方面的工作，对上对接省公司的管理专职，对下要与各个一线班组沟通。那个时期，何光华的转变很大。在日复一日的沟通协调中，她的组织管理能力得到很大提升。

受父亲的影响，何光华对科技攻关感兴趣，这些年来一直在钻研这方面的工作。刚开始，科技创新工作量不大，以自己做为主。工作之余自己琢磨琢磨，不懂就问，自己出去跑一跑。自从负责科技创新工作后，她感觉压力很大，项目越来越多，不可能以一己之力完成，不得不从自己做变成了带领大家一起做。科技创新工作在基层是一项具有附加值的任务，没有固定的工作职责和工作要求。而且也不是每个人都对这项工作感兴趣，在其他人眼中，科技创新工作更像是巨大负担。于是，何光华在日常工作中注意发掘对科技创新同样感兴趣的人，把他们凝聚在一起，依靠团队的整体合力去完成工作。在工作中，领导重视是至关重要的，何光华想方设法让领导了解项目，关注支持团队的工作，争取更多的工作时间和工作资源。以前她特别怕麻烦别人，总觉得有什么工作自己做完就可以了，在负责科技创新工作后，她的观念改变了。她总是积极向领导汇报，说清楚项目的重要性和必要性。需要多少资金，需要哪些人，都明确地提出来。工作的过程中更注重与同事加强沟通，通过共同的兴趣爱好来吸引他们参与，通过明确的分工来强化柔性团队的管理，实现项目预期。

后来，何光华被任命为总经理助理，真正开始从管理者的角度考虑问题，她分管的不仅仅是科技项目，还有安全生产、试验检修等工作。在领导的信任和关心下，何光华不断成长，又承担了检修、综合、科技、贯标等管理事务。在这个过程中，她发现了标准管理的重

○ 何光华带着团队成员对故障电缆进行分析

要性，而且仅有上级的标准还不够，需要制定符合自身实际情况的标准，只有通过管理标准的构建，才能逐步形成管理方法。

一转眼，何光华在电缆运检中心已经工作了 5 年时间，从最初的 19 人到目前的 34 人，团队成员翻了近一番，无锡地区的电缆化率更是翻了好几番。如何带好队伍、依靠团队共同完成方方面面的工作，成为一个好领导？何光华并没有具体答案，在她的心目中，当初广盈电缆工程公司的老领导就是好领导的榜样。老领导曾经开玩笑地对她说："你们年轻人大胆放手去干，我做你们最强硬的后台。"老领导给了她绝对的信任和极大的工作空间，但是具体的工作要求却一点儿也不低。每一次汇报前，老领导都亲自把关，技术资料一条条过。按照何光华的说法就是目标管理和过程管控。老领导对工作标准严格要求，对工作质量严格把关，却把汇报和展示的机会让给年轻人。现在，何光华把同样的管理方法用在了自己的团队中。

　　刚到电缆运检中心，何光华就开始着手修订工作标准。她从产业单位来，经过一番调研后，摸清了产业单位和主业单位的不同工作特点。电缆运检中心是一个新组建的工作机构，依照主业单位定位，参考产业单位特色制定出的工作标准成为何光华开展电缆中心管理工作的重要遵循。以事定责，以责量人，何光华进一步根据工作职责细化考勤考核办法。她认为最好的管理方式就是目标管理。多年以后，她成了当年的老领导。看得出来，对于工作质量，她有着和老领导一样的执着。她认为这是一种传承。

　　何光华给团队里的每个人设定目标，不会非常难，但必须是跳一跳才能够得着的目标。比如她要求新进大学生第一年必须成为二票负责人，第二年必须成为工作负责人，日常的具体工作也会量身定制量化标准，写多少论文，制定多少标准，都会根据完成情况打分。目标设定不是盲目的，何光华会根据实际情况个性化考虑。她会找员工谈

○ 何光华和她的团队取得累累硕果

心，制定符合他们意愿和兴趣的目标，让他们焕发出更大动能。每个人的志愿不同，有的人愿意做工程项目，有的人愿意做科技项目。他们的特点也不同，比如徐雅慧活泼细致，特别擅长协调工作，就安排她做科技项目管理；齐金龙懂计算机，有一定理论基础，擅长数字化攻关，就安排他参与无人机巡检项目。何光华有自己对人才培养的理解，她认为一个团队最核心的工作就是对人的培养。工作是永远做不完的，工作的竞争，最终必然体现在人才竞争上。帮助员工找到适合自己的更大舞台，是每一个管理者的职责所在。

"可能有的人觉得我不近人情，甚至有些执拗。"何光华认为只要是真心为员工好的事就要坚持，不能怕得罪人。部门有个小伙子叫卞栋，非常优秀，专业上一点就透，刚参加工作就代表无锡公司参加了省公司电缆专业技能竞赛，取得了非常优异的成绩。他是电缆专业的好苗子，也是不可多得的人才。何光华与班子成员商量要给他压担子，几个大工程都交给他独立负责。可是，是金子走到哪里都会发光，职能部室也看中了他，打算挑选他上专职岗。何光华思来想去，总觉得这样的发展太快了，宝剑锋从磨砺出，基层的经验只能到基层去积累，于是安排他先去做班组长。可能在一般人看来，他走得比别人慢一些，但是何光华相信他会走得更扎实、更长远。当时，甚至卞栋的父母都不太理解，觉得班组的工作太辛苦了，小伙子正当年，忙起来连谈恋爱的时间都没有。当他们知道有公司职能部门专职岗位招聘，就想动员卞栋去。何光华和班子成员一起出面做工作，反复劝说他的父母。让何光华欣慰的是，在基层锻炼过的卞栋很快被提拔为生产科长，事实证明，她的培养计划成功了，为电缆专业培养出一个功底扎实的优秀人才。

在专业上严管，在生活上厚爱，何光华就像电缆运检中心的一位母亲，始终精心地呵护着自己的孩子们。近几年，电缆中心新分配的大学生中外地人多，何光华留心关注他们是哪里人，家庭情况如何。疫情期间，两位员工的父母从武汉赶来探亲，她专门叮嘱工会安排人员前去慰问。团队成员张伟打球把手弄骨折了，她也安排同事陪同照顾。她不但把员工当作家人，也把他们的亲属当作家人。她常常说，为人父母，心都是一样的，人家大老远把孩子送来，我们就一定要照顾好。但谈到关爱，何光华认为最大的关爱就是给他们参与重大项目的机会，年轻人需要成长，需要公司为他们提供平台，照顾就是让他们加速成长。

一位企业家曾经说过："团队就是不要让另外一个人失败，不要让团队里的任何一个人失败。"不知不觉中，何光华也在用自己的方式验证这句话。

九 时间都去哪儿去了

何光华的手机上有一个独特的日程表，设定了儿子全天的时间安排。儿子当天的学习任务总是在手机界面上整齐排列着，并置顶放在最醒目的位置。7点半起床，8点10分上数学网课，10点半上英语网课，下午2点上体育课，晚上8点半上传作业课程。闹钟总是会提前10分钟准时响起，何光华会根据情况发个微信，或者打个电话叮嘱几句。每个妈妈都一样，时间管理是妈妈们需要面对的头等大事。何光华感慨，时间管理是门艺术，永远有可以优化挤压的空间。

"时间永远不够用，太多的事情需要处理。我也没有别的好办法，就是参考管理学中的四象限法则。如果把要做的事情按照紧急、不紧急、重要、不重要的排列组合分成四个象限，我会把主要的时间精力放在处理那些重要但不紧急的工作上，这样既未雨绸缪，也便于思考。"何光华还把这些经验透露给她的团队徒弟们。

对何光华来说，最重要的永远都是她心心念念的科技创新项目。

以前在班组，工作内容简单，她把60%的精力用在科技上。慢慢地，投入时间越来越少，现在她只能腾出30%的时间。但是她要求自己，投入的这些时间必须是完整的思考时间。这是一个根据需要不断动态调整的过程。刚开始简单，有的项目花几个月时间就能完成，甚至可以独立完成。慢慢地，随着平台越来越高，承接项目的规格也越来越高，需要团队成员共同参与。大多数的科技创新项目周期是2年，有1年的时间可以静下心来思考框架方法，这个阶段她会给予最大的关注，通过与团队成员的讨论，不断修正研究方向，为保证项目质量奠定基础。第二年，她会安排好团队成员，分任务、分角色深入开展研究。项目的全周期管理也给了大家一定的调节裕度，去调整工作节奏。最近几年，何光华感到压力小了很多，科研队伍慢慢培养起来了，团队成员学历水平、专业素质都很高，很多人具备了独当一面的能力，她只需要抓好目标管理、过程管控，就可以慢慢放手了。

○ 何光华进校园宣讲

　　成为全国劳模后，何光华承担的社会职务越来越多，很多人找上门来，请她挂名或兼职授课。对于这一点，何光华保持着淡泊的心境。"少做无效的事，这些虚名没什么意思。"她态度明确，并自认自己不过是个一线产业工人中的科技工作者，远远达不到兼职教授的水平，自己能做的都是本职工作。因此，凡是空挂虚名的事，她一概拒绝。请她讲课的事她会酌情接受，但她只讲与本职工作相关的，或者与职工创新、大众创新相关的技术经验。有时候何光华还会安排团队成员去讲一讲劳模创新工作室的内容，她认为这些经历对年轻人来说，也是非常好的开拓视野和交流学习的机会。

提起何光华劳模创新工作室，她总是很自豪。目前，何光华劳模创新工作室已经成为国网无锡供电公司的一张名片，兼具了科普、实践、宣传、展示等多重职责。何光华劳模创新工作室不但是国网江苏省电力有限公司的巾帼科技创新工作室联盟成员，也是输电—电缆专业的劳模和工匠人才创新工作室联盟成员，更是河海大学、南京航空航天大学、无锡职业技术学院、无锡市隆亭实验小学等多所学校的教育实践基地和团市委、少先队的电力游学科普基地。前来参观学习的人络绎不绝，仅接待的工作量就不容小觑。对此，何光华颇有些苦恼，不过她也有自己的解决之道。何光华选择用资源换时间。既然是团市委的科普基地，她就找到公司团委。团委不但能提供很多新颖实用的小玩具、徽章纪念品等作为科普教育的宣传品，还会为电缆运检中心的年轻人提供志愿者培训服务。任务紧急的时候，更会从全公司范围内遴选志愿者参与讲解及服务，从而有效地为工作室的接待工作减负。

找准方向才能有效地提高工作效率，节约无效的沟通时间。从这些年来劳模创新工作室的接待工作中，何光华总结出不少经验。她表示首先应当弄明白任务由哪个口子下达，然后提前做好对接。比如，如果是学校的社会实践活动，他们就会提前与团委沟通，先了解是什么年龄层次的小朋友，关注小朋友的需求。掌握他们希望了解些什么，才能知道该提供什么。如果是外来务工子弟，他们主要宣传、普及电力工人在做什么。如果是初中生，他们会讲授一些初步的物理理论知识。如果是来学习劳模工匠的工作经验，他们会与工会对接，讲述团队里面每个人负责做些什么、劳模与一般人的区别。他们会尽量把同批次的需求进行合并，合理有效地招募柔性团队做好接待，有时候还会拉上职工子女做外援，何光华的儿子就来介绍过好几回，已经成为大家熟识的得力小助手。

何光华还有一个时间管理的特殊法宝，那就是她随身携带的笔记本电脑。打开她的电脑可以看到，桌面上的360工作日历写满了工作内容，她保持了学生时代的习惯，将长期打算和短期目标相结合制订工作计划。每周她会利用360工作日历制订出下一周的工作计划，每天早上简单地检查一遍，将当天的工作适当调整。她有一个用Excel表格制作的日报记录，那是她自己设计的表格，只有简单的几列，记录着当天最重视的安排和寥寥几笔心得体会。比如12月4日那天，她记录了饶文彬老师讲授的《电力行业电力电缆专题》讲座，备注了对新版IEC 62067标准的理解。在心得一栏她是这么写的：检测报告要给出哪些信息，每一版都更为详细。旁边还用红色标注罗列出具体的章节编号。这是她对自己的要求，不需要报给任何人，主要用来提

◎ 何光华在创新基地开展科普活动

醒自己。以后需要查找什么资料，也能快速找到。

　　无论走到哪里，何光华都会背上一个双肩包，包里永远有电脑，碎片化的时间全部利用起来。去北京坐火车要 4 个半小时，她常常在车上打开电脑写材料，人还没到北京，发言提纲就写好了。时间溜走的时候，都去哪里了？人生的每一秒都是宝贵的，珍惜时间的人才是生命的主人。光阴红了樱桃，绿了芭蕉，何光华将最美好的青春年华奉献给了心爱的电力事业。

十 创新一小步，发展一大步

"仅仅依靠我个人的时间管理去提升工作效率那是低层次的，只有在管理创新、在数字化应用上动脑筋才能发挥创新的更大效能。"随着工作内容的改变，何光华的视野在不断拓宽。她工作后在东南大学进修的工商管理硕士课程也为她提供了另一个视角。她逐渐认识到科技创新体系由以科学研究为先导的知识创新、以标准化为轴心的技术创新和以信息化为载体的管理创新三大体系构成，三个体系互相渗透，互为支撑，互为动力。其中，管理创新对企业从"总量增长型"向"质量效率型"转变起了更大的推动作用。

○ 江苏省职工十大先进操作法证书

2013 年，何光华从第一个管理创新项目中尝到了甜头。那一年，她在无锡广盈实业有限公司电缆工程公司担任副经理，那也是她在东南大学攻读工商管理硕士的最后一年。她将"模块化管理，建立'2+2'培训操作法"引入自己所在单位的管理工作中。在经理的大力支持下，她首先完善了电缆工程公司的组织结构，应用"老带新多小组整合"模式优化抢修投入，之后，她与管理专职一起完善了标准体系，引入质量管理工具——"PDCA"闭环管理去提升标准完整指导价值。她积极开展攻关，研发了抗强干扰便携式电缆识别系统，有效地提升了抢修效率，此外她还组织团队成员优化勘查作业法，结合线路个案量身定做了专题抢修预案。她在工作中引入了"模块化管理"操作法，全面提升抢修全过程精益化管理水平。在应急演练的过程中，她应用了"封网期非预警拉练"操作法这一全新模式进行实战演练。何光华还注重加强电缆专业培训，应用"2+2"培训操作法提升人员理论与实践素质。通过一系列管理方法的改进，何光华所在的广盈电缆工程公司改变了原来一个专业故障探测小组的抢修投入模式，建立了多小组抢修故障探测联合小组投入模式，并将每个小组以"老带新"组合搭配，大大缓解了由于电缆规模增长导致抢修人力紧张、现场环境不熟悉影响抢修速度等带来的压力，从组织机构上保证了抢修人力资源的充足和优化。通过标准化作业、标准化预案、标准化流程、标准化演练等多环节创新，有效地提升了全员抢修效率及抢修专业化水平。

如果说，这一次仅仅是在管理模式改变上迈出的一小步，那么，数字化应用才

◐ 何光华和她的团队成员

真正推动创新发展迈出了一大步。

2021年，何光华作为电缆运检中心的主要负责人，尝试在中心的管辖范围内推动现代化设备管理体系下高压电缆专业数字业务融合拓展新模式建设。"十四五"以来，国网无锡供电公司深化智能运检体系建设，推进现代信息通信技术、控制技术和能源技术深度融合应用，不断提升电网全息感知能力、灵活控制能力，为高压电缆数字业务融合奠定了坚实的基础。几年来，国网无锡供电公司电缆运检中心紧密围绕国家电网有限公司新时代战略目标，结合国家电网有限公司"智慧电缆线路、智慧电缆示范区、数字化班组"等重点项目建设要求，积极推进电缆业务数字智慧化转型升级。随着转型升级的深入推进，一些问题逐步暴露出来：智慧支撑不足，线路感知设备匮乏，信息状态量少，各系统未能互联互通，内外网无法贯通；运检质效不高，电缆增长速度快，现有人员承载力不足；精益管控不细，电缆作为地下隐蔽工程，通道环境复杂，资料信息完整性、及时性要求高；停电风险较大，外破风险管控压力大的同时，电缆施工质量参差不齐，本质安全存在较大风险；抢修效率不高，抢修环节多，线下沟通响应慢；协同共享困难，输电配电同沟，不同生产单位的电缆通道资源缺乏全用户、全流程规范管理，等等。

在这样的背景下，何光华带领电缆运检中心团队以设备管理数字化转型为抓手，以电网资源业务中台、新一代设备资产精益管理系统为支撑，以统一数据规范和业务流程为基础，赋能基层班组、赋智管理决策，实现了一系列的能力提升。用数字化驱动状态管控能力、班组业务能力、精益管理能力的提升，推动高压电缆专业整体提质增效。

2021年4月1日至10月30日，为了解目前电缆专业数字业务融合现状，何光华组建了调研团队，分别对北京公司、上海公司、南网深圳公司、杭州公司、宁波公司、南京公司、苏州公司、常州公司等地市公司的电缆运检单位开展线上线下交流会，深入了解目前已用于高压电缆数字化管理的新技术、新应用，为高压电缆专业数字业务融合转型铺平道路。团队将一年以来的调研成果形成报告，向国网无锡供电公司提出了许多有益的意见建议。

在她的倡导下，国网无锡供电公司提出了电缆专业阶段性数字化建设目标，计划依托省级电缆精益化管控平台和市级电缆管控微应用，按照"立体巡检＋集中监控＋网格处置"运维模式，应用成熟的物联网、大数据、无人机、可视化、综合监控、远程诊断等技术，按需增加智能装备配置，构建"监控可视化为眼、外协网格化为臂、运检抢试业务融合发展为脑、大云物智移系统为中台、集中监控指挥为网络"的生态系统，开展标准化立体巡视、电缆防外破管控、电缆入网优生管控、缺陷全流程闭环跟踪、智能检修管理、快速应急处置、管线数字化管理七大业务体系数字化流程再造，加强智能运检执行标准完善，最终实现减少设备跳闸事故、减少人力成本、减少应急响应时间、提升巡检效率、提升精益化管理水平、提升城市数据共享水平的"三减三升"工作目标。

经过一年多的努力，电缆专业的数字业务初步实现了预期目标，首先，压降了电缆外破及本质安全故障，创造了社会经济效益。电缆外破及本质安全故障压降达到国家电网有限公司一流指标要求，当年度相较2018年相比减少停电时间144小时，减少停电损失89万元，为社会创造巨大社会效益。其次，应用危险源点通道可视化监控，提升了电缆运检质效。通过危险源点全覆盖、重要电缆通道可视化（含租用路灯杆设置内网摄像头项目）技术的逐步推广应用，实现了值守少人化、常巡无人化、特巡少人化作业，且通过照片数据诊断和反馈智慧，大幅地提升了巡检质效。此外，国网无锡供电公司还全面推广了电缆线路智慧化感知技术，减少了人力资源成本。电缆隧道、重要电缆线路采用了全线引领型、提升型、基础型智慧感知技术推广应用，实现常巡无人化、特巡少人化模式转变，提升劳动生产效率60%以上，有效落实了设备寿命全周期数字管控，提高了精益管理水平。2021年上半年，通过电缆平台开发应用，国网无锡供电公司还实现了电缆中心"13个业务模块＋班组数字化管控模块"的全业务线上流程和管控，顺利实现系统平台与移动App的联动，从而全面提升了电缆精益化管理水平，实现了应急抢修综合智慧化转型。通过综合化手段提升，目前，无锡市区已完成重要电缆区段秒级精准定位、15~30分钟快速响应圈、应急抢修装备智慧化后勤高效保障等技术提升，响应时间压缩50%，故障时间压缩40%，有效提升了应急抢修和隐患风险快速处置的质效。为增强数据共享能力，何光华带领团队研发了通道全流程一张图速流转。围绕"数据全面化＋资源可视化＋业务数字化"的核心思路，在何光华团队的全力推动下，国网无锡供电公司花大力气建立了电缆通道资源全业务链贯通的通道资源信息化管理平台，实现了企业内外可靠数据融通共享。

阿波罗11号任务指令长、美国宇航员尼尔·阿姆斯特朗登上月球后，曾经兴奋地说道："这是个人迈出的一小步，但却是人类迈出的一大步。"创新的一小步，必将带来发展的一大步。对于国网无锡供电公司而言，何光华在科技创新上的每一次努力，都将推动电缆专业向更广阔的舞台迈出一大步。

十一 永远在路上

　　江南无锡，太湖之滨，山环水绕，风景如画。特别到了阳春时节，无锡鼋头渚的樱花次第绽放，落樱与夜幕下的灯光相互映衬，诗情画意般的景致吸引着八方游客纷至沓来。可说实在的，天天在如画风景中行走的何光华却基本无暇欣赏身边美景。她每日的例行工作是去市内各个区域的电缆隧道巡视，不管多忙，她都要抽时间去看一看，不然心里就不踏实。果然，美好环境的背后必定有人悉心地维护。

○ 何光华和工作人员现场讨论施工方案

　　何光华去施工一线所坐的工程作业车很高大，普通人爬上去都跟跟跄跄的，而何光华却手脚灵活、动作娴熟，一蹬二跨便上了车。那是一个周二的上午，作业地点离东亭路电缆中心所在地不远。10分钟左右，何光华跟随工程作业车到达清源路，几位检修人员已经在现场等待，他们早早做好了安全防护，路边的人行道被安全网拉出了一个长方形的作业区域。从地面上看，什么设备都没有，检修人员打开一个井盖，放下竹梯。梯子摇摇欲坠，竖长的竹竿已经起了毛刺，何光华却毫不在意，她紧了紧安全帽上的保护带，迅捷的身影很快出现在电缆通道内。清源路的电缆通道虽然幽暗，但还算干燥，基本能容两个人错身通过。通道很长，看不到尽头，走不了几步就看到一个黄色的装置。何光华打开箱盖，检查了通信电话的信号。电缆作业通常由几个人同时开展，大家各自忙各自的，常常会走散。而地下通道里手机多半没有信号，可以通过这个固定电话与同事联系。因此需要经常检查、维护，保持信号通畅非常重要。那天的作业内容很简单：110千伏泽红线电缆线路防火隐患治理。何光华走到一个电缆接头处，与同事们一起停下来将接头周边做了清理。电缆运检中心每月会统筹安排作业计划，定期清理辖区内电缆通道故障隐患。这也是何光华开展大量科技创新的主要原因。一方面尽量减少接头，另一方面用各种能想到的先进手段尽快消除故障隐患。相比而言，清源路的这个电缆通道算条件好的，干燥明亮，也相对宽敞。很多地方的电缆隧道常年雨水倒灌，一钻进去就是一身泥。但对于何光华来说，这样的工作条件早已习以为常。

　　1个小时后，何光华和检修人员一起来到220千伏红旗变电站。变电站大门100米开外的地方有一座小小的房子，看外观只有一个书报亭的大小。何光华打开电子门锁，当天到场的作业人员只要刷脸签到，主控中心就能知道哪些人进入了工作区域。一进门就能看到一块电子屏幕，屏幕上清晰地显示出当天的天气情况、地下的空气状况等一些基本参数，让作业人员提前了解作业环境的实时工况。

220千伏红旗变电缆隧道是无锡市太湖新城核心区的首个电缆一级通道，总长3.55千米，共投运8回高压电缆线路，是穿越该经济核心区的供电生命线。地下空间非常大，像一个黝黑的电缆王国，却是何光华熟悉的科幻世界。

红旗变电缆隧道经过了多次改造，它的电缆线路投运较早，早期智能化运维程度不高。近些年来，无锡公司结合全面数字化升级改造，应用"全息感知、泛在连接、开放共享、融合创新"技术路线，构建了高压电缆隧道"三智六全"运检管理模式，通过智慧感知网络、智慧中枢平台、智慧全景应用，集最新的先进技术手段于一体，实现了全面管控。

安全是电缆人的生命底线。红旗变电缆隧道实现了防火全方位智慧管控；规范隧道内各项防火防爆标准化设计安装，电缆隧道安装联控防火门、耐高温防火墙。电缆本体绕包防火包带。电缆接头上方配有干粉灭火弹，电缆接头采用带有泄压口的高强度防火防爆盒或火探管式感温自启动灭火装置，接头周边电缆本体绕包防火包带。光纤、动力低压电缆安装在防火槽盒内，实现了电缆线路全方位多维立体防火管控。此外，隧道内还使用了火灾智能预警与消防模块：一旦发生火情，测温光纤、烟感等感应装置主动报警，通道内就近摄像头自适应触发识别，确认火情后立即启动防火门、通风系统和消防机器人联动机制，实现灭火点的精准扑救。每一次来，何光华都要叮嘱检修人员对防火管控模块进行测试与检验，这是保障作业人员安全的根本举措。

红旗变的电缆隧道还实现了环境全面感知和智慧联控。针对隧道结构情况，采用地面集水井、集水沟引导疏通、新型阻水法兰、高压灌浆等措施疏堵结合，完善通道防水综合治理。红旗变的整个地下空间是个综合管廊，十分宽敞，何光华一行人刚进入隧道，自动通风就开始启动。这正是升级改造后的环境实时感知与智能联控模块的作用：当隧道内部有害气体含量超标时，自动启动通风系统，并与门禁系统联动预警，保障人员和设备安全。

此外，在电缆状态全面感知的基础上还能实现智慧决策功能。建立基于时空四维网络增强深度学习的电缆智能预警系统能实时监控电缆设备局部放电、接地环流、光纤测温以及通道环境数据等多维状态量，通过"时间序列预测—主成分分析降维—空间卷积神经网络分类"，自主深度学习，形成隧道电缆健康状态的自动、实时评价，实现电缆健康状态的智能快速感知、异常预警和辅助决策。

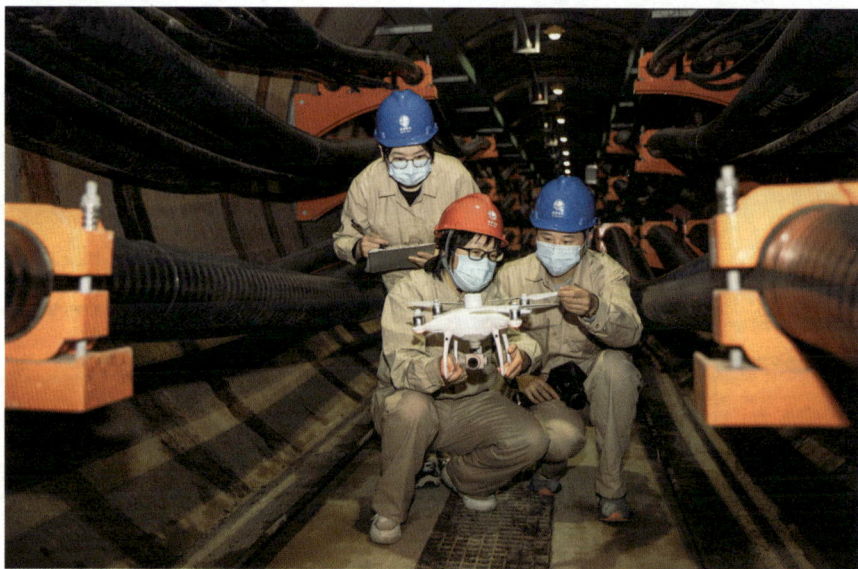

◎ 何光华在电缆隧道内进行无人机测试

即便何光华不到现场，隧道内也可以实现巡检，这就是全景可视化智慧巡检功能。应用数字孪生 3D 全景可视化技术，红旗变电缆隧道实现了预设路线定时巡检、特巡路线自定义巡检、巡检报表自动生成、异常数据自动报警，实现了国内首个隧道内 3D 数字孪生模拟巡检场景应用，实现了国内多通道一机模式的软索机器人在电缆隧道内的首次应用。软索机器人具备智能视频、红外成像、隧道微气象、气体智能监测、角度爬坡、穿越防火门、缺陷识别报警等功能，软索安装更方便快捷，通过自适应同步变轨技术，实现了多条通道一机覆盖，更为灵活经济。通过虚拟和实景全景结合，实现了无人智慧巡检。

虽然无人巡检可以完成巡检任务，为了百分之百确保安全，红旗变电缆隧道巡检仍然被纳入电缆运检中心的日常巡检工作范畴。当人员到达现场后还可以实现全员状态可视化智慧安防功能。通过建立人员定位、生命体征、违章作业多维可视化平台管控系统，应用定位芯片胸牌、视频人脸识别监控、定位鞋、实时掌控人员位置，防止误入非作业区。通过监控心率、体温、呼吸等生命体征，监控人员健康状态。通过人体状态感知识别，实现违章操作主动报警，以人为本，保障人身安全。

国网无锡供电公司数字化改造的最大特色是实现了电缆全线故障智慧诊断。应用高压电缆故障预警与精确定位装置，通过监测行波到达电缆两端的 GPS 对时时间差，计算故障点距离监测终端的距离，实现数字孪生全景通道的电缆故障精确可视化定位，并辅以研发的各中间接头故障瞬间局放、环流、主电流、电压综合计算分析功能再次复核故障位置，从而提升故障抢修准确度和效率。

智慧感知、智慧中枢、智慧全景，"三智"改造全面提升了红旗变电缆隧道电缆线路精益化运检管理水平，实现了隧道防火全方位智慧管控、隧道环境全面感知和智慧联控、电缆状态全面感知和智慧决策、全景可视化智慧巡检、全员状态可视化智慧安防、电缆全线故障智慧诊断。六大智能场景的应用，是何光华团队在前沿科技领域的重要探索，为该类型隧道智能化改造提供了示范参考依据。

○ 电缆隧道可变轨道机器人

　　为了减轻工作人员的作业量，隧道里还配置了一个可变轨道的机器人。当天的一项重要工作内容是给机器人做安全检查，何光华叮嘱检修人员给机器人充好电，并进行例行维护。何光华说，许多目前最新的前沿技术在电缆专业均有应用，他们在创新的道路上不断探索，比如最近她正在琢磨的课题就是如何将卫星遥感技术应用于故障定位。

　　据何光华介绍，目前供电公司通常采用人工实地巡检、无人机周期监测和可视化系统在线监测三种方式对电缆沿线存在的外破危险源点进行管控，但由于城市发展建设工程面广量大、施工周期长、危险源点分布广，此类传统监控手段在成本和效率方面仍存在一定不足。比如，人工实地巡检风控法，虽然肉眼可见最为可靠，但工作量大，所需的人力、物力、时间成本高，监测效率低。对于无人机巡检风控法，优势在于可以进行定制化路线巡视，但巡检质量受制于机载设备及续航里程，难以对电缆通道全覆盖监控。对于可视化系统风控法，由于监控点数数量有限，而外力破坏具有较强的随机性，无法实现外破风险点的全域无遗漏防控。某种意义上，这些方法或多或少都存在不足，需要寻找一种更新的技术手段来提升巡检效率，保证管线安全。

何光华想到了卫星遥感技术，它的特点是全天候、大范围、受限因素少、信息量丰富、运行成本低等，多方面的天然优势为电缆外破巡检提供了新思路。何光华同时了解到，随着高度遥感技术的飞速发展，卫星遥感影像的空间分辨率、时间分辨率、光谱分辨率及辐射分辨率都在不断提高。到 2020 年年底，我国发射的高分系列卫星，覆盖了高分辨率光学、高分辨率合成孔径雷达、静止轨道光学等多种类型，为更加快速、准确、便捷地获得目标地区的高空间分辨率遥感影像，以及实现电缆外破监测提供了技术支撑。高分辨率影像由于包含了丰富的地表物体几何结构及纹理信息等，能够直观、形象地展现电缆全域危险源点的特征，同时通过大数据处理分析可全面掌握全市各地开工迹象、识别电缆沿线外破风险并进行风险前瞻性预警，可以极大程度地弥补传统监控手段的不足。

何光华表示将卫星遥感技术与 AI 技术相结合，对大范围电缆全域危险点的特征进行提取分析，可一次性完成上千万平方千米面积全线路外破信息的快速识别，也就是说，可以极大程度地提高电缆线路外力破坏监测的效率。通过大数据分析全局化掌握电缆沿线外破风险区的分布情况，并实现前瞻性预警和精准靶向管控，现实意义很大。每当说起最新的创新思路，何光华就抑制不住地兴奋。创新永无止境，她就像二十年前的那个毛丫头一样，眼睛里闪着光，对她来说，一切都是新鲜的，永远在路上。

回想 20 世纪 80 年代的无锡，中山路上随处可见竖立着的一根根电线杆。可如今，随着地铁一号线、二号线的建成，中山路的拓宽，以往林立的水泥电杆全部升级为深埋地下的电缆。如今的无锡市区中心，条条大街纵横交错，座座高楼鳞次栉比，在这个整洁美丽的城市地底下，盘踞着如条条长龙般的粗壮电缆，源源不断地为城市供给着光明。

何光华与她的团队开展的科技创新，围绕电缆工程施工、运行维护和事故抢修中遇到的热点难点，这些项目紧密结合生产工作实际，使其创新成果快速转化为现场生产力。近些年来，何光华团队完成了一系列的创新攻关，形成了完整有效的科技创新体系，总共获得国家专利授权 60 余项，10 多项成果达国际领先水平，共计创收 23.8 亿元。

创新激发活力，运用惠普民生。何光华带领着她的创新团队，在施工生产的第一线，发挥着党员的先锋模范作用，在创新之路上结出一个又一个硕果。如今，无锡城市里的每一条电力电缆都有他们付出的汗水和心血，而这些盘踞在地下深处的缆线，正为企业生产、城市建设、民生安定提供着源源不竭的动力。

第四章

接力传承

群英谱

精神无形，却能凝心聚力。何光华扎根电缆事业、矢志创新奋斗的精神在一次又一次的"传帮带"中不断被传承与延展，越来越多的人被感召、被聚合，从一名劳模到一个工作室，再到一群劳模、一批工作室，这些人中有以何建益、卞栋、齐金龙、徐雅惠为代表的何光华团队骨干，还有以秦虓、刘志仁、张云飞、刘天怡、陈浩、史春旻为代表的各级劳模工匠，在国网无锡供电公司，劳模效应、创新效应正以肉眼可见的速度实现成果最大化。而这些成果的创造者，和何光华一样，在默默耕耘中忠诚奉献着智慧与汗水，同时实现着自我价值和人生理想。

一 一颗有思想的螺丝钉

徐雅惠很喜欢瑞典作家弗雷德里克·巴克曼的小说《外婆的道歉信》里的一句话："要永远年轻，永远热情，永远不听话；要大笑，要做梦，要与众不同。人生是一场伟大的冒险。"

在何光华的工作室里，有一位 1995 年出生的姑娘，名叫徐雅惠，人如其名，温文尔雅、蕙质兰心，她对工作、生活饱含热情，满满的正能量，让人愿意靠近。何光华对她的评价大体与此一致：耐心、细致、有想法，同时很温和，很坚定，很善于沟通。

○ 徐雅惠在高压电缆运行监控室

2019 年 8 月，当硕士毕业的徐雅惠得知自己被分配到何光华的团队时，她的第一反应是打开百度，想要知道周围人口中鼎鼎大名的何光华究竟是何许人。一番搜阅后，她先前的认知被颠覆。她原以为电缆专业在电力系统中算是一个相对小的专业，没觉得它能翻出多少花样来，加上地下那么艰苦的环境，能给技术创新多少的空间和余地呢？可是何光华做到了，那么多的发明专利和创新项目，她自己得要钻多少电缆井，敷多长的线路，才能做到？

"我是幸运的，有何主任在前面领着，我就像吃了一颗定心丸，特别有底气，觉得没什么可怕的、可难的！"徐雅惠坦言，何光华的存在给了她一种踏实感，这份踏实在某种程度上给了她勇气，让她对未来多了一些憧憬，也让她觉得自己有更多可能。

在岸上学不会游泳

"在岸上学不会游泳。"早在读研时，徐雅惠就坚信只有在具体实务中才能发现问题，一切创新只有服务于实践才能有生命力，才有意义。加入何光华团队后，何光华提出并始终坚持的"4+1"工作机制和徐雅惠当初的思考不谋而合，"4"即发现问题、理论分析、总结提升、实践解决，"1"即科技创新。所以，徐雅惠珍惜每一次可以去现场的机会，一有抢修任务、验收任务，只要手头没有特别紧急的任务，她都会跟着奔赴现场，不管天气有多酷热多寒冷，也不管是凌晨还是深夜。

第一次下井的经历，徐雅惠至今记忆犹新，那是她工作后的第二个月，跟着师傅去验收一个常规的电缆线路工程项目，检查工程施工质量达不达标，有无疏漏。这个项目最具挑战性的就是电缆井验收，不仅环境复杂，而且要关注的细节非常多，那天光验收的电缆井就有十七口，平均井深至少两米。

勘查第一口井时，师傅下去许久才上来，把勘查到的几个问题一一分析、说明给徐雅惠听，她用心听、用心记，接着就提出来要下井去看一看。可师傅并不建议她下井，告诉她这口井下边的污水比较深，味道很重，不如到下一口井再下去看一看、学一学。

徐雅惠却执意下井，师傅拧不过她，把注意事项交代清楚。她换好雨裤、雨靴便攀着梯子下了井。井下污水很深，又没什么光线，她用右手臂紧紧钩住梯子，右手握着手电筒，左手则抓着照相机，对准师傅交代的几个关键位置"咔咔咔"拍照。

井下空间有限，环境复杂，她必须一直猫着腰，但即便如此，仍有两处要紧位置被遮挡到。她看了看脚下颜色乌黑还泛着刺鼻味道的污水，没有多做犹豫，毅然踏入。当时已经入秋，井下本就阴冷，尽管全副武装，污水的凉意仍然像刺一样往她皮肤上扎。她从小就怕黑，只身站在黑色污水里，鸡皮疙瘩冒了满身，更加剧了那股凉意。但当时的她没有任何退却的想法，觉得这是师傅们的日常，也将成为她的工作日常。于是她坚定地蹚着污水往远处缓步走去，直到把该拍的位置都拍到，她才爬出电缆井。

这前后一刻多钟的时间，看似短暂，但过来人都知道其间的不易，尤其对于一个刚走出象牙塔的女孩子来说，更是极为艰难的一步，但徐雅惠面不改色地挺过来了。从此，师傅还有周围的同事都对她刮目相看，觉得她身上毫无骄娇二气，动作干练麻利。年纪大一些的同事，都说她和刚入职时的何光华很像。

咬牙熬过漆黑的夜

近年来，无锡城建发展迅速，城市环境越来越美，空中纵横交错的电线"珠网"不见了，一些主干道沿街线缆全部"隐入"地下，城市道路更加通透整洁。只是如何管理好地下电力管线资源，给国网无锡供电公司带来了极大挑战。

2020年年初，为了提高整个无锡市地下电缆资源的管控水平，无锡公司决定升级优化原本的管理模式，开发智慧化管控系统，以提升地下电缆通道资源管理的精益化和数字化水平。系统的开发工作由何光华及其团队负责，初出茅庐的徐雅惠自告奋勇、毛遂自荐，跑到何光华那里主动请缨，想要负责这个系统的研发任务。令她意外的是，何光华竟然答应了她的请缨。

"这也是我很感激、佩服何主任的一个地方，她愿意相信我们，给年轻人机会和平台去磨砺和锻炼。当然她也不是盲目地信任，毕竟很多工作和任务都是高标准、严要求的。除了质量，还有时间进度上的要求。当时她之所以放心把项目给我，主要是我在学校有过相关经历，加上一进公司就跟着她搞创新项目，而且最关键的是在这个项目开始的几次推进会上，我提出了一些可行的想法和建议，何主任很认可，于是她答应了我的请求。不过，并不是放手不管，何主任经常主动找我了解进度。"

尽管有过预期，但真正承担起这个项目，徐雅惠还是很快意识到自己远远低估了项目的难度。因为牵涉面太广，涉及的部门也多，要把这么多职能和审批流程集成到一个系统平台，实在是一个庞杂的工程，她一个入职不久的新员工能胜任吗？她险些打退堂鼓！

何主任的门，她随时可以敲，却不能为当一个逃兵而敲，她暗暗发誓：徐雅惠，坚决不做逃兵。

最难的是沟通和协调。一方面，她要与不同的部门沟通，收集业务功能和应用场景需求；另一方面，她还要将需求及时准确地反馈给系统开发单位。作为两边的对接人，她既要保证业务部门的需求得到完整充分的响应，还要确保开发单位能够清晰明了地理解业务部门的需求。简单的道理真正落实起来，中间隔的是千山万水。

为了让三方衔接得更加顺畅无误，大学学配电网规划的她，埋头自学起程序开发和智能化平台设计，以便熟悉了解和运用各种数字化工具。因为刚入职，对业务部门的业务还不十分通晓，这在某种程度上也阻碍了沟通的成效，于是她深钻通道资源运维管理的各项业务流程，深入掌握设备部、发展部、建设部、项目管理中心等相关部门的业务职能和管理边界。

在做这些的时候，她手头还有日常的工作要应对。为了不误事，也为了更好地利用时间，每次去现场，她都要把笔记本电脑给背上，充分利用有限的时间，时间被她严苛分割，不留余地。

不留余地，意味着破釜沉舟。破釜沉舟，在通常的剧情中，往往预示着"Happy Ending"。2021年1月，系统按期完成了程序开发和初始数据的录入，正式上线试运行。但因为涉及通道各类工程的审批，责任重大。因此，即使系统投运，徐雅惠也始终处在忐忑不定的状态中，担心系统无法达到预期的效果，是否真能够提高审批效率，还有各个部门提出来的需求究竟能不能满足。她倍感压力，像在等待高考结果。

正如徐雅惠所忧虑的，系统上线后的磨合阵痛期，同样令她焦头烂额，在实施阶段设计得完美的流程在实际使用中却面临各种问题，需要不断地对计划模式、业务流程、基础数据以及各类参数进行调整。但她咬着牙挺过来了，这次经历于她，犹似一次凤凰涅槃。

○ 徐雅惠在检查电缆分支箱数据

一年后，地下电缆通道资源管理与线上审批系统正式进行线上单轨运行，在全省范围内首次实现输电、配电、通信等全用户通道信息同图集成，数据融通共享，大大提高了通道资源使用的全流程工作效率，为用户申请缩短了时间，有效助力城市营商环境服务水平的提升。

军功章有她的一份。能为城市建设默默贡献自己的一点力量，徐雅惠觉得那些熬过的夜和吃下的苦都有了别样的意义。随着系统数据量的累积，她甚至可以通过系统数据感知无锡这座城市的发展脉搏——无数的地下电力管线如同人体经脉，构成城市的神经和循环系统，日夜向这座城市的千家万户输送能源、传递光明。

客户用电永远是第一位

上学时，徐雅惠就有过预期，将来会和电打交道，也知道电与社会、人类息息相关，但毕竟都还停留在想法上，没有直观具象的体会，真正入了行之后，过去的一些想法渐渐深化成一种潜意识，有时觉得自己甚至变作一个电的载体，一粒肉眼看不见的质子，承载了有关于电的责任和使命。

平时走在街道上，徐雅惠也比旁人更留心脚下，别人看着可能嫌碍事的井盖，她却格外注意。事实上，全市各条路上电缆井盖的分布情况，她早就了然于胸，特别是几百套智能井盖的坐标方位，更是牵动着她的心。

"这些井盖表面看普通至极，甚至像路面上的结疤，但是对于我们来说，它们意义非凡。"每每谈起这座城市的电力系统、设备，徐雅惠都如数家珍，"全市 7 万多个井盖还有它们下面连着的电缆通道，都在我们的监控之下，通过可视化监控、隧道综合监控对它们进行 24 小时实时监测，保证一些危险源点 100% 可控。为了保证第一时间对缺陷进行及时有效的运维，运维人员可以在手机 App 上操作缺陷处理流程。这一切的一切，最终目的只有一个，那就是不断再不断地减少停电作业时间和次数，最大程度保障社会和居民用电。"

这样的观念或者说信念已然融入徐雅惠以及无数电力人的血脉之中，"停电"二字，最能挑动他们的神经，这两个字在他们看来也最敏感。所以，他们守土尽责，哪怕只是庞大电网里的一颗螺丝钉，他们也要做一颗永不生锈、闪闪发光的螺丝钉。

"当然，这颗螺丝钉还得会思想！"徐雅惠便是这么自我要求的，在江苏省 8 万多名电力员工当中，她觉得自己再平凡不过。有幸的是，她在何光华的部门里，耳濡目染，成长在何光华的指引下，因而更受瞩目。她努力不辜负这份瞩目，不给自己设限，像一块海绵一样竭尽所能去汲取新的知识、新的技术，接触新的领域、新的业务、新的设备，提高自己的可塑性。

在参与电缆隧道智能辅控建设工作中，在何光华的指引下，她又自学了物联网技术、网络通信、隧道辅控设计标准等。在开展数字化运维管理工作中，她积极主动地去了解行业内外数据治理、数据管理相关方法论，看看是否有可以借鉴的经验。在何光华创新工作室这个平台载体的加持下，她的脑袋里时刻不忘创新二字，在实际工作中做有心人，遇到难题不躲不绕，而是沉下心琢磨如何去攻破，如何申报项目支持，直到把问题解决掉。

在一篇小文章里，她写道："我特别欣赏弗雷德里克·巴克曼的一句话：'要永远年轻，永远热情，永远不听话；要大笑，要做梦，要与众不同。人生是一场伟大的冒险。'我有时会想，当代的年轻人应该是什么样的？我的结论是，青春无关年龄，关键在心态，在于我们是否永远保持对生活的兴趣，是否永远有干事的热情和勇气。"

二 点亮城市的侠者

"谁都无法知道命运的下一个转角等待我们的会是什么。我们能做的，就是把握好当下、做好当下，也许再走一段就是隧道口，照进来的那束光不会骗你。"何建益认为，"对自己职业尊重的人，在专业上自然会格外用心严谨。"

今年 38 岁的何建益是国网无锡供电公司电缆运检中心副主任，也是何光华团队中资历比较老的青年人，何光华称他是她的左膀右臂，也是团队不可或缺的核心力量。

生长于革命老区湖北黄冈的何建益，从小就耳濡目染地受村里那些革命老军人、抗美援朝老战士优良作风的影响。在他年幼的记忆中，每逢暴雨过后，村里的路啊桥啊就变得路不像路，桥不似桥，然而母亲却从不为此焦急，还会耐心地安抚他："儿娃子，不要急，雨停了，就有人帮我们铺路修桥！"

果然如母亲所说，等到雨过天晴，原本散落在村里各个角落的老兵们一个接一个地冒出来，他们扛着铁锹铁镐，精神抖擞，齐步上阵，不管修路架桥，还是挖井造厦，样样都行。有这样一群人在，村里村外关系融洽，民风淳朴，何建益也因而生得一副勤勉务实、热情侠义的性子。

如今虽是部门分管运检、抢修、迁改等生产业务的负责人，但何建益从不脱离现场一线，"兄弟们"三个字被他挂在嘴边，他喜欢"和兄弟们干在一起"，也喜欢帮带年轻的兄弟们。

从小忐忑到大坚定

2023 年 4 月 9 日，星期日，无锡市梁溪区 110 千伏河龙线例行检修。因本次检修所涉杆塔靠近居民区，何建益担心施工引起居民不满，便从头到尾都跟着这个项目。他提前一个月联络居委会工作人员组织照面，交流沟通本次检修事项，请居委会出面召集业主代表，面对面向业主做好解释工作，一并收集业主的诉求和意见建议。本次检修项目负责人齐金龙几个月前才从运检专职卞栋手里接过运维检修这一块业务工作，之前他一直在部门里做一些事务管理和技术创新工作，平时做事也是踏实肯干，严谨细致。何建益带着齐金龙制订的翔实合理的检修计划和方案与小区居民沟通，经居委会和业主代表一致通过后，于这一天前来施工。

在施工点附近的一面墙上，醒目地贴着一张纸，上面写着：

关于 110 千伏河龙线检修的工作纪律

1. 保持工作场地规范整洁，每天工毕后场清

2. 套管采取抽油方式，不得有油渍落地脏污环境

3. 施工车辆和施工器具停放规范，不得影响居民车辆人员通行

4. 现场搬运及安装脚手架、卸扣须轻拿轻放，不得产生较大异响

5. 工作现场不得大声喧哗，不得抽烟

6. 现场如遇有人问询，统一礼貌微笑后继续工作，不得随意乱讲话

7. 现场如遇有人辱骂或动手等过激行为，统一打不还手、骂不还口

8. 工作人员安全帽、工作服须穿戴整洁，领口袖口衣扣系齐，保持电力铁军的良好风貌

这是何建益当年做运检专职时制定的施工纪律，后来他把这套纪律传给卞栋，如今卞栋又传给了齐金龙。

虽然前期最关键的协调工作已经安排妥当，今天只是具体施工，但何建益一大早就出现在现场，对此，齐金龙一点也不意外。一个星期前的一天，何建益知道当天晚上齐金龙要做一次耐压试验，还在参加集中培训的他，培训一结束，不等吃了晚饭就开车急赴试验现场，直到试验成功完成，他才回家休息。

在电缆运维检修领域，何建益无疑已是无锡公司的一块响亮招牌，有他在，何光华放心又宽心。他的这份从容、自信与坚定，是从小忐忑、小纠结、小畏缩中一步一步走过来的。

2008 年，大学毕业的何建益，意气风发，仪表堂堂，来到国网无锡供电公司，被分配到输电高压带电作业班组。正如其字面所能传达的，这个班组所从事的，正是电力行业危险性最高、难度最大、流

○ 何建益在电缆隧道内进行巡检

程最复杂的一个工种，不仅安全责任重大、容错率极低，还对一线工人的要求特别高，技术、学识、体力、胆量，缺一不可。

平时何建益仗着自己个头高大又健壮，常自诩艺高人胆大，没想到到了这个岗位没多久，就真正体会到什么叫心惊胆战，什么叫两股打颤。

"我们以前人手奇缺，上岗前培训也不成体系，第一天进班组，师傅就让我爬杆子练胆量，先爬 20 米的，再爬 30 米的，然后是 50 米、60 米、90 米、100 米，三个月后就带我进行正式的带电作业实战操作。那是一个 35 千伏低电位换直线项目，懂点专业的都知道，35 千伏的安全距离是非常小的，在狭窄的空间里，手稍微不注意，就会有触电的危险。当时师傅在塔头，我在塔尾。虽然我胆子大，但还是有些小忐忑的，毕竟是第一次，面对的又都是高压带电体。"何建益回忆起当初带电作业的经历，满含激情，那是他最血气方刚的时候，爬杆塔的速度仅次于班里一个特种兵出身的同事。

"说一点不害怕那是骗人，当我意识到带我的师傅把最危险的位置和操作留给了他自己，还给予我最大的信任，让我帮他做监护，我就顾不上害怕了。"后来何建益发现，不只自己的师傅是这样，所有的线路师傅、班长都这样，他们身先士卒，从来都是把最危险的位置、最危险的操作留给自己。

线路人最讲究团队意识，讲究团队作战。输电线路的运维检修，尤其是高压线路，仅靠一个人是无法完成任务的，一座塔上往往要几个人协作配合，塔上和地面上的人也要形成默契。每一次高效安全的作业，都离不开班组成员间绝对精密的配合和绝对赤诚的信任。

"兄弟们之间都是过命的交情，彼此互为最坚强的后盾。"当上班长后，何建益把这个传统发挥到极致，日常工作生活中给予弟兄们最诚挚的关心。同事们谈起他，都报以赞美和欣赏，也都愿意同他合作，听他调遣。因为不管出现什么困难，有他在，问题总能解决。

从小细节到大安全

何建益身高一米八，钟爱清爽的板寸发型，他的个性一如他的发型，简洁、精练、果断、敏锐，加上恰到好处的胆大和心细，几相结合，实力与人品兼具成为同事对他标签性的评价。他将自己的青春融入无锡电力事业，从内心深处对这份工作怀揣热情与钟爱。

2014 年，国网无锡供电公司成立电缆运检室，何建益被调来做电缆运检技术专职。电缆运检室成立之初，室里只有 18 个人，所以第一年里，他一个人既要负责电缆日常运维检修、应急突发抢修，还要操持安全生产管理等一些综合事务。

对于这次调整，他淡然视之，或许是六年的带电作业，练就了他从容淡定的强大内心，"谁都无法知道命运的下一个转角等待我们的会是什么。我们能做的，就是把握好当下，做好当下，也许再走一段就是隧道口，那束照进来的光不会骗你"。

来到何光华的团队，他感受到了全新的氛围，更有一种英雄相惜的感觉。从输电到电缆，变的是专业门类，不变的是安全责任。2015 年，无锡公司进行一项重大的调度管理制度改革，将整个无锡市区 10 千伏及以上所有电缆的停电计划许可职能由调度中心划至电缆运检室，由电缆运检室归口所有停送电计划，再单线同调度中心对接。电缆运检室十分重视这项改革，第一时间集体商讨合适的负责人选，决定将这份重任交给何建益。

何建益既感到光荣，又体会到压力。光荣是因为组织和领导给予他如此的信任；压力是因为他干过输电，知道这项工作的责任之重。

可不管怎么说，领导的信任不能辜负，何况这项工作总得有人扛下来，他不能保证自己百分百不出错，但他自信一定能将出错的概率降到最低。

计划停电与故障停电有着本质的区别。计划停电是保障社会生产生活的需要，是日常供电工作的一部分，一般发生在电网设备计划检修、新客户接入电网、电网建设改造时。计划停电要经过严密的流程，需提前制订停电计划，往往需要调度、运检、营销、安监等多个部门精密配合，协调实施起来十分复杂。近年来，无锡城市建设迅猛，检修、施工、建设项目数量很庞大，何建益每天手上至少有四五张计划停送电许可单。各家单位开竣工时间不同，停送电时间自然也不同，其中任何一个环节出了问题，都可能造成人身伤亡事故。而且停电范围也要精准，如果超范围，会造成不必要的供电影响。某种程度上来看，这项工作同他当年的带电作业一样不能出错。

"前几年还好，那时候精力充沛、记忆力强，数张单子涉及哪几家单位，什么时候停电，什么时候送电，我脑子里清清楚楚，完全不会出错。这两年，记忆力有下降的趋势，为防止出差池，我会随身带着小纸条，上面记着各单位申请停电的内容。等他们竣工电话来了之后，我就给调度打电话送电，送完一个划掉一个，这样就不会出错。"

何建益负责这项工作7年来，没有发生一起失误，对此，他的切身经验是："对自己职业尊重的人，在专业上自然会格外用心严谨。"这也是他从同一个部门的何光华身上感受到的精神与品质。

从小电缆到大城市

何建益和妻子缘结于大学时代，他们毕业后一起来到无锡这座依山傍水的江南水乡城市，他们寻一处热土，奋力扎根、用心结果，如今一家四口过着幸福美满的小生活。15 年来，他们早已把无锡当作自己的家乡，爱这座城里的湖，爱这座城里的人，爱这座城里的食，能够为这座美好的城市付出自己的一份力，他们倍觉骄傲，也感到责无旁贷。

翻开何建益 2021 年的工作总结，就能侧面印证何光华带领的电缆团队的工作量有多繁重饱和，有多复杂艰难，但他们始终相互鼓励、相互支撑，共同啃下一块块难啃的骨头。何建益 2021 年全年参与各类工程图纸审查 32 次；完成高浪路，G312，锡太高速，地铁4、5 号线等输电电缆迁改现场查勘、方案制定 95 回次、涉及线路155 条；完成户外终端和分支箱精确测温 2339 基次，完成接地环流检测 500 组；共完成计划内各类工程、检修、抢修停电工作单 92 回次、线路 123 条；共计完成 200 组 110 千伏电缆中间接头井的防火治

◎ 何建益在讲授通道危险源点管控要点

理工作，完成 240 口 220 千伏排管电缆工井隐患治理工作；参与 220 千伏塘毛线隧道施工等重特大风险危险源点的交底工作 18 次⋯⋯

2022 年的夏天，对于无锡来说，是一个前所未有的炎夏，高温成为高频词、关键词，40 摄氏度的气温是常态。而对于何建益来说，这是一个再寻常不过的炎夏，高浪路，G312 无锡段，地铁 4、5 号线和市政道路美化等工程建设按照原计划相继开工。这些工程的项目地大多处于城市繁华路段，地下电缆密布，施工过程中稍有不慎，就可能伤及电缆，造成供电中断，影响客户用电。

何光华团队中的每一位成员分工明确，各司其职，又相互协调，及时处理难缠的事务。在酷热的天气条件下，连计划停电都不易安排，一旦发生非计划停电，后果很严重。何建益对这次工作如履薄冰，不敢掉以轻心，带领 7 名巡视人员全天候坚守在各个关键施工现场，监督施工单位作业，保证作业地附近的电缆无损无恙。

电缆施工地点通常条件恶劣，不仅闷热异常，还时刻尘土飞扬。何建益他们却顾不得这么多，他们全副武装，将全副身心都放在正在作业的挖掘机、打桩机和工人们的铁锹铁铲上，监督它们每个动作着力点都确保落在划定的红线之外。安全帽下的脸时常汗流如雨，身上厚厚的工装也是湿了干，干了湿，一天下来不知要反复几回。

除了运维保电，城建中涉及的各大电缆迁改工程，也是何建益日常重点工作的一项。尽管对于地铁修建这样庞大的市政工程而言，线路迁改不是最复杂也不是工程量最大的一环，但却是最为关键也最为重要的一环。因为地铁的站点大部分都是在电缆管线比较密集的地方，而且多数在路口，如果迁改不当，用电安全就会面临多重隐患，所以对于供电公司而言，迁改工程牵涉面广，意义非同寻常。

特别是这两年无锡加快城市美化革新，一年中涉及线路迁改工程的特别多，单是交通线比如无锡地铁 1、2、3、4 号线路以及正在施工的 5、6 号线路等工程，都涉及相当复杂的线路改造项目。每个项目的勘察设计环节，何建益都和何光华充分沟通、商量，并全程跟进负责，无一例外。

没亲身经历过的人，无法想象电缆迁改的复杂性。在迁改过程中，不光有电力线路迁改，还有污水管、燃气管、通信管等其他管线迁改。在交叉作业的情况下，如何保护我们的电缆不受外力破坏，是何建益等电缆运检人最为关注，也最致力于攻克的难点。

为避免迁改工程过程中出现电缆遭受破坏，或者留下后患，何建益十分注重维护同无锡集体轨道办、各个市政公司等各相关方的良好合作关系。迁改期间，何建益同他们开展密切深入的沟通，详细了解他们的迁改需求，并根据地铁站点选址的方位，进行反复详尽的勘察，尽可能设计出最优的迁改方案，既为建设方节约了资金，又满足了社会实用需要。

一列列地铁、一条条隧道、一座座高架，见证了何建益所在的何光华团队孜孜不倦的敬业态度和舍小家为大家的无私奉献精神。何建益时常开车往返于无锡城内各路高架，或为工作，或为生活。每当看到高架上来往车辆的车灯在道路上形成一道道炫彩的光影，他就会生出与有荣焉的自豪感和成就感来。夜幕下的城市，一片灯火通明，点点灯火如繁星闪耀，他不禁想，这样的时刻，便是最美的时刻。

三 自带"弹簧"的年轻人

年轻人就得多历练，不管做什么工作、什么专业，只要是以前没有做过的，没有见过的，你遇见了，并且尝试去做了，就一定会有收获，这就是成长。这是何光华对待团队里的年轻人始终坚持的态度。

○ "青出于缆"团队卡通版合影

何光华创新工作室团队有一张特别的卡通版合影照片，照片中，12 位"青出于缆"青年科研小组成员身着工装，佩戴党员徽章，他们个个神态自然，面庞灵动，青春的朝气扑面而来。其中位于 C 位的年轻小伙，身姿挺拔，笑容温暖，在一行人中格外瞩目。

他就是卞栋，2014 年入职，是何光华团队的核心成员，业余时间热爱健身，不但体魄强健，性格也是极具韧性，常常带来意外之喜。何光华形容他的性子有如"弹簧"，你给他压下去的越多，你能感受到的他的力量就越强，你不知道他的底到底在哪里，也不知道他的力量到底有多强。

卞栋的潜力确实不好估量，何光华每每觉得给他的压力已经足够大了，担子足够重了，但这个年轻人总能交出超预期的作业，令她一次次刮目相看。

2016 年，国网无锡市供电公司组织高压电缆竞赛，选拔优胜选手备战省级竞赛，何光华当时负责这个赛事，同时还是队员的主教练，相当于以赛代训。参赛选手都是各家选送来的优秀骨干，在一众年轻人中，她很快就留意到卞栋，感觉这个年轻人非常有灵气，很多实操要点，她只讲一两遍，他就能迅速上手，便对他格外留心。

制作高压电缆中间接头要经历数十道工序，因对精度要求极其苛刻，屏蔽层处理误差要小于 0.5 毫米，绝缘层粗糙度要小于 0.8 微米，因此业内称之为绣花针的功夫。在割护层、锯铝套、刮屏蔽过程中，会产生大量粉尘；在附件安装时，用燃烧器火焰加热封铅部位时还很容易烫到手，整个过程可谓又苦又累又脏。通常一个电缆头做下来，一般熟练工都要三个半小时，所以这项技能十分考验人的综合素养。

除了电缆头制作手艺，还有故障探测和专业理论考核。选手们每天要投入十多个小时在训练上，加之集训那时候正值酷夏，可以说训练相当艰苦，但每个人都很投入，因而技能皆是突飞猛进。在这样的情况下，卞栋想脱颖而出，势必要付出更多努力。

他坚持早 6 点晚 11 点的训练作息，在烈日下上午一套、下午一套制作电缆头，雷打不动地坚持了三个月。每天晚上，他狠下功夫啃专业理论，最终他顺利通过无锡公司内部选拔，并在全省竞赛中取得好成绩。出师大捷，接下来的两年里，他代表无锡公司两次出征省级电缆专业竞赛，均表现优异，取得国网江苏省电力有限公司输电电缆技能竞赛团体第二名，荣获 2018 年度国网江苏省电力有限公司技术能手等一系列荣誉。凭着过硬的专业技能，2018 年起，他担任电缆运维一班副班长。虽还是副班长，但时任班长徐俊因为参加岗位练兵临时调到部门生产科，实际上班组的全部重任都落在他的肩上，他成为公司担负班长职责中最年轻的一位。

彼时电缆室还未开展运维、检修双专业融合，班组人手不足，卞栋以身作则、身先士卒，日程排得满满当当，交底、验收、迁改现场、拿票消缺……他每天开着工程车，飞驰在无锡市的大街小巷，来回赶场。也正是那时，同事们玩笑中给他封了一个"电缆中心车神"的称号。

随着无锡城市化进程不断加快，高压电缆设备总量保持年均 10%

O 卞栋在夜间进行红外测温

的增长水平，地下电缆通道也变得更加复杂，电缆总长度增加至 1200 多千米，运维工作量急剧上升。为此，无锡公司融合电缆检修和运维两个专业职能，实行片区管理制度，将电缆线路划分为四个片区。作为班长的卞栋身兼其中一个片区的线路负责人工作，同时还要管理着班组大小所有事务。

只是事务繁忙都不在话下，让他备感压力的是，那两年无锡市道路整改项目很多，又逢地铁 3、4 号线动工，电缆通道危险源点激增，形势相当严峻。班里有些老师傅看到这个情况，很是担忧，危险源点越多意味着外破风险越大，故障率必然上升，影响公司优质服务水平。

对于如何压降风险源点，各片区负责人皆表示困难重重。这些难点问题多是一些客观原因导致，这让年轻且新上任的卞栋一时间也没了主意。而此时已经调任国网无锡供电公司电缆运检部副主任（主持工作）的何光华，对于压降风险源点的问题，却是态度鲜明："不管客观理由多么充分，降低危险源点，我们责无旁贷，要多做调查研究，多与相关方沟通，尽快找到解决问题的关键点。"何光华的这个态度和指示，给了卞栋下一步工作的目标和动力。

经过几番走访和调研，他发现片区负责人反映的客观原因大多集中在两个方面：一是施工单位经常在晚上施工，且施工前没有事先告知，致使施工现场无人监控。二是施工单位在进行通道作业时会进行破管廊的操作，这种操作很难做到精准控制，容易破坏电缆通道。

首先针对第一个方面的问题，在何光华支持鼓励下，卞栋组织研发出一种现场可安装可回收的摄像设备，可以对电缆通道进行 24 小时监控。因为成效十分显著，监控起初只在施工作业附近的通道里安装，后来随着形势需要和技术发展，公司专门成立了监控中心，对全市电缆通道实施全天候监控。针对第二个方面的问题，在明确要求施工方减少破管廊操作的基础上，发明一套管廊的保护装置，同时制定新的施工标准，尽可能减少破管廊现象的发生。经过卞栋等人耗时两年的摸索和实践，由这两方面引起的电缆外破现象全部"销零"。

在这过程中，不管是实时监控技术的创新攻关，还是技术标准的实施制定，卞栋都发挥了至关重要的作用，何光华看在眼里，赞在心里："年轻人就是得历练，不管做什么工作什么专业，只要是以前没有做过的，没有见过的，你见了做了就是收获，就是成长。"

这些举措也让班里的老师傅们真真切切看到了实效，进而从心里认可了他这个班长。班组里老同志占比高，卞栋很注意同他们协调沟通的方式方法，处理事情谦虚、细致、耐心，显现出了很强的组织领导能力，在一两年的时间里，他就成长为工区最为出色的班组长。

2020年，卞栋被调到生产科担任运检专职，接何建益的班，负责整个无锡市高压电缆的运检工作。按照要求，这些电缆每个月要巡视一遍，重要线路要巡视7遍以上，还不包括夏季高温特巡、保电特巡以及上级下达的临时性指示和命令。特别是电缆中心实施运检合一之后，检修工作至少翻了两三倍，可以说这一块日常的工作压力非常大，工作强度也很大，对心理素质和身体素质都有着极高的要求。

经历过数次大型竞赛锤炼，在心理素质方面，卞栋向来过硬。工作后，他保持健身的习惯，也是认识到身体是革命的本钱，所以工作中，他总是精力充沛，能打硬仗。到了新的岗位，面对新的挑战，度过短暂的角色转变和适应期后，卞栋大胆着手推进电缆运维检修标准的统一和完善。这项工作得到了何建益的支持和鼓励，这也是他在担任班组长期间总结的一些心得。有了统一的标准，基层班组就有了更为明确的职责分工和工作要求，常规的运检成效就能得到保证。

接下来，就是如何压降故障率的问题。故障率下不来，检修任务只会越来越重。那怎样从根本上减少故障率？能否在故障出现前就做好预防措施？

　　顺着这个思路，卞栋提出一系列举措，比如加强日常线路巡视、铺设电缆时对不利环境进行躲避或防护、针对不清楚的电缆标示进行修复完善、增强工作人员制作电缆头的专业技术、对电缆的绝缘性能进行监督等，与此同时，他积极参与电缆精益化管控平台、智慧电缆线路、全天候监控等项目的实施，将运检专业需求融入项目实施中。在如此多措并举之下，因外破导致的电缆故障数量得到成功压降。但随着电缆数量的递增和投运时间的增长，因电缆本体隐患、附件施工隐患引发的故障也是愈发频繁，卞栋面临着比以往更加繁复的工作，勘现场、立项目、找物资、干工程、做试验，都是为了消除电力电缆潜在的隐患和缺陷。从最初的摸索试错到如今的稳健操作，看似步履匆匆的他，其实一直在他的人生里不疾不徐地行进着。

　　2020年初夏的一天，他和同事一起到220千伏红旗变电缆隧道附近的一个电缆敷设工程进行现场交底。时值经开区主变扩建工程开工

◎ 卞栋在隧道内进行电缆故障检测

不久，其中一处施工地点刚好就在红旗变电缆隧道边上。那时电缆隧道也才投运不到一年，为了这个电缆隧道，他和同事们付出了很多心血。看到附近有施工点，担心危及电缆隧道设备，他便决定前去查看。

前往电缆隧道的路临近河边，途中要穿过一片树林。卞栋心急火燎，步疾如飞，没有注意脚下的路，突然，他脚底一滑，眨眼的工夫，半个身子就陷进了泥潭。那一瞬间，他的脑子一片空白，想不明白为什么脚底下会凭空冒出个大泥潭来。好在同事走得比他慢了一拍，及时止住，没有跟着掉进来。

同事惊惧不已，伸手就要拉他出来，卞栋摆摆手，宽慰道："不用紧张，不用紧张，我踩到底了。这林子周围都是房地产工程，各家施工单位都把挖出来的泥往这边倾倒。前一阵连着下大雨，泥土成了稀泥，这两天太阳一晒，表面是晒干了，看着和路一样，底下却都还是淤泥。"

同事费了几番力气，也没能把他从泥潭中解救出来，不得已向附近工地求援，请来一辆吊车帮忙。卞栋从泥坑里被拉出来时，浑身腥臭，连脚上的劳保鞋和袜子都不见了。同事劝他先回家洗洗，换身干净衣服再过来查看也不迟。他放心不下，赤脚跑到附近的宾馆借了双白色拖鞋，穿着拖鞋一路连走带跑向工地奔去。到了隧道边的工地后就找到相关负责人交涉，然后安排专人来监督。事情处理妥当后，这才急匆匆回到单位，简单冲洗一番，换上放在办公室的工装，随后开上工程车就往另一个现场赶。

从卞栋的身上，何光华很欣慰地看到青年一代与伟大时代的双向奔赴，她说："卞栋是一个真正有理想、守信念、懂技术、会创新、讲奉献、敢担当的青年技术能手。他的付出得到了公司上下的认可、社会的认可，被评为无锡市五一创新能手和江苏省技术能手，是这个团队当之无愧的中坚力量。"

四　匠系青年

　　齐金龙对秩序感有着异乎寻常的执着，这不仅仅是一种审美态度和审美倾向，还有对规律、系统、条理、计划的不尽追求，在这根秩序链条上的一切纠缠和阻碍最终总会被他以更为纠缠的意志和耐力给理顺捋直。

　　虽已时隔5年，但何光华至今对初见齐金龙时的印象仍历历在目：一位不紧不慢、有着自己节奏的年轻人，皮肤白净，五官俊秀，性情随和。那会儿，团队正在为创新成果《高落差高压电缆线路施工技术及工器具研制》申报国家科学技术进步奖做准备，何光华安排齐金龙同徐雅惠、卞栋等人一起参与报奖工作。

　　几次接触，何光华就发现齐金龙是一个极具主动性、非常爱动脑筋的年轻人，他特别善于思考，善于发现问题，善于提出好的建议和想法。更为难得的是，年纪轻轻的他已有"功成不必在我"和"前人栽树后人乘凉"的胸怀和境界，有着很强的利他主义精神，乐于善于"栽树种荫"。也正因有了他这样的人，整个团队才如此精诚团结，运转高效。

　　但就在5年前刚入职的一段时间，齐金龙的感觉却是茫然而无措的："当我第一次跟随师傅们去现场，看见他们熟练地用无锡方言进行巡视、验收、交底工作，我却一句话都听不懂时，那种突然袭来的挫败感是我在整个学生生涯中都从未经历过的。"

　　这座充满温情和水的城市，这份听起来颇为体面的工作，对于来自山西的他，实为一种美好的机缘、一份上天的眷顾，然而很快，他的这份喜悦就被横在面前的一道难以逾越却又不得不逾越的高坎给冲淡了。

每当他坐在工程车上受着颠簸，或是走在田野小路上，或是爬竖梯、下工井、钻隧道时，总有一种自己是旁观者的恍惚感。不懂无锡方言，这在很大程度上限制了他学艺的效率。渴望尽快进入角色、融入集体的他，默默苦学无锡方言。

幸运的是，没过多久，他加入了何光华劳模工作室，成为"青出于缆"青年科研小组团队成员。团队年轻人居多，来自五湖四海，让他不仅找到"家"的温暖，还有更多机会学本领长技能。在这里，他的个性和优势得到了尽情释放和延展，当初盘在心头的那份恍惚和挫败感，也渐渐被激情和斗志所取代。当然，随之而来的还有各方的关注，以及肩头越来越重的担子。

2019 年是国网无锡供电公司争创"国内一流高压电缆精益管理示范城市"三年行动的开局之年，220 千伏红旗变电缆隧道"三智六全"精益化运检改造工程是其中的重中之重，该隧道是无锡市太湖新城核心区的首个电缆一级通道，总长 3.55 千米，其中高压电缆线路总长 52.878 千米，是穿越该经济核心区的供电生命线。由于投运较早，隧道原先的智能化运维程度不高，这一次改造，不只是一次全面升级，也不只是在颜值和功能上实现"内外兼修"，而是要创造一个智慧电缆的示范工程。该工程采用 7 项国内首创技术，开发数字孪生3D 全景可视、全线变轨机器人巡检、全域大数据主动预警、全员状态智慧安防、全线故障高效处置隧道防火全方位智慧管控等六大数字化全景示范应用，整体达到国际一流标准。

这是无锡公司电缆专业发展的又一个里程碑事件，齐金龙有幸见证并参与了这次改造。当时工作还不满一年的他被何光华委以重任，负责整个隧道综合监控改造的项目。

"我之前完全没有想过何主任会把这么重要的任务交给我，激动之余，也担心自己扛不下来，耽误整个工程。"齐金龙感慨又感激，"但是何主任不断鼓励我，她让我放心大胆地干，凡事有她在！"

有了这句话，齐金龙不再畏首畏尾，每天起早贪黑地在宿舍、单位、隧道三点一线之间奔波穿梭。后来为了节省奔波的时间，加上改造工程正值暑热期，他干脆把单位的办公地点搬到了红旗变电缆隧道3号出入口的位置，由三点一线压减到两点一线。他每天早早地来到工程现场，沿着扶梯盘旋下到地下15米深处的电缆隧道，同各种智能控制设备的供应厂家对接交流。

○ 齐金龙在隧道内更换电缆接地箱

隧道内共敷设了7条220千伏的高压电缆线路，其间光是智能感知设备就有20多个种类，传感器更是多达千余组，一旦有一个环节的设备出了问题，将直接影响隧道智能感知与联防联控的可靠性。

所以确保设备安装调试的环节不出纰漏，是齐金龙对自己最底线的要求。

当时隧道内还同步进行着一些基建施工，粉尘到处飞扬。设备安装期间，他每天戴着防尘口罩，常常一戴就是一整天，只在吃饭休息时到地面上短暂地呼吸一点新鲜空气。但真正的考验并非艰苦的工作条件，而是设备投运前的技术调试。由于工作经验还不足，不少智能设备又都是新鲜事物，他要一台一台地熟悉性能、掌握参数、通晓运维要点，再配合厂家进行调试，经常遇到各种棘手问题。为了尽快解决，他反复沟通、反复推演、反复试验，直到设备调试成功。

无锡多雨的夏季气候也给隧道改造带来不小的挑战，尤其是遇到台风过境这样的恶劣天气时。尚未竣工的隧道如何做好防汛，是摆在他面前的一大难题。每一次他都如临大敌，每一次他都细致再细致地对所有防汛设施组织全面的检查核验，确保每个环节衔接流畅，并且保证所有的智能联控均可以自动启停，同时将手动操作作为保守方案全程预演一遍。即使如此，他还不放心，不管白天黑夜，坚持驻守隧道，直到汛情预警解除。

2019年8月，红旗变隧道智能化改造工程顺利竣工，改造后的隧道能够"自我感知"和"自我运检"，实现了电缆线路由人工巡检向智能巡检、电缆故障由事后处置向主动预警的变革。

这条"地下生命线"也给予齐金龙以非凡意义，从1号出入口到几千米外的10号出入口，从传感器终端到各级汇控点，从经开区的地下隧道到锡山区电缆中心监控室……每一处施工现场，每一个数据传输点，都留下他丈量的脚印。这些脚印记载了他100多个日夜的思虑与欣喜，也使他的职业生涯获得良好的开局，接下来的几年里，他稳扎稳打、循序渐进，在电缆专业领域崭露头角。

在职业生涯之初，就能遇到何光华和班长孙柯，齐金龙坦言自己是幸运的，他说："他们是师傅，也是榜样。何光华教会我要在专业知识领域不断深耕拓展，孙柯教会我在任何时候都不能忘记实践出真知。"

对于他们，齐金龙始终心怀感恩，总想要做些什么，把从他们身上得来的关心关怀传递下去。想起自己入职时那段迷茫的时光，结合自己的观察，齐金龙发现新员工单次现场学习信息量少，导致学习周期长、成长慢，怎样可以让新员工在最短的时间里适应新岗位？

齐金龙做起了有心人，只要每次去现场，不管是做耐压、故障测距等试验，还是工程验收、交底等工作，他都会多花一些时间，用手机把每项作业的关键环节、注意事项、细节要点拍摄并记录下来，回到办公室再整理成详细的操作指南用于新员工培训，帮助新员工更快上手。

齐金龙所做的操作指南，内容翔实细致，逻辑清晰，秩序井然，图文并茂，新员工经过安全培训后就可以照着操作了。可他觉得自己做得还远远不够，很快，他注意到了部门电缆信息台账。近几年，无锡市地下电缆使用量以每年20%的速度递增，同步还进行着拆旧换新改造，这给电缆台账的维护和更新带来非常大的挑战。齐金龙发现相较于电缆智慧化运行程度，公司在电缆台账管理方面还有不小的改进空间。受红旗变隧道改造工程的启发，他想如果引入数据库等信息化管理手段，不仅可以解决台账数据缺漏冗余的问题，还可以大大提升数据的共享性。

但这无疑是一项极其耗费时间和精力的大工程，而齐金龙的手上还有常规的工作以及一些创新项目。他犹豫过，但念头一起，便再难把它压回去。他找到班长孙柯，把自己的想法和顾虑说明，孙柯鼓励他："磨刀不误砍柴工，基础数据如果能做到准确无误，日常运维抢修工作往往能达到事半功倍的效果，绝对是工区提质增效的一个有力举措。"

何光华也很支持他："基础台账是我们电缆专业人员最重要的一手资料，不能小看，如何用现代化手段提升台账管理水平，更是当下的一个难点。"

受到鼓舞和激励，齐金龙便着手从整理自己工区的台账做起。最早的台账溯自 1998 年，至今累计 20 多年的台账，让他险些打了退堂鼓。可开弓没有回头箭，他沉下心来一年一年地梳理、核对。电缆台账不同于一般的设备台账，实物通常深处于地下，查漏补缺起来极其费工夫。但是齐金龙也就是在这样的时刻，显出他那不同于一般年轻人的独特个性来，他扑得下身子，沉得住性子，细致严谨全身心地投入到这件事当中。

他认为之前的电缆台账还不够细化，导致无法及时部分更新，便新建了一类台账，为每一条电缆制定一个台表，记录这条电缆每个接头、每个终端、每段电缆的详细情况和历史变更，并附上电缆井开箱的照片，账和物，一目了然。

他的这套做法得到何光华的认可，并在中心其他三个工区推广。除了电缆基础数据台账，部门所有的信息台账，他也做了统一梳理。他先是把大家所有电脑里的电子资料汇总，然后以严密的逻辑关联对庞大的数据量进行归集分类，删除冗余重复信息，建立共享机制，极大提高了信息查询处理效率。

在时间管理上，齐金龙也有着自己的一套生活秩序。白天他深度投身电缆中心重点工作：数据治理、精益化平台建设、高压电缆核心试验自主实施项目等，不是机械式的投入，而是时刻带着思考和发问式的投入，遇有好的想法他就记下来。晚上回到家，他也从不胡乱打发时间，把大量精力用在知网、SCI、专利产权局官网这些网站的浏览搜索上，他整夜整夜地潜心钻研，以期找到白天所思考问题的答案。

找不到答案，齐金龙就自己给自己解答，靠自己解答不了，他就找何光华、找业内专家、找高校老师请教。利用业余时间，他完成多篇技术论文和专利，所牵头的科研创新项目荣获 2019 年度国网江苏省电力有限公司职工技术创新优秀成果一等奖等 6 项科技类荣誉。

2021 年，针对高压电缆交叉互联系统核对工作需开箱检测操作复杂、费时费力的问题，齐金龙在对国内技术现状进行了深入调研后，大胆提出并成功实现了"不开箱带电核对交叉互联系统"的方法，将作业时间缩减了 90%，极大地提高了工作效率。

在项目"大段长高压电缆线路排管及几字形高落差敷设及施工关键技术的研究"中，他发明了电缆敷设动力同步联动控制系统，荣获 2021 年度电力建设科学技术进步奖二等奖，申请并撰写国家电网有限公司创新工法 1 项，中国电力企业联合会团体标准 1 项。

○ 齐金龙（中）跟同事讨论紫外成像设备在电缆专业的应用

　　如今已是部门运检专职的他，接下卞栋的担子，跟着何建益学技术、学管理。到新岗位不过三月有余，他的脸上已布满晒斑，整个人也精瘦了一圈，显得更成熟，也更干练。今年的检修任务排得满满当当，他按部就班地一个项目、一个项目做下来。有些项目因为牵涉面广，推进起来十分棘手，他原是可以往后放一放，先做别的项目，可他坚持按原计划推进，比如上个月推进的无锡市梁溪区 110 千伏河龙线检修项目，因为杆塔距离居民区较近，还涉及个别历史遗留问题，换作别人可能就知难而退，先挑好做的做了。"有人也这么劝我，可这个事今年早晚要做，问题也早晚要解决，早做无非是我多费些工夫，多走些弯路，不是还有何建益何主任在嘛！我做不了的事，他可以出面带着我做啊。而且我经历了这样的事，不也是在积累经验吗？"

　　对啊，何尝不是他说的那样呢？齐金龙的执着一直有他自己的一套逻辑和秩序在支撑，这套逻辑和秩序推着他在成长成熟成才的路上勇敢无畏，稳健前行。

五　在生命禁区守护光明

　　在很长一段时间里，带电作业曾是一项技术含量极高、危险系数极大的工作，是谁都不敢轻易触碰的"生命禁区"，那当时究竟是什么机缘让秦虓走上了这条鲜有人涉足的险绝之路呢？或许同公司上下无形中存在的一种敢为人先、比赶超学的良好氛围分不开。

　　2023 年 1 月 24 日，农历癸卯年正月初三，夜已深，不时响起的鞭炮声欢腾着新年的气息。一群电力工人正冒着料峭春风，在灯火通明的无锡锡山区东亭老街上忙碌着，竖立警示牌、装设安全围栏、检查工器具……漆黑的夜空下，一位个头瘦小、动作灵活的工人忙前忙后地指挥着操作。半个钟头后，他麻利地套上绝缘服，登上绝缘斗臂车，小心翼翼地开始带电抢修作业。冷月华光中，这一幕深暖人心。

　　这次暗夜下的带电作业，不仅解决了 10 千伏春潮线变压器故障的停电问题，更成功避免了更换变压器时线路后段 500 多户居民停电。让春节的灯火不灭，让百姓的幸福如常，这，正是带电作业的意义所在！

　　而这位个头瘦小、动作麻利的带头人，正是江苏省不停电作业行业的资深专家，无锡广盈配电公司带电一班班长秦虓。

　　对于这位比自己还年长几岁的同事，何光华难掩钦佩之情："别看他个子小小的，却有着大大的能量。他每天笑眯眯的，很和善，但是一到现场，就像换了个人，认真严肃得不行！"

虽然两人不在一个部门，但因为带电电缆搭接工作，他们会时常碰面，共同探讨搭接方案。何光华在工作中的钻研精神，让秦虓心下产生"果然盛名之下无虚士"的感叹，一个女同志有这份拼劲，让他由衷敬佩。

在何光华的眼中，带电作业安全风险大、技术要求高，在如此高强度的作业量下，还能保持零风险带班操作纪录，秦虓的专业实力不容小觑。

甘当奠基石

带电作业，顾名思义，就是在高压电气设备上不停电开展检修、测试的一种作业方法。在很长一段时间里，带电作业曾是一项技术含量极高、危险系数极大的工作，是鲜有人敢轻易触碰的"生命禁区"，从事带电作业的供电员工也因此被称为"生命禁区"的舞者。

随着电力工业的发展，特别是现代技术的更迭，"禁区"已经"破围"。目前绝大部分市县供电公司都具备了不同电压等级的带电作业能力，国网无锡供电公司起步早、技术精、覆盖广，在该领域处于全国前列。荣光的背后，秦虓功不可没。

如今已是苏州技能培训中心带电作业兼职培训师的秦虓，深耕不停电作业 30 年，成为无锡公司该领域当之无愧的先锋旗帜，与何光华那面无比闪亮的科技创新旗帜相映成辉。修得正果的他不吝才学，倾囊相授技艺。在为江苏电网发展不停电作业事业培养一大批优秀人才的同时，大半个中国都留下了他言传身教的身影，从江南福地无锡出发，北到内蒙古，南到广西，西到西藏，从输电到配电再到运维检修等，哪里有需要，哪里就有他的身影。

2021 年，在秦珑的影响下，无锡广盈配电公司成立全省首个挂牌的配电带电作业实训基地。在随后的近两年时间里，基地举办培训班 10 期，培训学员 460 人次，秦珑完成室外线路基地培训时长超过 200 天。如此大的工作量对秦珑意味着全年几乎无休，但他毫无怨言，以满腔的热情对待这份培训事业。

从一线工人到三尺讲台，对于身份的转变，秦珑为其赋予了宏远的意义："如果无锡只有我秦珑一个人带电做得好，那只是我一个人好，若是我能把无锡的整个团队，乃至全省的团队带好，把江苏公司这个带电作业的力量做大做强，那就能为江苏带来更多更好的福祉。"

带电作业危险高、要求高、标准高，需要胆大心细，更需要能吃苦耐劳。克服恐高是第一关，也是前提。输电线路高压铁塔通常都几十米高，高的则要高达两三百米，相当于七十多层楼的高度，受风力作用，铁塔和线路时常还不停摇晃，若没有一定的胆量很难坚持下来。其次是高压，人体的安全电压是 36 伏以下，而高压电至少 10 千伏以上，更别说特高压输电线路 ±800 千伏、1000 千伏的电压了。

也因为最清楚其中的厉害，所以在培训新员工时，他总是严格要求，常说："这是一件非常严肃的事情，各家送来的年轻人基本都是家里的独苗苗，个个底子好、素质优，只不过暂时都还是白纸一张。我要如何帮他们在这张白纸上把未来的人生给画圆满，第一步至为关键，我觉得肩头的责任很重，压力很大！"

"培训现场等同于生产现场"是他常年挂在嘴边的一句话，在配电带电作业实训基地，他强调每位学员要像现场员工一样在线路上战酷暑、抗严寒、保安全，切实体验实战的感受，如此才能百分百地投入。

尽管培训师的角色占去他大部分的时间和精力，但秦珑从未真正下过"火线"。带电作业一班班长，一直被他视作自己的第一身份，也是他最为在乎、最为自豪的一个身份。遇到急难险重的作业任务，不管是节假日，还是严寒酷暑、风雪雷电，他总是身先士卒、冲锋在前。

○ 秦虓在 10 千伏中压发电车并网发电培训中进行要点讲解

最令秦虓感到骄傲的，就是听到自己一手培训的学员成为行家里手或者荣获各类奖项的喜讯。他说培训师的成就感都是在学员的成功中体现的，自己能有幸成为带电作业的"奠基石"，心甘情愿，也甘之如饴！

小个子大作为

那究竟是什么机缘让当初的秦虓走上了这条鲜有人涉足的险绝之路呢？对此，秦虓不免感叹："有时禁不住会想啊，我可能真是为这一行而生，这几十年的职业生涯也算是圆了少年时的一个梦。"

1974 年，秦虓出生于无锡市郊区的一个生活清苦的农村家庭，他生性聪敏，志向光明，尤其是对旧时稀缺的"电"，有着强烈的好奇心和浓厚的探索欲。因为始终保持这份好奇，初中时的物理科目，他的成绩在全班最好，到初中毕业填志愿时，他填报的全部是和电有关的专业，最终被心仪的苏州电校录取。

1993 年，19 岁的他中专毕业后如愿分配到无锡供电局，正待追光前行，现实却和他开了个小小的玩笑，个头瘦小的他怎么也没想过会被分配到最吃体力的输电线路工区。

要强的他，想到自己连扛钢丝绳都扛不过别人，不免黯然失落，他找到班长吐露心声，不料班长早有打算："你脑瓜子聪明，身手灵活，是一块等电位带电作业的好料子！"

从此，秦虓一头扎进带电作业领域，哪怕一路栉风沐雨、朝乾夕惕，也无怨无悔。

正如班长所言，工区很重视培养他，安排经验丰富、技术水平高超的翁旭带他。从翁旭身上，秦虓不仅学习到了专业经验和技巧，还有对这项事业所怀的那份敬畏和钟爱之情。

秦虓禀赋好，加上肯吃苦，1994 年就在全市系统的练兵比武竞赛中拔得头筹，并在之后连续多年的竞赛中都保持佳绩。也是在这一年的盛夏，他正式出师。

当时 220 千伏望锡线 27 号塔设备线夹出现发热缺陷，他第一次独立执行等电位带电作业。早上天刚亮，他就和班组同事出发赶赴现场。一切准备妥当后，炙热的阳光开始"烤"验这位初出茅庐的"新兵"。秦虓和同事密切有序地配合着，他按照要求投放滑车、挂接绝缘软梯、穿上铜丝穿制而成的屏蔽作业服、攀爬软梯，在距离金属带电部分 40 多厘米处停止，等待许可进入电场的指令。那一刻，饶是胆大的他也高度紧张起来，好在师傅的教导一直言犹在耳："进出电场时，一定要果断迅速地抓上去，不要犹豫不决，想抓又不敢抓最易拉出电弧。"

待工作负责人下达指令后，他顾不上紧张，手握作业工具，迅捷利索地抓住导线。霎时，脸上一阵"麻电"感传来，像布满了蜘蛛网一样，他强忍脸上的不适，一个流程、一个流程地按计划操作。精神高度集中、全副武装的他，已经感受不到高温暑热，满心想着的是尽快完成消缺。

一个小时后，在不影响供电的情况，他们及时圆满完成了27号塔设备线夹发热消缺工作，220千伏望锡线继续"满状态"输送负荷，确保了无锡电网迎峰度夏保障能力。首次"出战"的秦虓，初试锋芒的结果可谓完美。

1995年，秦虓想给自己带电作业技能水平做一个官方的认定，便千里迢迢跑到中国唯一可以认证的地方——位于沈阳的中国带电作业中心。他在直接升压的线路上完成考试实操，成为无锡历史上首批取得带电作业资格证的作业者之一。

取得证书第二年，秦虓就经历了毕生最为难忘的一次考验，沪宁高速锡澄路段500千伏江斗线256号铁塔需要带电移位50米、加高9米。此工作事关国家主干公路，受到省内各级领导的关心关注。接到任务时，大家异常紧张。此前最高电压等级整塔带电移位工程最早可追溯到1974年，当时由鞍山电业局的全国劳模郑代雨完成，那时的电压是220千伏。而20多年后，他们面临的是500千伏等级。

当主操作手的任务正式交到秦虓的手上时，他心感意外又自觉光荣，只是任务紧急，来不及多想的他便披上战袍跃马而上。

百米高空中，秦虓跨坐在四根每根都重达一吨的500千伏高压导线上，用紧急特制的提线器将导线提起，他缓缓拆除瓷瓶辅件，再为瓷瓶加挂四门滑车，接着将四根导线全部挂进滑车里，装到瓷瓶上，以达到铁塔移动时不伤导线的目的。在现场 300 多人的围观和保障下，秦虓凭着过硬的心理素质和专业素养，有力、快速、精准、顺利地完成了任务，创造了一个新的带电作业历史。

凭此一炮而红的秦虓并没有自满，他依旧穿行在根根银线间，和同事一起参与输电线路的紧急抢修工作，扛瓷瓶、背钢绳、抬手扳葫芦，样样竭尽所能。

从事线路运维检修工作无疑是辛苦的，但秦虓乐在其中。因为敬业、热爱，他更加沉潜、投入。2019 年，国网无锡供电公司在广盈集团成立配网不停电作业中心，他和班组成员整建制转到广盈集团，从此开启配网带电作业的新征程。

青龙冰衣

随着生活水平的不断提升，人们对配电网的要求也越来越高。为了确保配电网安全可靠运行，配电网作业的各个方面都在持续优化改进，其中带电作业是提升供电可靠性的最根本措施。无锡配网不停电作业中心便在此背景下诞生。

配网带电作业环境大多集中在城市，线路多且周围建筑也多，时效要求还高，随着作业量越来越大，如何更高效便捷地解决故障问题，是始终萦绕在秦虓心头的一件大事。

秦虓从小就爱拆拆弄弄、动手能力强。秦虓读中专时，在一次实验课上，老师让大家做一个三相电机，全班只有他做成了。参加工作后，他的这个潜质得到了充分激发。

为了解决地电位更换高压跌落式熔断器作业时的安全与效率问

题，他研制了"地电位更换高压跌落式组合工具"；为了提高 10 千伏地电位异型并沟线夹拆装效率，他研制了"基于 10 千伏地电位作业法的异型并沟线夹拆装组合工具"，这两项发明分获国网江苏省电力公司职工技术创新二、三等奖。他还总结出"地电位更换高压跌落式操作法"，获得无锡市十佳操作法，个人也获得无锡市五一劳动奖章。

2013 年，以他名字命名的"秦琥技师创新工作室"挂牌成立，科技成果一个接一个涌现，最令他骄傲的，就是对于"青龙冰衣"的研制和改进。

"青龙冰衣"，乍看就是一件藏青色的背心，实则是一款降温服，对于室外作业人员功用甚大。

带电作业对绝缘装备、材料有着非常高的要求，带电作业者的绝缘服通常需要从头到脚 360°无死角防护。每个电压等级所需穿戴的装备会有所不同，需要根据不同电位作业法选择相应的绝缘服或是屏蔽服。由于材质等因素，以前的绝缘服很不友好，冬天冻得像块冰，夏天被晒得像团火，让很多作业人员望"服"兴叹。

当过多年班员的秦琥，也是这么熬过来的。但是自从当了班长后，他开始想着如何为班员减轻作业痛苦。特别是无锡夏天天气炎热，35 摄氏度以上的高温

◉ 秦琥改进的第三代降温服

对于身着绝缘防护用具的作业人员来说实在是一种折磨。他想发明一件穿在身上的降温服，以此来抵抗夏日的炎热。

本着这一初衷，秦虓开始了自己的思考："用空调原理研发不停电高温作业的降温服，想办法把空调搬到衣服里，不就凉爽了吗？"根据这一妙想，他申报了一个创新项目——"高温气象条件下配网带电作业人员降温用具"，设计了一款基于压缩机制冷的便携式带电作业水循环降温制冷衣，希望以此来改变高温户外的工作模式。

在该项目的创新成果发布会上，无锡市总工会负责人给予了高度评价，这对秦虓无疑是一种巨大的鼓舞。2016 年，他开始与团队一起着手研制降温服。第一代降温服里面遍布水管，利用压缩机对纯水进行冷却，通过不断循环降低管内水温，从而带走人体热量，达到降温效果。这个从无到有的设计在投入使用后得到了作业人员的好评。

但秦虓对此却并不满意："当时的技术条件不好，单块电池的重量占了整个设备重量的三分之一左右，使我们不得不扩大压缩机，最后整个降温服质量超过了 20 千克。"加之身着降温服的作业人员还要携带一个大机箱，不仅负重过高，行动还十分不便，秦虓还想再进一步革新。

他想办法对降温服进行革新，三年后，第二代降温服问世了，除了整体重量下降了 50%，电池的续航能力也比原来提高了一倍多，受到广泛好评，获得国家实用新型发明专利。但工作时还是需要携带机箱的问题仍然没能得到解决，使用起来还是会给作业人员带来不便。于是，以简化携带机箱为目的，秦虓开始了新一轮的改良设计。

2022 年，使用背包形式穿戴的第三代降温服"青龙冰衣"诞生了。它内置的微型压缩机比一个易拉罐还小，重量只有 4 千克左右，作业人员背在身上，户外工作基本不受影响，可以插拔充电的电池能满足作业人员一整天的工作需求。这套装备不单适用于带电作业的工

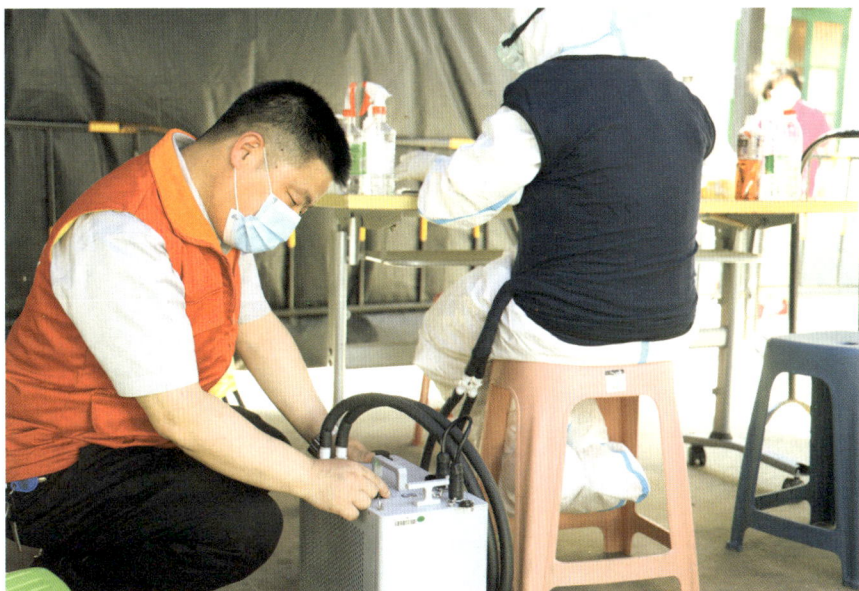

○ 2022 年 6 月,第三代降温服"青龙泳衣"投入使用,秦虓为医护人员降温

人们,也同样适用于城管、环卫、交警、防疫人员等户外工作者。目前这款降温服已经通过中国电科院的试验,开始投入量产。

与此同时,何光华团队一个个电缆专业科技创新项目也在相继出炉,她的这个创新初心同秦虓是一样的,都是为了减轻一线施工人员的压力,解决他们的问题和困难,改善他们的施工条件。

过去的三十年,秦虓笑言自己只干了一件事,这件事连着一句美好的信条——"让灯永远不熄灭。"他诚意满满,也信心满满地说道:"对于不停电作业者来说,这句信条是我们持续不懈的追求。技术不断创新,设备不停更新,目标就是为了用户少停电,直至不停电!"

六　勤勉多岁月

"她喜欢与我们探讨技术创新之道。尤其是在工作中如何寻找创新点，如何做好创新模型，怎样打开研究思路，怎样参与项目成果培育，等等。她将自己的经验分享给大家，可以说是倾囊相授。如果我们在技术创新上取得什么成绩，她会非常高兴。"刘志仁温厚的笑容里，洋溢着对何光华的赞赏和感激，"与她打交道其实并不难，只要聊技术、聊发明，契口很容易打开。"

2021年12月底，国家电网有限公司公布2021年科学技术进步奖，刘志仁的研究成果"低时延、高可靠有源配电网精准保护技术创新及应用"荣获一等奖。国网无锡供电公司上一次获此殊荣还在2017年，当时的得主正是何光华。

这一次获奖，刘志仁最想感谢的人也是何光华。而何光华觉得这不过是刘志仁自己坚持不懈和厚积薄发的结果，她最清楚，创新不是一次偶然的爆发，而是一次一次小启发累积量变后的质变，它需要时间的积累和沉淀，还要经受反复失败的锤炼和考验。

说是耗时五年，可如果算上学生时代的技术积累，刘志仁拿下这项技术成果，加起来也有十多年了。他这一路走来，不骄不躁，稳扎稳打，从一名懵懂旁观的暑期实习生成长为一名用青春和热血护航电网安全发展的技术尖兵，其中的不易，也只有他自己最清楚了："是过往的每一步路，成就了现在的我。"

难忘的实习经历

认真追溯起来，刘志仁的职业生涯有着一个严肃而短暂的开始。2006 年 7 月，还在东南大学电气学院上大三的他，来到国网无锡供电公司变电检修二次班组，参加为期一周的暑期社会实践。对于这七天的经历，他用一个词来形容和总结："大开眼界"。第一次亲临 500 千伏变电站，第一次亲历电力抢修，第一次走进电力调度大厅……短短七天，每天都带给他新奇的体验，而师傅们的专业和负责，更让他对电力工作这份职业有了全新的认识和理解。

在他实习的第二天，上午 10 点多，他听到两位师傅议论某个 110 千伏变电站发生直流系统负接地状况。当时虽还是学生，他也知道这类故障会引起保护装置拒绝动作，严重的可能会导致越级跳闸，扩大事故范围。眼见陈班长紧锣密鼓地组织人手前往事故现场抢修，他也不免跟着紧张起来。以前，作为一位用电客户，碰着停电了，如果是春秋两季，他还能平心静气地等来电；若是严寒酷暑时节，他常常急不可耐、牢骚满腹。

眼下，角色调换，周围忙碌的节奏和紧迫的气氛，让他切身感受到"保障客户用电是头等大事"并非一句空口号。他鼓起勇气向陈班长提出想一同前往抢修现场，陈韬见他一脸认真，略作迟疑，便拿了一顶安全帽递给他："你跟着我，到了现场，不要乱走，我让待在哪儿就待在哪儿！"刘志仁重重点头，接过安全帽，跟着陈班长上了抢修工程车。

陈班长一坐定，就从工具包里拿出一本笔记本快速翻看，不时拿笔圈圈画画，给出自己的初步判断："最近一段时间，无锡空气湿度大，加上前几天下了场大暴雨，可能导致端子箱、压力表等这些电子构件受潮或者进水，影响了绝缘性能。"

原来陈韬的笔记本上记载了每个变电站的设备接地情况，凭着这些记录，再根据自己的经验判断，可以在最短的时间里找到故障点，完成检修，尽快恢复供电。这一次笔记本再次发挥了重要作用，恰如陈韬的判断，他们到了现场后不到十分钟就定位到故障点，半小时内就排除故障。刘志仁十分佩服，随后他知道陈韬的工具包里有不止一本"宝典"，还有一本专门用来记原理的"宝典"，上面密密麻麻记满了各种公式。这两本笔记对刘志仁触动很大，它们所引发的情愫一直影响着他。而陈韬踏实敬业的言行也如同种在他心里的一束光，照亮他前行的路，为他往后沉淀心性、厚积薄发，起到至为关键的影响。

顺势而为

电网系统庞大而复杂，有着难以计数的元件，它们之间并不孤立，由电或电磁联系，一旦某个元件发生故障，电气信息就会以近似光的速度向系统各处传播，而这种故障单靠人工是无法阻止排除的，必须依靠高速自动化的装置。

继电保护便是这样一种装置，它能迅速检测电力系统中电气元件故障或不正常的运行状态，进而发出报警信号，或直接将故障部分隔离、切除。它是电网的第一道防线，也是保证电力系统安全运行最有效的方法。

2010年研究生毕业后，刘志仁如愿进入国网无锡供电公司，从事继电保护专业工作，当时无锡地区电网总计有1.4万套继电保护装置，确保这些装置精准可靠运行，便是他最重要的工作职责。入职后的一两年里，他一边向何光华等优秀榜样学习，苦练技艺，一边利用业余时间给自己加油充电，短短 2 年时间，他已能独当一面，标志性事件发生在 2013 年暑夏的一天。

那天天气极热，全市用电负荷攀至新高，电网承受着巨大压力，抢修任务也接二连三。班长在接到 110 千伏峰影变电站一次备自投装置报修电话后，交由刘志仁去现场处理。这是刘志仁入职以来第一次独自担纲智能站缺陷处理的工作，他慎而重之。在处理缺陷过程中，他发现智能化备自投装置发生通信中断后，如果未能正确识别并强制闭锁装置功能，可能会引发装置误动作，造成大面积用户短时失电。善于总结反思的他，从这起事故中大胆推导出同类型装置均存在这个问题，便当即上报单位，并着手研究问题解决方案，完成了该设备升级整改，有效避免类似事故再次发生。之后，他又将模拟通信中断后装置的动作行为写入作业指导书，成为无锡地区备自投装置验收的一项重要依据。

工作以来，刘志仁继续给自己"充电"。每天晚上的灯下苦读也没有白费，四年里，他先后通过一级建造师和注册安全工程师这两个含金量都很高的执业资格考试，这为他本已过硬的专业口碑锦上添花，他成为无锡公司解决现场问题的核心骨干和专业技术领域的行家里手。

五年的基层打拼后，等待他的是更高的平台和更为广阔的舞台。2015 年，他被公司选调至电力调度中心进行岗位实践。以前他面对的是具体的设备，如今，他面对的是全市的电网。新的职责迫使他不得不重构、扩展自己的知识结构，从最基础的安全管理，到专业的技术创新，再到员工队伍建设等都需要学习提升，这对刘志仁来说是挑战也是考验，当然也是一个发挥他专业潜能的宝贵机会。凭着对专业工作的热爱和坚持，凭着五年的基本功积淀，他成功应对挑战，经受了考验，综合能力得到大幅提升。一年挂职结束后，他顺利留在了调度控制中心。

是台阶，也是分水岭

艰难的一年适应过来，刘志仁觉得自己像是换了一个人。2017年，他参加国网江苏省电力有限公司输变电工程质量工艺技能竞赛，斩获电气设备继电保护调试专业的冠军，在公司内部越发声名大噪。次年3月，他被选派至国网江苏电力调度控制中心挂职锻炼。半个多月后，正值南京城各处樱花盛放之时，巴西发生了"3·21"大面积停电事故，事故造成巴西北部和东北部至少14州发生大停电，导致18000兆瓦的负荷损失，占巴西全国联网系统的22.5%，造成全国约四分之一的用户断电。

看到新闻，刘志仁当时心内想象过如果这件事发生在中国，必定也是兹事体大，让他不敢往深处去想。正如他的想象一样，国家电网有限公司上下高度重视此事，国网江苏电力更是第一时间组织事故分析，总结经验教训以及思考对中国电网建设的启示。

刘志仁跟着部门同事，联合相关部门一起收集整理、提炼撰写分析材料，几个日夜不停不休。分析会现场，气氛紧张，讨论热烈，智慧的火花不断碰撞交融，参会人员深入分析中国电网存不存在类似风险，其分析之细、之深、之全面、之系统，极具感染力和冲击力。他深受启发，认知大开，对自己的使命职责也有了更为清晰的定位，让他在回到本职岗位后，能够从更广、更高、更全局的视角去考虑自己的专业管理工作，考虑主配网架的可靠性，考虑一流配电网建设的难点痛点在哪里，考虑如何站在二次保护的角度作一些研究探索、助力配网建设。

早在读研究生时，刘志仁就对新能源发电十分关注，并就风力发电并网影响做过研究，所著论文曾发表在《电工技术学报》等期刊

○ 刘志仁在工作现场

上。此后，即便他到了班组，对这方面的关注也没有中断。配电网的继电保护技术在快速发展，特别是 2013 年前后，无锡公司全面开展一流配电网建设，为了提升配电网供电可靠性，创新提出电网分级保护技术，在 10 千伏线路分段及分支安装开关。当发生故障时，开关在最短时间分区间跳闸。如此一来，故障就不会影响线路上其他客户的用电，配电网可靠供电能力得到大幅加强。

随着新能源的大规模接入，有源配电网逐步形成，呈现出多端电源的复杂特征，传统的分级保护方式仅考虑单向故障电流特征，不再适用。加之分布式电源通过电力电子型逆变器接入电网，输入功率随机，它的故障特征相比传统电源也存在很大差异，导致原本的保护系统适用性大幅降低，影响可靠供电。

为了改变这个现状，刘志仁聚焦上述两大技术问题，从保护原理、设备研制、现场应用等方面，开展系统性的探索和研究，取得关键性技术突破，有效解决了大量分布式新电源接入电网造成传统继电

○ 刘志仁参加国网江苏电力继保自动化创新工作室联盟活动

保护技术失效的问题，研究成果"低时延、高可靠有源配电网精准保护技术创新及应用"经中国电力企业联合会鉴定，核心技术达到国际领先水平，相继荣获国家电网有限公司科学技术进步奖一等奖和江苏省职工十大科技创新成果。

刘志仁并未就此止步，在对系统进一步的优化和迭代中，他尝试将研究成果与新型高速无线通信技术相结合，在国内首创基于5G通信的配电网分布式保护自愈系统，实现配电网故障从故障定位到故障隔离再到故障恢复的全过程自动处置，并将故障后恢复供电时间缩短至毫秒级，为高可靠性配电网的转型升级提供了坚强保障。

带队有方

对于所取得的成绩，刘志仁悉数归功于团队的共同努力和公司的信任与支持，调控中心成立了以他名字命名的技师创新工作室。2021年，工作室当选国网江苏省电力有限公司继保自动化创新工作室联盟盟主单位，刘志仁也成为全省最年轻的盟主工作室领衔人。在此之前，何光华的工作室当选为电缆专业的联盟盟主单位。这让他们又多了一些共同话题，在电缆与继电保护专业合作共同研发方面，二人经常电话探讨、当面沟通，为各自的专业拓展起到很好的促进作用。

"她喜欢与我们探讨技术创新之道。尤其是在工作中如何寻找创新点，如何做好创新模型，怎么打开研究思路，怎么参与项目报奖，等等。她将自己的经验分享给大家，可以说是倾囊相授。如果我们在技术创新上取得什么成绩，她会非常高兴。"刘志仁温厚的笑容里，洋溢着对何光华的赞赏和感激，"与她打交道其实并不难，只要聊技术、聊发明，契口很容易打开。"

刘志仁十分珍惜工作室这个平台，这不仅意味着他有了固定的团队，还意味着"传帮带"，意味着可以将自己的经验和所学传递下去，就像当初师傅鲍有理带他、陈韬班长带他一样。因此，他常常跟团队成员强调"热爱"这件事，勉励他们尽情打开眼界，"闭门造车的研究方法不适应现在的创新工作，必须要坚持问题导向，坚持服务于实践，要主动学习更多专业知识，和更多专业人才协同共进，真正把研究做透，形成可应用化成果，如此才能站在时代大潮的浪尖"。

在他的鼓舞带领下，虽然工作室成立时间不长，但已有多名青年获得江苏省五一创新能手、技术能手、青年岗位能手等荣誉称号，这很大部分得益于刘志仁带队有方。早在2019年，他就曾作为教练，带领无锡公司年轻的继电保护专业团队参加国网江苏省电力有限公司继电保护竞赛。当时的他觉得肩上有千钧担，因为继电保护专业是无锡公司传统的强势专业，历史上曾七夺省公司及以上竞赛第一名的成绩，而此次竞赛开始阶段的落后，带给他巨大的压力。但是他丝毫不

○ 刘志仁技师创新工作室成员探讨技术问题

在队员面前有所流露，而是努力调整好自己，给队员们加油鼓劲。最终，这支团队奋勇前行，斩获比赛团体第一名。这次比赛，极大激发出团队的信心、潜力和战斗力。他总结出一套实用经验，在后来的工作室管理中，得到很好的运用。

刘志仁还有一个身份——国网江苏省电力有限公司继电保护专家组核心成员，这个头衔得来十分不易。

2020年9月15日15时，110千伏招商变进行1号主变送电。这是国内首座二次设备全部采用国产芯片的变电站，承担着"自主可控"的实践重任。但因采用国产芯片的设备程序仍不完善，送电过程中，变电站后台机出现了遥测不刷新、监控端出现大片误发信等情况。在这种情况下，一个两难的选择横亘在所有人面前：要不要继续送电？

"送！必须送！"作为项目负责人的刘志仁在组织现场工作人员对

线路进行逐条核对、分析后，当机立断，要求按原计划送电。他明白这不是简单的一次送电，而是对我国二次专业领域具有重要意义，"用好'中国芯'，是我们的使命。解决核心元器件依赖进口的'卡脖子'难题，必须把'中国芯'用好!"在他的带领下，送电任务一直持续至次日凌晨 2 点，最终顺利完成，为之后的整站投运打下了坚实基础。

一个星期后的 9 月 23 日晚，招商变 2 号主变送电成功，标志着无锡招商变成为全国首座整站二次设备自主可控变电站。在这次改造工程中，刘志仁凭着横跨多专业的知识储备打破专业壁垒，不断优化工程方案，把勘察、设计、施工各环节中的衔接点尽可能压缩，变一项项排队式的串行工作模式为多项交错推进的并行工作模式，整个改造停电施工周期仅有 18 天，创造了无锡电网 110 千伏变电站二次设备改造的最短工期纪录。

正所谓"勤勉多岁月"，从初来乍到的青涩新人到享誉继电保护专业领域的青年知名专家，刘志仁用了 13 年。13 载的艰苦耕耘，终换得今日的累累硕果，时间在他那里因为有了更多的意义而变得更加完整和充实。

七　在变与不变之间

　　当奖章真正佩戴到胸前时，张云飞的思绪忍不住飞回到和妻子的婚礼现场——一袭白纱礼裙的妻子挽着父亲一步一步缓缓朝自己走来。在这神圣而庄严的一刻，他努力专注于幸福的当下。但一想到大赛在即，婚礼一结束就要赶回集训地时，他又难免心怀愧疚，甚至不敢正视妻子的眼睛……

　　2020 年对于张云飞来说，也是一个关键之年，说它关键，不在于他取得了什么质的突破，而在于他的一个自我觉醒，这一觉醒源自年初发生的一件事——1 月 10 日，何光华登上国家科技最高领奖台，获得国家科学技术进步奖二等奖。

　　这个消息对于张云飞来说是爆炸性的，以前他也常看到普通人创造奇迹的新闻，但那毕竟是新闻，看了会触动但不触及灵魂。何光华不一样，她不是新闻，是曾经身边的同事，这种冲击干脆利索，直击心灵，令他不由感叹："原来，普通人也能够登顶最高领奖台，只要有心、用心，付出总会有所回报的。"

　　在张云飞的印象中，10 年前，何光华已小有名气，被聘为国网江苏省电力有限公司技术专家，在一群以男性为主的专家队伍中，她的入列备受瞩目。不过那一年，对他自己来说，一样意义非凡。那一年，他同妻子喜结连理；那一年，他代表国网江苏电力参加第七届全国电力行业职业技能竞赛，并一举夺得电网调度自动化厂站端调试检修专业冠军。

他同何光华的命运轨迹在第二年再次交叉，两人同时组建了劳模创新工作室，这无疑是对他们专业能力的一种肯定。那个时候，他与何光华，可谓英雄惜英雄、壮士赞壮士。后来公司改革，他所在的班组整建制调入国网江苏省电力有限公司检修分公司，他因而得以在更专业的平台、更专业的领域深耕，这一耕便是十年。

都说"士别三日，当刮目相看"。何况一别十年。十年来，很多东西变了，也有很多东西从未变过。变的是何光华经过不懈努力，在庄严雄伟的人民大会堂，以一线产业工人的身份领下含金量最高的科技奖。不变的是，她还是那个热爱解决问题、热爱搞创新搞发明的何光华。

张云飞想想自己上一次拿得出手的创新成果还是 2015 年研发的"一个主变温度采集异常分析装置"项目。那时他刚升任班组副班长，职责催生他更多的自主性和自驱力，在发现班组人员在处理主变

○ 2015 年，张云飞在现场进行技术攻关

— 213 —

温度采集的异常问题时，只能依靠自身经验来逐步分段排查后，他不由联想到自己之前也是苦于没有专门的分析工具来辅助处理，导致问题排查难度大，工作效率低，极其消耗时间和精力。

为了减轻班员的工作负担，他埋头钻研几个月，成功研制出一个专用工具，填补了国内处理主变温度采集异常问题时无专用仪器的空白，使每次主变温度故障缺陷处理的时间由以往的 3.5 小时缩短为 0.5 小时，提高工作效率 80% 以上。这个项目获得了国网江苏电力职工技术创新活动优秀成果二等奖，几个月后，他被推荐参选并顺利获评"全国青年岗位能手"。

但自那之后，随着自动化专业要求越来越高，繁忙的工作日常和生活日常渐渐消磨了他对于技术创新的热情和激情，他在这方面的成长和进展便几乎停滞了。

那工作中就没有再遇到困难？自然是有的，只是总归有传统的办法兜底，不过是多花些时间和精力。在面对一些老套低效的传统手段时，他选择了妥协。反观何光华，工作中不仅不回避问题，还主动发现问题，然后去攻克，进而促进工作，最终让工作更高效。

这不得不令他深思。恰好那段时间，工作中碰到一个甚为棘手的问题。由于国家电网公司对变电站网络安全管理的要求逐年提高，但因为站内缺少可视化的监测手段，他们处理故障常常事倍功半，遇到春秋检或者基建高峰时，班组应付起来颇为困难。

要是搁在以往，这种困难只要还能对付，他便勉力应付。如果想办法解决，就意味着短期内需要投入更多的时间和精力。而纷至沓来的各项工作，让他很难分身，因此不如照旧，等忙过这个阶段就好了。

但这次，他的想法有了根本性转变，"或许有一劳永逸的办法呢，比如研制出一个可视化的监测平台"。有了这个平台，就可以实时监测变电站内所有设备的网络安全情况，哪个不该开放的端口开放了，哪个该关掉的应用没有关掉，哪台设备违规外联，等等，一目了然，再用不着一发生故障报警，就要对100多台设备一台一台反复地查勘核实，查核不出来，还得叫上厂家来帮忙查找，浪费精力，损耗时间。

想法冒出来后，他便搁在心里最显眼的位置，接下来的春节假期，他没有休息，脑子里不停地琢磨、构想，要建设怎样的一个监测平台，目的是要解决什么样的问题，最终想要达到什么样的效果，需不需要先实现部分急需的功能，后面再进行功能拓展。这一系列问题，他进行了深入的思考和反复权衡。

最后他决定从小目标做起，先把精准定位的问题解决掉再说。有了目标，接下来就是行动了。

不熟悉张云飞的人，会觉得他寡言、温煦、谦谨。熟悉他的人，晓得他的骨子里有一股倔劲，凡事要么不做，既然决定做，就要做到极致。

工作繁忙，他就把能用的业余时间全部投入进来，搜索、查询、探讨、咨询、奔波，是必经的过程。挫折、推翻、重来、反复、验证，也是必经的过程。张云飞不急不躁，稳中有进，几个月后，"变电站调度数据网络安全告警快速处理装置"正式诞生。

有了这个装置，一旦变电站内某台设备发出网络安全告警，它将自动排查、定位并快速处置，较之以往人工排查处理，速度快了十倍。凭着这套装置，他成功拿下3项国家认证专利。

如果没有何光华这次获大奖事件，他也许会像2015年那样，偏安于这个小目标，并一安经年。这一回他是暗下决心，不管如何，要坚持到底，直到实现自己最初的那个设想，研制出可视化监测平台。

为此，他组建一个研发团队，集中骨干力量历时大半年，成功研发出一个有机融合信息汇集、人员行为管控、预警研判及告警快速处理等多重机制的可视化监测平台，实现对变电站主要网络设备状态的全景监控和对网络安全业务的全程管控。这样一来，变电站网络安全管理也达到精益化的管理水平。如今这套新管理体系已在江苏省内多个 500 千伏变电站得到推广应用，并被证实可以有效覆盖传统网络安全管理的盲区，全面提升变电站网络安全状态管控力，有力保障电网安全稳定运行。

○ 2021 年，张云飞带领创新团队开展现场问题排查

有了这套平台系统的加持，原本在自动化专业领域就很知名的他口碑飙升。2022 年 1 月 13 日，国家电网公司发布首届首席专家名单，张云飞的名字赫然在列，这意味着在国内电力调度运行的专业领域，他已是出类拔萃的佼佼者。

消息传来，曾经的老班长、他一辈子的师傅，如今是国网无锡供电公司营销部副主任的华伟东高兴地为他庆贺。

华师傅还是那么清瘦，这么多年一直没有变过，可见的变化是他两边鬓角冒出的那几根白发楂儿，还有从眼角眉心流露出来的那几缕风霜印记。而在华伟东眼里，乍一看，工龄已近 20 年的张云飞同刚入职时也变化不大，还是那么不声不响、不紧不慢，要说有什么变化，最显然的变化，就是他已从一个谦虚好学的徒弟摇身变为国家电网公司首席专家，这令他欣喜又欣慰。

2004 年，大学毕业后的张云飞来到国网无锡供电公司检修工区自动化班，华伟东是时任班长，带领班组负责全无锡地区 35 千伏及以上总计 130 多座变电站自动化设备的运维抢修工作，由于当时的自动化设备还不够成熟先进，最忙的时候，一年的抢修就有 200 多次。

华伟东对这个沉默寡言却做事极为认真的年轻人非常欣赏，每次遇到紧急的抢修任务也总爱叫上他，经常深更半夜的给他打电话。张云飞每次必应，而且毫无怨言，跟在他后面虚心学艺，对待每一处缺陷和故障都谨慎用心。

那几年，无锡新建了许多变电站，每个站的自动化设备少说也有上百台，投运前的信号调试是必不可少的一环。若适逢春秋两季倒还好，最怕严寒酷暑季节。站里的空调都还没有安装好，他们在站里一待就是一两个月，调试好全站的设备信号，还要再跟调度主站系统一个一个建立通信，整套工作流程下来，要完成几千个信号的调试。有时实在冻得受不了，热得受不了，华伟东就拉着张云飞躲到工程车里开一会儿空调解暑驱寒。张云飞每次都是吹了几分钟就要赶回去："师傅，我先过去看看，您再歇会儿。"

有一次，夜里 11 点多，华伟东接到调度控制中心的电话，宜兴 500 千伏岷珠变电站的所有遥测信号中断。没了遥测信号，就相当于没了眼睛、耳朵，变电站内一切设备的运行情况都无法获悉。关涉 500 千伏变电站，排除故障的需求十万火急。华伟东第一时间给张云飞去电，两人驾着抢修工程车就往岷珠变电站疾驰而去。

到了站里，他们直奔所有的测控装置，挨个排查，经过一个多小时的排查，最后判定是主备两台远动装置同时瘫痪，导致站内测控装置的信号无法送达主站监控系统平台。找到问题所在，张云飞在师傅的点拨下，对两台远动装置进行程序重置，再匹配以正确的规约和参数，等调度那边确定能够重新接收到信号后，他们两人才披星戴月地驾车返程。

只是没想到返程途中发生了一个小插曲，令他俩至今难忘。那天回程已是凌晨两三点，上高速前明明还是一片清朗夜色，不料上了高速后，天气突变，浓雾一团一团地涌过来，周围什么声音都听不见，什么东西也看不见，他们仿佛置身混沌世界。原本疲惫不堪的华伟东惊得顿时困意全无，两手紧紧握着方向盘，将车速控制在二三十迈左右。坐在副驾驶位上的张云飞也是身体僵直，眼睛一眨不眨地盯着前方。窗外能见度连半米都没有，40多千米的路程，他们开了足足两个半小时，直到快至无锡站的高速路口，才看到点点灯光在浓雾深处一闪一闪，两人总算放下心来。华伟东由衷感叹："看到光就好啊！"

这次过命的经历升华了二人的师徒情谊，从此，他们不仅工作上搭档更为默契，在事业上也相互鼓劲加油。

2010年，时隔十多年，中国电力企业联合会再次组织自动化专业的全国性竞赛。机会来时就像闪电一样短促，张云飞深知年近30岁的自己如果错过，这辈子也许就错过了。

但是华伟东师傅看出了他的纠结，便鼓励他："你具备7年现场工作、调试和抢修的丰富经验，比起刚工作的小年轻更有优势，要抓住这次机会。"

华伟东师傅的话给了他底气，张云飞信心百倍地投入到赛前集训中去。那时的他无法预知，如果错过这次机会，他的人生会走向哪一个方向。

经过层层选拔，张云飞从一众种子选手中脱颖而出，成为代表江苏省电力公司出征全国大赛的 6 名队员之一，迎接全国中电联技能竞赛的"大考"。

"短绠难汲深井之水，浅水难负载重之舟。"为了在需要的时候拉得出、上得去、打得赢，他使出浑身解数，将理论知识点分门别类，找出最佳记忆点，每三天做一次题量大的理论测试，以适应高难度的竞赛要求。同时每天对至少三套装置进行多次操作测试，并循序渐进加大训练强度，一个多月的操作集训中，平均每天操作多达一百二十多次。

等到了全国中电联技能竞赛现场，他既兴奋又紧张，积蓄了几个月的力量，就等跃出战壕、迎接实战的这一刻。战斗中，他全神贯注，沉着应对，凭借充分的准备和出色的发挥，最终勇夺大赛冠军。

当奖章真正佩戴到胸前时，他的思绪忍不住飞回到和妻子的婚礼现场——一袭白纱礼裙的妻子挽着父亲一步一步缓缓朝自己走来。在这神圣而庄严的一刻，他努力专注于幸福的当下。但一想到大赛在即，婚礼一结束就要赶回集训地时，他又难免心怀愧疚，不敢正视妻子的眼睛。可就在宣读结婚誓词时，他忽然想通了。他当下的选择不正是为了成就更好的自己，让自己成为更坚强的靠山和支柱，更好地守护妻子、守护他们共同的家吗？

八　星耀东亭

　　熟知何光华的袁智芳经常在刘天怡等班员面前说起何光华的事迹，用何光华优秀和出色的榜样力量引导她们："我们虽不是身处生产一线，却身处服务一线，是连接用户的'最后一公里'，代表着全体供电人的形象，我们必须认真做好每一件对用户有帮助的事，不为完成任务，也不为争取荣誉，只为赢得客户的认可和信任。"

○ 刘天怡在工作现场

　　早在 2012 年，刘天怡就对何光华的事迹耳熟能详，当时她刚调到东亭营业厅做客户受理员，拜时任班长袁智芳为师。在她的眼里，师傅已是自己的榜样，不仅专业能力出众、实战经验丰富，还擅长带团队、打硬仗，能被师傅如此推崇的何光华，想必定是本事过人了。

后来几次机缘，刘天怡得以同何光华本人近距离接触，这才真切体会到师傅所言非虚。何光华对于本职工作那种近乎苛刻的精益求精深深打动了她，感染了她，让她从此甘心扎根营销服务一线，将最美好、最青春的 10 年岁月奉献给了东亭营业厅，而她也把这里当作实现人生价值的舞台，全力投入，尽情绽放。

接过接力棒　扛下千钧担

1988 年出生于江南水乡的刘天怡虽是两个孩子的妈妈，但岁月没有侵蚀她的温润和明净，她面容温婉，笑容甜美，举手投足间亲和力十足，言语之中流露出聪明伶俐与机智灵敏，如此状态不能排除平日训练有素的缘故，但其中多半还是源自她的天性使然。

作为一班之长，劳模袁智芳的徒弟，刘天怡荣誉满身，在其温柔和煦的表面之下，散发着沉稳干练、执着上进、不甘人后的特质。

2022 年 9 月，东亭营业厅升级改造，为保证正常营业，无锡公司在隔壁搭建了一个临时营业厅。厅内不过六十多平方米，不仅要营业办公，还要同时兼顾杂物堆放。面对施工声音嘈杂等影响，刘天怡对所有班员提出"办公条件简陋，工作不能简单"的要求。她带领大家做好详尽的服务方案，搭建遮阳棚，摆放休息椅，备足防暑药，还精心为每位客户准备降暑饮品，尽可能地提供更周到细致耐心的服务。她周到应对每天两三百人的客流量，有时队伍在门外排成长龙，但在她的导引下，从来都是井然有序。其间没有发生一起差评和投诉事件，反倒因为贴心暖心的服务，进一步提升了东亭营业厅的声名口碑。

秀外慧中、开朗大方、气质淑雅，这是大家对刘天怡普遍的评价。2010年8月大学毕业后，她进到国网无锡供电公司，学电气工程专业的她被分配到一线的变电操作班组。经过十个月的历练后，调到营销部的计量班组，直至2012年1月被调至东亭营业厅。

对于这个调整，她是意外的，自己是学技术做专业的，一直和电气设备、计量表计打交道，生性也不是多外向，不是做营销服务的料啊。一想到要面对各种各样的客户她就心头发怵，无比忐忑。但转念想，既是公司的安排，那定是出于多方考虑，更是对她的信任，自己不单要服从，还要竭尽所能地去胜任，努力把东亭营业厅的服务品牌发扬光大。

幸运的是，在这里，她遇到了职业生涯中对她影响最大的人——时任班长袁智芳。每每谈及师傅，刘天怡总会想到师傅的再三叮嘱："我们虽不是身处生产一线，却身处服务一线，是连接用户的'最后一公里'，代表着全体供电人的形象，我们必须认真做好每一件对用户有帮助的事，不为完成任务，也不为争取荣誉，只为赢得客户的认可和信任。"

为了提高业务技能，刘天怡在工作时紧跟师傅勤学苦练，尽可能多地汲取专业知识，工作之余也从不放松，抓住一切时间充实自身知识储备。在牢固掌握95598系统知识及相关业务技能基础上，她根据窗口服务特点，千方百计搜罗并自学空姐礼仪培训教程，对着镜子反复练习微笑，直到脸部肌肉变僵。

刻苦学习，潜心磨练，加上袁班长的帮带，她成长很快，个性雕塑得也很成功。在2012年无锡市营业窗口"服务之星"的技能竞赛中，她各环节表现优异，最终获得团体第一、个人第一的好成绩。2014年，她再接再厉，带领团队在国家电网公司第二届供电服务技能竞赛中荣获团体二等奖。袁智芳从这位如兰如菊的姑娘身上看到了自己的影子，心里把她当作接班人来培养。

2015 年年底，年轻的刘天怡从袁智芳手里接棒，担任班长一职，袁智芳则调往新区营业厅工作。师傅不在，刘天怡有一种失去主心骨的感觉，肩头担子千斤重，怎么带团队，怎么提质效，怎么搞创新，这些以前她看着师傅为之担忧焦虑的事，现在通通到了她这里，她感到不知所措。

短暂的迷茫和慌乱后，她理清思路，以身作责，照着师傅袁智芳的叮嘱，担起了班长的职责。袁智芳、何光华等优秀女性前辈，有如一束束光，照耀着前方。于是她每天总是第一个来到营业厅，即使怀着孕，也坚持主持晨会；她将心比心，关心每一位同事，将她们紧密团结在自己周围；她提出"微笑服务"理念，号召全班成员面对客户时刻保持微笑，时刻保持阳光心态。很快，她就稳住局面，带领班组稳步前行。

最艰难的时刻，是 2016 年，班组 13 人当中有 4 人同时处于妊娠期，包括刘天怡自己，但是每个人都坚守岗位、满分服务，直到产前一两天才休产假。刘天怡自豪地说："我们确实是一支能打硬仗的队伍，每个人都在用力发光。"

2017 年 8 月，对于刘天怡是一个特殊的年月。这个月，她的大女儿刚满周岁；这个月，她被国网江苏电力选派参加国家电网公司"服务之星"总决赛。赴长沙参赛前，要参加全省统一组织的三个月封闭培训。接到通知，她百般挣扎犹豫，一方面舍不得年幼的女儿，另一方面担心自己心神不定，拿不到好名次，辜负公司的厚望。

荣誉证书

刘天怡 同志：

在国家电网公司第六届供电"服务之星"暨营销专业"班组微讲堂"劳动竞赛中，荣获"优秀服务之星"称号。

特颁此证。

国家电网公司
二〇一七年十月

○ 2017 年 10 月，刘天怡荣获国家电网公司"优秀服务之星"称号

最终是家人的支持给了她决心。三个月的培训期间，她没有回过一次家，一心扑在备赛上，心里有股意念支撑着她：不能让公司失望，不能让离别之苦白受。

凭着这股意念，更凭着出色过人的综合素质，最终，她在国家电网公司第六届供电"服务之星"竞赛中勇拔头筹，荣获"优秀服务之星"。比赛结束回到家里，幼小的女儿抱着她大哭不止，她是心碎又欣慰。

画好延长线　当好先行官

作为东亭营业厅的班长，10年来，她亲历了传统人工柜台服务逐步向电子化、数字化、智慧化甚至无人化的变革，这些体验给了她丰富的营销服务经验，也带给她深深的责任感和危机感。

在她看来，做好营业厅工作，不是只管提供优质服务就可以了，更不是只管"朱唇未启笑先闻"，给足真诚微笑就足够了，还要未雨绸缪，科学谋划好营业厅未来转型升级和生存发展的问题。

"我不希望我们的营业厅只是一个窗口、一个渠道，现在服务渠道那么多，微信公众号、App、网上营业厅等，它们用起来其实更便捷更省时，那我们的营业厅要怎样增强客户黏性，怎样画好发展延长线，最终实现不可替代？"这是时代交给她的一道难题，如何作答？唯有与时俱进，当好先行官。

这不是一句简单的口号，要付诸专注、钻研和探索行动，为此，刘天怡要求自己，也要求班上所有成员努力走在电力改革发展的前沿，保持不被时代淘汰的竞争力。

营业厅的工作说到底只有一件——服务客户，但这一件工作扒开来看，里面实则千头万绪。如何把这千头万绪理顺捋直，让营业厅保持高效流畅运转，真正实现"让数据多跑腿，让群众少跑腿"，刘天怡每天都在动脑筋。

刘天怡主张要主动"走出去"，了解第一手的客户需求，延伸自己的服务触角，不断改进自己的服务品质。为此，她提出"让服务流动起来"，从走出柜台做起，营业人员站到厅里，主动问询接待客户。接着是走出营业厅，只要有机会，她就会带队到电力生产现场了解最一线的情况，这样才能在面对客户疑惑时，清晰完整地作好解答，使客户问题在她们这里实现闭环，带给客户更好的体验，提升满意度。她还会利用周末，带队走进居民社区开展志愿活动，推广宣传最新的业务，先是电子化交费，再是智能化交费。

每次社区开展志愿活动，大家都是一车两车地把东西拖到现场，不仅费时还费力，刘天怡就想有没有改进的办法。于是她带着团队研

○ 2023 年 3 月 3 日，刘天怡参加锡山区"电蜜蜂"志愿活动

发出一个"流动服务台",将营业厅所有的功能集成到一个几立方米大小的柜台,相当于一个方便携带的微型营业厅,这项成果还拿到了国家专利。

将"流动服务台"打造出科技感、现代感,这激励刘天怡在创新的路上不断自我超越。她十分重视日常工作中的小创新、小改进,看似不起眼的一个个小方法,积少成多,就有质的变化。比如在收费或办理业务时,她经常找出小窍门来缩短收费时间,或是尝试各种沟通方式,让不同年龄层的客户都满意。她有个小本子,专门用来记录工作中遇到的问题、想出来的点子以及每个课题的进展,班组的"一日服务九步曲"等创新措施,很多就这么提炼而来。

2019年,以刘天怡命名的劳模创新工作室成立,有了正式的平台和团队支撑,她开始琢磨如何系统化地提升营业厅服务质效,定期召集大家展开头脑风暴。她们着眼于业务受理员一天的服务工作,优化提炼出一套服务运营管理模式,通过实现服务常态化、执行统一化、行为专业化,让走进营业大厅来办理业务的客户无论在哪个窗口,办理哪种业务都可以快速高效办结,受到客户的一致好评。此套模式荣获无锡市优秀QC质量奖,她的工作室也因此荣获江苏省十佳劳模创新工作室。

2021年,她推出"亮证办电"服务,在东亭营业厅所有业务受理柜台配备电子证照扫码

○ 多功能智能服务台实用新型专利证书

枪。老百姓办电无需携带任何实体证件，只需使用个人手机，进行人脸验证扫码后即可直接提取用户电子房产证和身份证至供电系统，实现了"实名"认证、"实人"核验、"实证"共享的新型办电模式，彻底杜绝了因为证件缺失、证件不齐而让客户来回跑的现象，也进一步加强了用电客户个人信息安全防护。

为不断适应客户需求，这两年她还带领班组创造了江苏电网首个数字交互式一站受理服务站——优能沉浸式服务站，组建了由功能齐全的自助缴费机、自助打票机、自助业务机、iPad、扫码枪、智能机器人等多种电子自助设备组成的智能营业厅体验区，让每位客户来到营业厅既有扑面而来的现代化服务气息，又能在任何一个服务岗位享受到规范、温馨的专业服务。

十年里，她带领团队钻研业务、创新创效，承担省部级研究项目4项，获得省部级荣誉11项，授权专利2项，发表核心期刊论文4篇，编写了两万字的《营业窗口实操速成手册》，她的班组也因此获评"全国巾帼文明岗"称号。

打造温情的服务窗口

"无锡，充满温情和水。"这是锡城的一句文旅宣传语，刘天怡觉得很贴近家乡，也希望把东亭营业厅打造成一个充满温情的服务窗口。

想要客户感受到温情，营业厅要先成为一个温情的港湾，她坚持用爱经营、用心培育，打造幸福班组，拉近大家"心"的距离。但仅此还不够，特别是随着劳模创新工作室的深入建设，她意识到，更为重要的是去提升班员们的业务水平，让她们保持成长，体现更多价值。尤其是"双碳"目标推进以来，无锡地区新能源业务都在急剧增长，怎么样让更多客户了解更多信息，享受到真正的电力变革福利？为此，刘天怡每年都会组织开展相关的业务培训，帮助一线员工提升业务水平，助力营商环境再升级。

那如何让客户体验到温情？刘天怡有自己的见解："做好服务工作，首先要把自己当成一名客户，站在客户的角度想问题，与客户心交心，想客户之所想，急客户之所急，真诚待人，想方设法为客户办事，才会得到客户的认可和信任。"她这想法和师傅袁智芳一脉相承，具体落实起来，她要求班组遵循"一秒钟"原则，就是在客户进厅时，用一秒钟的时间观察其情绪，及时调整应对方式，自己开口说话前停顿一秒钟，以保证言辞有分寸有温度。在这方面，她一直以身作则，脾气再暴躁的客户到了她这里，也能被她周全搞定。

2017年春节前夕，一位新搬迁的吴大叔因质疑电费有误，来营业厅查清单时发现用户名还是原来业主的名字，便认为是供电公司工作失误，要求立即为他更改户名。正在大厅业务引导的刘天怡发现后立即上前，微笑而耐心地告诉吴大叔更改户名需要办理相关手续，提供相关证件。没想到吴大叔对她大声责骂，见此情形，刘天怡为大叔倒了一杯温水，引导他进入休息室，再耐心地解释有关规定，并为他提供解决问题的建议。其间她始终保持微笑，以真诚的目光面对。此时的吴大叔也平复情绪，并向她道歉，表示自己的房产证和身份证都在家里，而且第二天就要回老家过年，不知道什么时候才能更得了名。刘天怡当即提出自己开车送他回家，把证件拍照带回营业厅，这样当天就能把户名变更。到了吴大叔家中，刘天怡收集好资料后，还不忘耐心地一步一步指导他使用支付宝、微信等方便快捷的缴费方式，以便今后减少跑腿次数。直到她离开时，老人才发现她微微隆起的肚子，脸上流露出歉意又感激的神情，一个劲地竖起大拇指。

　　这类事对于刘天怡而言再正常不过了，她一直用自己的温情温暖着客户。最让她有成就感的还是为客户提供专业建议，优化用电套餐，节约电费开支，使客户享受物超所值的产品和服务。为了方便用户了解优惠政策，她们升级了一个独创服务，在核查票的反面把优惠政策以醒目简洁的方式注明。这样客户在办理缴费时，拿到核查票后很容易注意到这些政策，进而能够依据自身实际情况选择最优最省用电套餐。

　　2021年的一个夏日，一位客户来到营业厅，他本来只是过来办理申请用电业务，但在看到核查票背面的信息后，立即拿起柜台上一本制作精良的"蓝绿小贴士"，上面更详细地介绍了新能源用电接电方案。当他知道安装分布式光伏发电并网可以为自己的汽车服务技术厂房节约用电后，便主动咨询起相关项目来。刘天怡周详细致地为他的厂房设计规划节能减排方案。客户在自家厂房安装后光伏后，每年节约电费30万元，为表诚挚谢意，还特地给营业厅送来锦旗。

　　永远比客户的期望做得再好一点，永远把目标定得再远一点。身处供电服务最前沿的刘天怡用13年的坚守，铸成一面鲜红的旗帜，在东亭的上空飞扬不止。

九　从小学徒到大师傅

"在当时的情形下，指望'等靠要'肯定是行不通的，压缩安全生产规定措施和步骤肯定也是不行的，提高工作效率是唯一的出路！那怎么提高工作效率？"陈浩自问自答，"技术要创新，管理也要创新，加强和改进班组管理模式或可一试！"

2022年11月16至17日，第47届国际质量管理小组大会（ICQCC）在印度尼西亚雅加达成功举办，来自各个国家和地区的近800个QC小组以现场或在线的形式参与成果发表和交流。经过激烈角逐，国网无锡供电公司营销服务中心计量一班"称心"QC小组课题"便携式三相电能表快速上电装置的研制"最终斩获金奖。

❂ 2022年，陈浩团队获得国际质量管理小组成果金奖

这个小组正是陈浩领衔指导的，比起本人，他所带的班组如今似乎更为出圈，不仅屡获大奖，还人才济济。何光华便时常同他探讨班组管理心得，交流班组管理方法，相互取长补短，"陈浩很善于结合实际工作，开发研究新型的班组管理工具，包括技术创新、管理创新、绩效创新、人才培养创新，多项管理方法和实际案例，不仅在自身班组上取得累累硕果，还可以被其他班组借鉴应用，促进管理的提升，当之无愧为班组管理大师"。

对此，一向健谈的陈浩表示自己也用不着谦虚，实事求是地说："18 年前，我就搞班组'5S'管理了，那还是最基本的管理法，从整理、整顿、清扫、清洁、素养层面着手打造文明健康的班组文化，从视角上提升班组面貌。"

班组既是企业生产经营活动的基本单位，也是培养人、激励人、引导人的前沿阵地，是构成企业核心竞争力的基石。国家电网公司历来注重班组建设，国网无锡供电公司营销服务中心计量一班，便是"班组们"想要成为的样子。这个"全国工人先锋号"究竟是怎样"炼"成的？那先看看它的这位带头人是怎样"炼"成的吧。

把心沉下来

如同许多出类拔萃的劳模工匠一样，陈浩也有一位影响他一生的师傅——他的老班长周鹍，国网无锡供电公司营销部第一任计量专业技术主管。在国网无锡供电公司，"老中青、传帮带"是一种优良传统，"比学赶超"更是一种常态化良好氛围。

1992 年，中技毕业的陈浩，十八九岁的年纪，血气方刚，他被分配到无锡供电局的变电检修班负责检修隔离开关。个头高大的他，觉得这项工作和他很配，他也比别人更有优势，什么大扳手、电钻、砂轮、起重机、活动扳手这些大型检修工具，上下搬运他都不在话下。搭脚手架他也有一手，又快又结实。他整天和这些大型贵重的设备打交道，看到别人手里拿着个巴掌大小的手动摇表（绝缘电阻表的俗称）在那摇啊摇，调啊调，就有些看不上，觉得那过于轻松。

没想到，两年后，他就调到了工区的仪表班，从此和表计打起了交道。也是在这里，他遇到了一个深深影响他的人——师傅周鹂。师傅当时还只是技术员，对于陈浩，他有自己的看法：小伙子虽然看着大大咧咧，耐心不够，时不时还投个机，取个巧，但头脑灵活，也肯钻研，好好调教想必会在计量专业有所建树。

陈浩并不知道师傅心里的想法，到计量室没几日，就提出要跟着去现场做表计检修。周鹂告诉他："检修是一项非常严谨的工作，你很年轻，也很上进，但做事不能急，现在还没到你去现场做检修的时候。要先苦练内功，从最简单的指针式仪表检测做起，等基本功扎实了，再做一些单电桥、双电桥之类的表计检测，然后再考虑去现场做表计检修。"

这个基本功一练就是一年半，陈浩每天在封闭的检测室里，重复着机械的检测流程。以陈浩当初的性子，这样细巧又枯燥的工作，几个月下来，他就耐不住了，提出要去做摇表绝缘检测。周鹂再一次回绝，而且态度更加坚决："你以为修开关有意义，检这些表没意思是吧？你现在做的事，看起来简单，却决定着全市电力计量设备的健康安全，这些设备和老百姓的生命安全息息相关，容不得半点马虎，这个你都沉不下心来，到了更复杂、更紧急、更艰苦的检测现场，你怎么保证又快又准地解决缺陷？"

这一番话给了陈浩很大冲击，平日他最服周鹂——一位优秀共产党员，工作勤恳务实，遇到再急难险重的任务，他总是第一个到现场、第一个带头做。知道他性子急，"一站、二看、三动手"这句口诀不知对他念叨了多少遍。

从此，他穷幽极微、潜心钻研，把重心放在学艺上，从指针式仪表到热工仪表，再到精密数字化仪表、电能表、互感器，等等，他都认真了解。每学会一种表计的检定方法后，他并不知足，又在速度、精度和准确度等方面自我加压，练成扎实过硬的基本功。一年内，他仅是检修电力报警表这一种表就多达两三万只，很快就声名远扬，同事们纷纷把家里钟表、小家电、小玩具带过来请他修理。他来者不拒，技艺越来越炉火纯青。

○ 2002 年起，陈浩在班组主动为用户提供"近电报警表"等维修服务

2000 年，国网无锡供电公司成立计量中心，中心组建大量实验室，以应对越来越多的表计检定任务，也就是在接下来的两三年内，陈浩以其出色的技能水平和踏实的工作作风，成为省内计量专业专家级人物。2002 年，他荣任副班长，一年后被提任计量班长，他的师傅周鹍则成为中心的技术负责人。师傅虽然成了"领头羊"，但是每

临重要任务，仍然坚持跟着大家一起查勘，一起定方案，甚至一起检修。师傅这种事必躬亲的作风深深影响了陈浩，在其后 20 年的班长生涯中，他始终以师傅为榜样，不懈怠，不松劲，不停步，一往无前。

让技高起来

在检定技术达到一定水准后，陈浩逐渐走出检测室，参与现场检修任务，正如师傅当年所说，现场的工作更加复杂，会遇到各种各样的问题。但也因为这些问题，陈浩的潜能才得到更为充分的挖掘，正如师傅当初的判断，聪明爱钻研的性子让他在计量领域大放光芒。

和别人有所不同的是，遇到传统的故障问题，起初因为不知道解决办法，陈浩就照搬传统的办法去解决。次数一多，他就开始质疑：是不是有更好的解决办法，既快速又简练？以前检定表计就是这样，指导说明书上的步骤一旦被他操作熟练之后，他就想办法压减和优化步骤，提升检定效率，所以他检定表计总是又快又多。

而现场的问题往往都是急难险重的，更考验专业应急能力，特别是当了班长后，陈浩对于计量检定的意义以及如何更好地做好这项工作，有了更多思考，对于一些困扰大家多年的棘手问题，也会想尽办法尽快去解决。

其中最让他头疼的是变压器油温表的检定，这个表是用来监测变压器油温的。如果油温超过 85 摄氏度，就会触发超温报警，这时需要组织降负荷。2000 年前后，正是电力供不应求的时期，降负荷，意味着不少用户要被迫计划停电。而当油温超过 95 摄氏度时，油温表一旦发出过负荷信号，变压器就会跳闸。不管是降负荷还是跳闸，对于电力部门来说都是极其重大的事情。每次省电力调度控制中心收到变压器油超温报警信息，会第一时间通知到陈浩。陈浩第一时间赶到现场后，以更精密的二等水银温度计对油温进行再量测，如果测值和油温表一致，便立即报告调度，进行负荷控制，同时也说明油温表精度达标。如果测值和油温表不一致，差异达到 4 摄氏度以上，说明油温表精度出现问题，要迅速进行故障缺陷处理。

一般变压器油出现超温，通常都发生在盛夏酷暑时节，缺陷处理的作业环境非常恶劣。因为 35 千伏和 110 千伏变压器通常是装在室内的，每次检测油温，都需要爬到变压器上把装在顶端的油温表拆下来进行检测。变压器外壳温度高达七八十摄氏度，上下都要动作迅速，否则就会被烫伤。室内温度则高达 60 多摄氏度，一个人在里面只能待六至七分钟，时间稍长就会中暑甚至昏迷。陈浩和同事每次都是交替进行，一个进去操作，一个在旁监护。

油温表的缺陷属于一类缺陷，必须在四个小时内消除。当时全市有 200 多台变压器，每台变压器配有两个油温表，一共近五百个油温表。在用电负荷高峰时，接报缺陷最多的一天他跑了 7 个变电站，消缺了 12 台变压器的 20 多块油温表。有一年盛夏，他带着班里几个专员轮流值班连轴转了近两个星期没有回家休息。

如此痛苦的经历，陈浩再不愿让班员一年一年地忍受下去，他心里琢磨着："能不能让这个油温表始终保持精准，不报缺陷？或者能不能把缺陷提前解决在萌芽里？"

他一方面调取近两年油温表的故障数据，另一方面把处理缺陷所参照的规程抽丝剥茧，最终找到两处致使油温表精度不准的关键症结。一个是变压器油检测环境有所疏漏，规程里只提到要更换新鲜的油包，却没有提及在每次检测后要将油槽里的老油清理干净，注入新鲜的油，保证传导性；二是油温表本身因为机械摩擦形成的机械性误差，这个机械性误差也好解决，只要把表计的指针拔下来，按照精准的实际值重新装回去，下一次在用电高峰前做好调整，就能保证表计运行精准，不报缺陷。

问题是这个指针相当难拔，若用蛮力会伤及指针，导致装不回去。这个小难题一下子困住了陈浩，发现了问题却无从下手，让他感到煎熬，甚至茶饭不思。偶然的一次，他留意到葡萄酒的开瓶器，这东西给了他很大的启发，之前大家总想着怎么把针拔出来，却没有想过用旋转的方式把它取出来。

按照这个思路，他带着班员在实验室里研究设计，将设想形成一张图纸。经过一个月的奔波寻找，最终浙江一家公司愿意替他们免费代加工。前后经历七次失败，第八次加工出来的工具成功了，有了这个工具，现场消缺效率提高十倍不止。

这一次的创新发明，让陈浩尝到了甜头，也给了他信心。日常工作中，他脑子随时随地绷着创新这根弦：这个流程是不是可以改进一下，那个设备或工器具可不可以优化一下？左改进右优化，工作效率自然就提高很多，个人的获得感、幸福感也随之得到满足。

随着用户用电需求越来越高，现场抢修频次越来越多，计量中心紧跟形势扩大规模，加之拥有人才资源优势，承接下苏州、无锡、常州、南通四个城市的电表检定任务，占了全省电表量的50%。

当时班组成员一度多达29人，抢险运维车也足足有9台，但陈浩仍然觉得担子重、压力大，人手设备都跟不上计量业务的实际需求。"在当时的情形下，指望'等靠要'肯定是行不通的，压缩安全生产规定措施和步骤肯定也是不行的，提高工作效率是唯一的出路！那怎么提高工作效率？"陈浩自问自答后提出新的问题。

几经思索后，他认为，技术要创新，管理也要创新，改良班组工作和管理的方式或许行得通。可以先从梳理作业流程着手，弄清哪些是增值的，哪些是非增值的。还有就是时间的管理，减少不必要的时间消耗。那时的他，是技术创新能手，并没有想过，自己在班组管理创新方面也会美名远扬。

○ 陈浩在实验室检定电能表

用力传下去

如今已是国网江苏省电力有限公司 QC 评审组组长的陈浩，最为欣慰的不是自己做了多少技术创新，发明了多少专利，而是自己所带的班组成为业内标杆。

2005 年，陈浩在全省电力系统率先实施班组 5S 管理，他做这个的出发点很简单，就是发现当时的电力作业现场，各种工器具混放，导致作业效率低下、经常出现返工等现象。面对这些问题，他带领团队建立目视化作业看板，用色标标识零配件，设计作业专用工具箱，合理布局工位，解决了作业现场脏乱、零配件混放的现象。后来总结归纳成 5S 管理经验后，申报 QC 优秀成果，没想到出师大捷，一举拿下全国 QC 优秀成果一等奖，陈浩也因 5S 管理成效显著，获得无锡市劳动模范称号。

后来，他在星级班组建设、精益化班组管理等试点推行中，主动请缨，承担试点任务。2017 年，他带领计量一班荣获了"全国工人先锋号"荣誉称号。

"一滴水，只有放进大海里，才永远不会干涸。"陈浩认为，计量管理工作从来不是一个人的单打独斗，需要班组的共同努力和相互配合，尤其在一些重点项目推进、关键技术攻关当中，更要依靠集体的智慧和力量。

想法归想法，但是怎么激发团队的创造力和活力，是一个大命题。

陈浩不仅在技术上有自己搞创新的一套，在班组管理上也有自己的独门技法，比如最开始的 5S 管理，还有后来的星级管理、精益化管理。但这些管理方法都是在形式上做加减法，成效也是一种外在的呈现，对于员工内在提升的效果，无法评判。

陈浩常说："发现问题就是成绩，解决问题就是创新。一个人发现问题，一群人解决问题。"为了激发班组成员敢于提问、乐于提问的积极性，2019 年，陈浩带领班组开始创新实施 KPT 活动，"K"即"Keep"，"P"即"Problem"，"T"即"Try"。活动中，班组成员共同提出问题，共同制定解决问题的具体对策及措施。他之所以提出这么一个想法，是因为发现年轻人不愿提问题。而他们不愿提的原因，只有极少数人是害羞害怕，大多数人是觉得提了要么得罪人，要么最终还得是自己解决，囿于自己的能量和资源有限，那多一事不如少一事。

自从有了 KPT 这个载体后，大家畅所欲言，再无顾虑。总之有团队在，有班长在。班组的许多创新成果就是这样在思维碰撞、淬炼而成的智慧火花中诞生的。就在实施这个活动的当年，团队就提出研制不停电更换单相电能表的装置，启发来自一位年轻的员工亲身经历——有位炒期货的客户向他抱怨："你们换电表就换电表，干吗还要停电？"

传统的居民电表更换方式已经延续几十年，随着技术和管理越来越先进，已经将电表更换对居民生活用电的影响降到最低，每栋楼只停电两小时，每户电表在 20 分钟内完成更换。可既然客户提出来，那就要想办法满足客户诉求，是不是有什么办法可以在不停电的情况下更换电能表？陈浩先是在知网上搜索，没有查到相关文章后，就带着团队着手解决这个问题。

陈浩联想到变电站电路表所用的接线盒，通过接线盒，把电压和电流进行短接，然后他们在相当于断电而实际是带电状态下进行电路表的更换。但居民用的单相电能表更换不能照搬这个原理，因为表箱是固定大小，且已批量化生产，另装一个插件也不可行。这意味着电表箱要全部更换，最好能隐形化，与电能表合二为一。后来他们几经试验研究，最终研制出一种插拔式底座，可以在不停电、用户零感知的状况下，完美地同电能表卡接在一起。有了这个底座，每次更换电表只要把它从底座上拔下来，再插一个新表上去就可以了，全程仅耗时 1 分 42 秒，关键是在不停电、用户零感知的情况下实现的。

这个装置后来取得两项国家专利，在江苏省内得到推广，并荣获 2020 年中国水利电力质量管理协会优秀 QC 成果一等奖。

接下来，他们再接再厉，研制出电能表的便携式"充电宝"——便携式三相电能表快速上电装置，将电能表上电时间缩短为原来的 8%，该项成果荣获国家电网有限公司优秀 QC 成果二等奖，陈浩担任组长的"称心"QC 小组也获评 2021 年全国优秀质量管理小组。

两年后，这套装置在印度尼西亚举办的第 47 届国际质量管理小组大会上亮相，陈浩怀揣多年的梦想终于实现。

在他的带领下，班组成员中有 2 名员工获评"江苏省技术能手"，1 人入选无锡市职工"十大先进操作法"发明人并获得无锡市"五一劳动奖章"，1 人获评国家电网有限公司劳动模范。

"让电表精准运行，让客户称心用电"是陈浩劳模创新工作室的信条，也是他始终不变的坚守。2022 年是他参加工作的第 30 个年头，对于未来的路，他没有豪言壮语，只有一个小小的心愿："希望多少年后，别人提到我陈浩，也会像我提起我的老班长周鹂一样。"

十 灯火背后的守电人

在史春旻眼中，变电站的一应设备，皆非聋哑的"傻设备"，相反，他笃信它们智慧而互联、危险又迷人。他喜欢运用自己的逻辑思维，通过推演、计算、归纳、类比，去破解它们的逻辑组态，找出它们的内在联系，探知它们的隐秘空间。这让他特别有成就感。

在史春旻童年的记忆里，父亲一直是奔忙着的，他的奔忙不是单纯的劳碌奔波，而是缘于被需要而不得不为之的一种生活状态，他是村里唯一的电工。

在八九十年代的中国乡村，哪怕是江苏盐城东台的乡村，电都还是稀缺物，懂电工知识的人就更不多了。那个时候，史春旻为父亲感到十分骄傲，希望长大后的自己也能成为一个被需要的人。

受父亲工作影响，史春旻从小就和电线、电表、开关，还有别人送上门来修理的电动机、发电机做伙伴、交朋友，它们陪伴了他整个童年。长大以后，他对电和电力设备更加感兴趣，只是志向不是做父亲那样的农村电力，而是要做更大的电工，去大城市，去建设大电网。所以高考填志愿，他报了电力系统专业，成绩优异的他最终被浙江大学录取。7 年后，他学业有成。面临就业，他选择很多，可以去国内头部的科技型企业，也可以去科研院所。只是这两个地方，在他看来，都不是电力事业的最前沿，他想要去感受、去触摸，就像小时候那样……

做好自己的本职

"名校＋高学历"，史春旻就是这样一个自带光环的人。何光华习惯用"高才生"来称呼他，评价他是"一线班组的大牛班长"，他们经常一起交流创新成果。史春旻研发的新型"三好"继电保护试验接线夹，成为班组质量奖网络平台的网红产品，得到国家电网有限公司辛保安董事长的肯定，这让何光华对他更是肯定有加。

但是不同于其他戴着类似光环的年轻人，面对可以走上技术管理岗的机会，史春旻却婉拒了。他自知相较于各类统计表格、各种人际交往，不善言辞且生性恬淡的自己更适合一线班组。每天同设备打交道，让他心定心静心安。或许正因为这份自知，他由内而外透着一种气定神闲的松弛感，只是没有人会知道他的这份松弛背后有着坚强硬核的支撑。

在史春旻眼中，变电站的一应设备，不管是变压器、断路器、开关等一次设备，还是互感器、继电保护、测控装置等二次设备，皆非聋哑的"傻设备"。相反，他笃信它们智慧而互联、危险又迷人。他喜欢运用自己的逻辑思维，通过推演、计算、归纳、类比，去破解它们的逻辑组态，找出它们的内在联系，探知它们的隐秘空间。这让他特别有成就感。

2014年，史春旻完成在调度中心一年的岗位实践后，选择回到原先所在班组——变电检修中心二次检修一班，继续原来的专业工作。许多人对他的选择表示不解，而熟悉了解他的人，知道这就是史春旻。何光华也赞同史春旻的选择，人岗相适，才能人尽其才。

回到原岗位不久，工作满7年的他被任命为检修一班班长。这个班长意味着什么，一组数字或可说明：11名班组成员，70座变电站，

6000 多台二次设备，所有的维护、抢修和改造任务都由他们负责。

从事班长一职至今已近 9 年，这么多年的沉潜，史春旻已然将自己同班长这一职责融为一体，他曾说："我很满意现在的状态，干一件事，就踏踏实实地干，心无旁骛地干，想得多，难免分心，不如一心一意，做好自己的变电检修人。"

初当班长那两年，每周都有好几个抢修任务，用电高峰时，一天就要处理两三个，每个都是十万火急，令他不免焦头烂额。这几年，情况好转很多，年均抢修频次大大减少，保持在 20 余次左右。原因除了设备质量和技术水平在逐年提高之外，他带领团队组织运维科学得当也是一个关键因素。抢修次数多，意味着设备故障缺陷多，而其中有一些故障和缺陷是可以通过提前巡检维护加以避免的。

为了降低设备故障率，史春旻动了很多脑筋，建立了一套全面完善的设备管理预判机制。他一边加大组织巡检力度，摸排设备使用寿限，重点关注临近退役设备，一边总结抢修经验，对于出现问题的同一批次设备，逐台检测性能，对于存在缺陷隐患的及时进行更换处理，同时，对于一些故障率高的设备深入分析原因，制定应对办法。

有一次，他发现辖区内 110 千伏变电站的继电保护装置的开关电源故障率特别高，发生故障次数占继电保护总故障的三分之一以上，如果把这个问题解决掉，将大大提高变电站运作效率。于是，他组织班里经验丰富的老师傅，以及单位相关领域的专家一起研究讨论，经过大量的论证和试验，他成功发明了具有"在线监测功能的继电保护开关电源"，将继电保护开关电源的故障占比降低到 5% 以下。

担任班长的这九年，史春旻的手机就从未关机过，为的就是辖区发生设备故障时，能够第一时间赶到现场抢修。2015 年秋的一天，班组有多名员工同时参加一期脱产培训，班组仅剩下 3 名人员在岗。不巧的是，那天接二连三地接到抢修任务，他带着 2 名组员，合理调配，通力合作，在一天之内完成 4 个变电站的抢修任务。回到家时已是次日凌晨 2 点，怕自己睡得太沉，错过下一个抢修电话，他将手机来电铃声调到最大并放在枕边。

一切清零，从头开始

回首十六年，史春旻不无一点悔意，最初的三年，原本可以更有意义。但人生便是这样，瑕疵和遗憾，总会有的。

2007 年 8 月，浙大硕研毕业的他进入国网无锡供电公司，正如他所愿，短暂的入职培训后，他被分配到变电检修中心二次检修一班，满怀壮志的他，准备在电力前线大展拳脚，然而现实浇了他一盆温凉水。

真实的电网，和在学校学的那些完全是两回事。安全，被视作电网企业的生命线，一丁点都马虎不得。作为新进员工，即便名校和高学历加持，不经历专业的理论培训和必经的技能训练，短期内他仍是无法参与实战的。

这硬性的要求往桌面上一摆，原本摩拳擦掌、跃跃欲试的他，如同霜打了的茄子一般，巨大的落差感击得他一时间不知所措，陷入迷茫。陌生的工作环境，基层的一线工人，这些因素在某种程度上也加剧了他的迷茫。每天按部就班地跟着大家一起，师傅让做什么就做什么，对于未来，他不知道如何去规划。

直到看到自己的班长在市公司技能竞赛上获奖，眼前的云雾被一只手撩开，他意识到必须主动去做些什么，丢掉所谓光环，曾经的一切清零，一切从头开始。

有了方向之后，他学霸的潜质、本质、特质渐渐发挥出来。原本强电专业的他开始自学继电保护专业知识，理论知识的掌握对于他来说手到擒来，难的是实操，这个考验的是动手能力，讲究的是熟能生巧。为了提升自己的技艺水平，他潜心钻研，不懂就问，局面终于被他打开。2011 年，他以相当优秀的成绩通过了技师技能鉴定考试，次年他再接再厉，在 2012 年度的国网江苏省电力公司继电保护竞赛中脱颖而出，取得了个人第二名的好成绩，连续两年被评为国网无锡供电公司安全生产先进个人。

在这期间，在研究理论、加强现场实践之余，他始终关注并且学习电力行业最前沿的技术和国家电网公司各项最新规程规范，利用自己理论基础扎实的优势，先后在多个核心期刊发表《开关电源实时在线监测技术研究》等多篇论文，渐渐从一名略显青涩、稚嫩的新手，成长为江苏省电力行业的技术能手，被委任以班长之职，也是水到渠成。

尽管拿过竞赛大奖，尽管平时操作熟练，但当班长后的第一次抢修任务，他还是非常紧张，是一种参加任何一次大考都未经历过的紧张。正是那次经历让他深深明白每一次抢修都像一次高考，没有机会试错，因为事关千家万户的用电，这就是责任。

也是这份责任让他慎重再三，哪怕心里把所有操作流程都过了一遍，十分有把握，他还是请来一位老师傅，请他从旁监护。最终在老师傅的监护下，他带着年轻班员顺利完成抢修任务。

万事开头难，这一次好的开头，给了他很大的信心，班长一职也给他了更大的发挥空间，让他喜好钻研的个性更有用武之地。有一次接到一个抢修任务，他带领组员第一时间赶到现场，故障问题是两个空气开关一起跳闸，不想等他们推上开关后，故障立即消除，大家都觉得应该是一次偶发故障，认为故障已经消除。但谨慎的史春旻觉得这事过于蹊跷，不能简单地认定为偶发性故障而放过，他带着组员对

○ 2023 年 4 月 19 日，史春旻在 110 千伏蓉阳变开展抢修工作

所有设备重新排查，然而几经排查，都没有发现问题，最后他使用自创的一套关联空开电压检查法识别到了故障。原来是室外设备下雨受潮，造成回路，引起室内电源保护装置出现异常。这套方法，也被评为无锡市职工"十大先进操作法"，助力他拿下无锡市劳动模范的荣誉称号。

正是这件事，让所有班员对他彻底信服，史春旻也从中真正体会到这份事业的乐趣所在。

一把旧螺丝刀的启示

史春旻是一个念旧的人，每一个手机都是用到坏得不能再用了才换新的。班里的人都知道史春旻随身带着一把特别的螺丝刀，不管是日常巡检运难、现场抢修还是技术创新研究试验，他总是带着那把螺丝刀，时至今日，那把螺丝刀已经陪伴他 10 年之久。

"感觉它已经成为我手感的一部分，像是手臂的延伸，也像是某种力量的补充。有它在，每次出任务我都更有把握。"史春旻从口袋里掏出那把螺丝刀，刀柄已被他磨握出包浆，但刀头仍十分锋利，他用指腹轻轻摩挲着刀头，"也没什么特别的，价格还不贵，也就12块钱，是我第一次参加继电保护技能竞赛赛前训练时随手买的。训练时感觉还不错，就带着它参加竞赛了，没想到拿了全省第二，觉得是它带给我好运，带给我启示，提醒我每时每刻都要做些有用的事。"

成为班长后，除了做好本职的业务工作，班组成员的培养，也被他放到重中之重的位置上。11名成员，一半是35周岁以下的年轻人，怎样助力他们成长成才，史春旻结合自身的经验，觉得年轻人还是要多去经历，"百闻不如一见，百见不如一干，现在信息发达，在学校里，他们学了很多，也听了很多，但那些和真实的现场比起来，远远不够，不如到变电站亲眼见一见。见得再多，如果没有动手做过，也是不行"。

所以，在条件允许的情况下，他会给年轻人更多动手的机会，鼓励他们从其他方面多充电多储备。为了以身作则，他每天下班后，就泡在继电保护领域的各种网络论坛，同各地的同行们交流讨论，拓宽思路和眼界。随着电网不断发展，新技术、新设备等在二次领域的应用也层出不穷，作为运维检修专业人员，必须与时俱进，及时关注了解，提升自身的技术技能水平和专业素养，才能不负这份岗位职责。

班里的年轻人，理论基础好，创新意识强，史春旻顷尽所能带着他们一起搞创新，但是创新不是为创新而创新，他会引导班员注重发现实际工作中的问题，就问题而创新，"完成创新工作也不难，最关键的还是在现场多动手，多参与缺陷处理，在现场多思考，才能明白在现场处理缺陷过程中，在使用各种工具的过程中，有哪些痛点。这些痛点就是我们创新的初衷和改进的缘由"。

○ 2021 年 1 月 12 日，史春旻为班组成员讲解创新成果

　　秉持着立足现场、用于现场的理念，史春旻带领团队先后设计发明了"变电站逻辑五防可视化监测系统""二次端子排试验夹具"等多项可以解决现场实际问题的技术产品，多次获得省市一级的嘉奖。随着人工智能技术大兴，AI 时代已至，史春旻嗅到这是一股大势和潮流。在业余时间，他组织班里的青年员工一同学习最新的 AI 人工智能技术，还带着他们参加国网江苏省电力有限公司组织的第一期 AI 人工智能大赛。在比赛中，他们顺利完成了模型的学习，识别出所有的危险点，取得第二名的优异成绩。

　　在他的带领下，班组先后荣获"全国工人先锋号""国家电网有限公司先进班组""国家电网有限公司标兵班组"的荣誉称号，其中两人先后在华东电网厂站自动化技能竞赛和国网江苏省电力有限公司继电保护技能竞赛中获得第二、第一的好成绩，组建的 QC 质量管理小组在江苏省 QC 质量评比中，三次被评为江苏省优秀质量管理小组，一项成果获得国网江苏省电力有限公司优秀 QC 质量成果一等奖。

这些荣誉，史春旻视之为过去一些年自己和团队共同成长的见证，是努力的安慰剂，是继续奋进的动力源，激励他们奋然向上，不断生长。

后　记

春暖大地，2月的江南，乍暖还寒。轻轻一嗅，风里飘荡着阵阵梅花的幽香。

站在 220 千伏无锡红旗变电站电缆隧道入口，何光华深吸了一口气，井沟传递出熟悉的气息，让她备感亲切。相比春天里明媚的阳光，她更喜欢一头钻进地下黑暗的电缆王国，那里有纵横交错的电缆，有正在开发的科技项目。每天不下去看一看，心里就不踏实。电缆连接着千家万户，在黑暗中传递光明，她觉得自己的心，始终与客户紧紧贴合在一起。

◉ 2023 年 3 月，何光华在北京参加中华人民共和国第十四届全国人民代表大会第一次会议

　　何光华当选为第十四届全国人民代表大会代表后，她的日程安排更紧了。除了日常工作，她还要撰写人大代表建议，接受媒体采访，参加人大代表集中培训……她牵头的电缆故障快速定位、无人机自主巡检等多个创新项目正处在研制的紧要关头，她恨不得有三头六臂。但哪怕再忙，何光华也会抽时间带着工作室成员去现场，论证无人机巡线技术方案。

　　红旗变电站电缆隧道里宽敞明亮，电缆四周装满各类传感器，能实现智慧感知、智慧中枢、智慧全景等六大运检管控功能，这也是何光华多年创新攻关的成果。她利用卫星遥感和人工智能等前沿技术，实现无人机可视化监测电缆，大大提高故障电缆精准靶向控制。

　　巡视完隧道，何光华打开手机，看了眼行程安排，匆匆赶到新吴区欧司郎光电半导体有限公司，参加企业调研。

　　去北京参加两会前，何光华一直奔波于基层和企业之间，收集用户意见，为两会建言献策提前做好准备。

　　何光会从各种调研中了解到，一些企业想引入电缆检测方面的新技术、新设备来提升电力运维水平，但苦于没有这方面的信息和途径，电缆一旦出现故障，只能求助于社会维修力量，生产无法得到保障。调研过程中，她发现国内企业拥有数量庞大的创新工作室，团队技术能力强大，但仅致力于解决各自企业内部生产中遇到的难题，没有形成解决行业共性问题的合力。这就导致许多创新成果无法推向市场，而有这方面需求的企业又因为信息不对称，得不到最新研究成果。于是，她提出"加大企业创新工作室产学研融合力度，推动创新成果孵化转化"的建议，从平台建设、转化激励、跨界挖掘等方面着手，解决企业的共性技术需求，以此推动创新工作室创新成果市场化，实现串珠成链、聚链成群的社会效益最大化。

　　2023 年 3 月 9 日，她在参加第十四届全国人民代表大会第一次会议时，向大会提交了《关于加大区外清洁电力入苏力度、增强能源安全保供能力的建议》。她在建议中说，能源是经济社会高质量发展的基础，能源安全是中国式现代化进程的关键要素。江苏是经济大省，但又是资源小省，一次能源较为缺乏，特别是"双碳"目标下优化用能结构的需求更为迫切，亟须加大清洁电力引入力度，系统增强电力保供能力。

随着江苏经济持续发展，能源电力需求将进一步增长，对电力保供和能源转型提出了更高要求。预计2025年省内最大电力负荷达1.55亿千瓦，缺口700万～900万千瓦。而2030年，电力负荷达1.76亿千瓦，缺口1000万～1100万千瓦。受资源和地理条件限制，省内发电系统难以满足经济发展需求，需增强区外来电输入能力，保障江苏电力供应安全。

未雨而绸缪，不打无准备之仗，这是何光华多年来在创新道路上成功的经验。她说："近年来，清洁能源快速发展，在习近平总书记'绿水青山就是金山银山'总体思路指引下，生态环境改善十分明

◎ 2023年5月，何光华带领团队成员在电缆隧道研究隧道无人机智能巡检技术

显。但如何做到可持续发展，形成良性循环，这就要求我们加快新型能源体系建设，扩大跨省绿电交易规模，加大清洁能源输送力度，积极做好节能降碳的宣传和服务，持续打好蓝天、碧水、净土保卫战，满足人民群众对美好生活的向往，为推进中国式现代化建设贡献一份力量。"

在创新的道路上一路走来，何光华从一人独自摸索，到领衔 QC 小组、学习型团队，发挥团队智慧，历经二十多年磨练，走出了一条创新的大道，取得了累累硕果。目前，工作室拥有核心骨干 20 余人，正在全力攻关 18 项省公司级以上科研项目。近年来，工作室涌现出国家电网有限公司专业领军人才 1 名、江苏省技术能手 2 名、国网江苏省电力有限公司技术能手 1 名、无锡市"五一劳动奖章"获得者 1 名、无锡市青年工匠 2 名。"何光华劳模创新工作室"成为无锡市，乃至江苏省一张闪着光芒的创新名片。何光华的创新道路越走越宽广，越走越光明。

国网无锡供电公司其他各种类型的劳模工作室、创新团队也蔚然成风。2022 年 7 月 1 日，国家电网有限公司辛保安董事长在调研国网江苏省电力有限公司时，勉励何光华："巾帼不让须眉，创新何惧困难，人生不负韶华，精彩荣光无限。"

何光华用她的青春谱写初心，以她的意志创造辉煌。在漫长的创新道路上，一步一个脚印，实现人生价值。她坚信，未来的路，一定是光明之路，会有更多志同道合的一线工人加入创新队伍，用他们的智慧和双手，为国网江苏省电力有限公司在具有中国特色国际领先的能源互联网企业建设中站排头、当先锋、作表率贡献力量，奋力谱写新时代苏电特色企业的新篇章！